Texto de acordo com as normas do novo acordo ortográfico da língua portuguesa (Decreto Legislativo Nº54 de 1995).

Editora – Catia Mourão
Capa – Ellen Ferreira e Joice Dias
Diagramação – Catia Mourão
Revisão – Halice FRS

CIP-BRASIL. CATALOGAÇÃO NA PUBLICAÇÃO
SINDICATO NACIONAL DOS EDITORES DE LIVROS, RJ

O46d

Oliveira, Evilane
Dirty blood : King Trevisan / Evilane Oliveira. - 1. ed. - Rio de Janeiro : Ler, 2024.
248 p. ; 16 cm. (Herdeiros de sangue ; 1)

ISBN 978-65-5055-062-2

1. Romance brasileiro. I. Título. II. Série.

24-88141 CDD: 869.3
CDU: 82-93(81)

Gabriela Faray Ferreira Lopes - Bibliotecária - CRB-7/6643
02/02/2024 07/02/2024

Foi feito o depósito legal.
Direitos de edição:

Ler Editorial

Dirty Blood

KING TREVISAN

DA MESMA AUTORA DE "A BAILARINA E A FERA"

EVILANE OLIVEIRA

1ª edição
Rio de Janeiro – Brasil

SUMÁRIO

Para meu irmão...

Eternamente, com todo meu coração, vou te amar.
Eternamente, com toda dor, vou lamentar sua perda.
Eternamente, com todo sentimento, vou recordar nossa infância.
Obrigada por me permitir crescer ao seu lado. Fui feliz até nos momentos tristes.
Não vejo a hora de te reencontrar.
Te amo!

"Queria dizer que sinto muito, mas não sinto."

Damon Salvatore

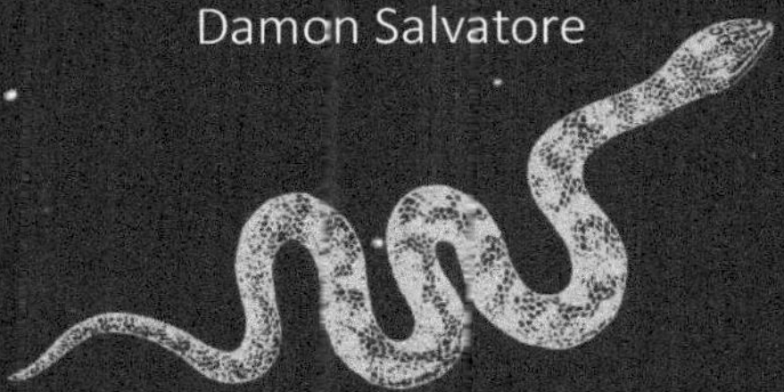

NOTA DA AUTORA

Quando decidi escrever Dirty Blood, meu primeiro pensamento foi: "O que diabos eu vou fazer?". Tenho alguns livros engavetados, e um deles era sobre *bully romance*. Então, unindo minha vontade de criar um romance com o tema e a cruel dúvida sobre como contar a história dos filhos, sem alterar a posição dos pais dentro da Outfit, surgiu este livro.

Dirty Blood é um romance diferente de tudo que já escrevi. Remy Trevisan é cruel, sádico e faz coisas que não apoio nem concordo. Tudo que encontrar neste livro foi criado com base unicamente na sua personalidade distorcida.

Temas como violência explícita, venda e uso de drogas, sexo e cenas em que o consentimento se torna duvidoso fazem parte deste romance. Cenas de tortura física e psicológica também são exploradas. Este livro é um *dark romance*, então, como o nome já diz, é repleto de coisas que vão incomodar, coisas erradas que fora das páginas não são boas opções.

Se você tem gatilhos com *bullying*, sobrepeso, violência e relacionamento tóxico, DIRTY BLOOD NÃO é para você.

Agora, se você ama anti-heróis e se deleita com cenas perturbadoras, bem-vinda, King vai colocar você no trono!

Com carinho,

Evilane Oliveira

PLAYLIST

Música e livros são, sem dúvida, as minhas paixões, então espero que se divirta e se emocione ouvindo as canções que embalaram a escrita deste romance.

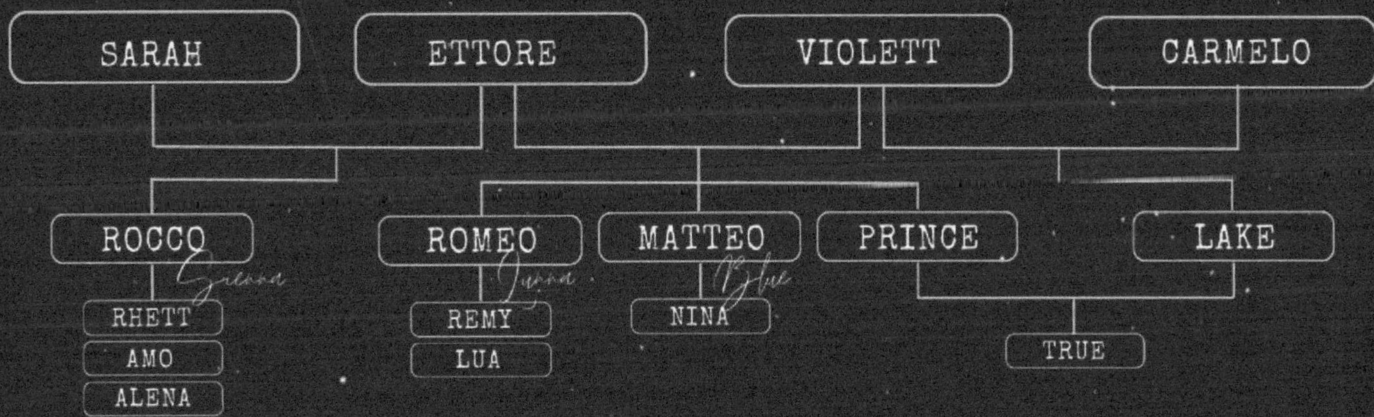
SARAH
ETTORE
VIOLETT
CARMELO
ROCCO
ROMEO
MATTEO
PRINCE
LAKE
Blue
RHETT
AMO
ALENA
REMY
LUA
NINA
TRUE

MATTEO + BLUE

NINA

ROMEO + LUNNA

REMY
LUA

ROCCO + SIENNA

AMO
RHETT
ALENA

GIULIO + KIARA

DANTE
DAVINA

PRINCE + LAKE

TRUE

PRÓLOGO

King Trevisan

O silêncio sempre foi algo que apreciei desde pequeno, e estar rodeado dos meus primos precisava de um limite, então, fugia para meu quarto, para meu mundo. Mas, hoje, ele parecia diferente. Não me causava prazer, apenas nervosismo.

— Você é chamado de *king* por um motivo — meu pai falou depois de minutos de um silêncio enervante.

Ele traçou o estado de Illinois e algumas adjacências, chegando perto de Nova Iorque.

— Você governará a Outfit, Remy. Governará todos esses homens que hoje respondem ao seu tio.

Sim, sabia disso. Meu pai, Romeo Trevisan, sempre deixou bem claro que um dia eu seria o rei da máfia que eles governavam. O *king* da Outfit Chicago.

— Rhett deveria ser o Don, pai. — Minha voz o alcançou.

Ele se moveu até estar contra a mesa, com braços cruzados e uma perna sobre a outra, enquanto eu permanecia sentado.

— Ele é o primogênito do Don. O tio Rocco...

— Remy, nunca contei a você muito sobre nossa família. Mas, chegou a hora. — Ele passou a mão pelo cabelo escuro. — Em breve, você será inserido. Precisa entender que, mais que a Outfit, nós somos leais ao nosso sangue.

Franzi as sobrancelhas. A Outfit era nosso principal foco, aprendi isso observando minha família. Estava nela há doze anos, sabia o que era esperado de mim.

Lealdade cega.

— Seu tio...

A porta foi aberta e eu girei, vendo tio Rocco. Ele estava de terno e havia um cigarro em sua boca. Ele só fumava longe de casa, da tia Si.

— Olá, King. Romeo. — Ele entrou, apagou o cigarro e assoprou a fumaça com os olhos nos meus. — Essa história é longa, Remy. Se acomode.

A cada palavra sobre seu nascimento, eu ficava mais rígido. Ele era filho de uma prostituta. Não da vó Violet. Não a conheci, mas meus tios e pai a amavam. Aprendi a fazer o mesmo.

— Então, meu pai deveria ser o Don?

— Pelas regras antigas, sim. Mas nunca quis governar a Outfit. Rocco nasceu para isso.

Ambos se olharam e eu vi a lealdade refletir em cada olhar.

— Você vai governar não apenas porque é filho do Romeo, mas porque é o primogênito da segunda geração. Primogênito do homem que tinha o direito de estar em meu lugar, mas resolveu me apoiar. — Tio Rocco jogou o cigarro no lixo.

— Compreendi. Mas não me sinto pronto...

Meu pai inclinou a cabeça e me deu um sorriso encorajador. Ele era a pessoa mais importante da minha vida. Meus pais e Lua eram tudo que eu tinha.

— Um dia, você estará. — Meu tio se afastou, enquanto papai ficou me olhando.

— A escuridão não está apenas em sua mente, ela corre em suas veias. Você é um Trevisan, King.

— Nós nascemos distorcidos e não há nada que possa mudar nossa natureza — tio Rocco falou antes de sair do escritório do meu pai.

Ergui-me, parando diante dele.

— Abrace sua escuridão, Remy. Você vai precisar dela para o que está por vir.

Romeo Trevisan já me contou várias verdades, mas essa definiu meu destino.

CAPÍTULO 1

Harleen Ann Hill

Saias curtas serviam para duas coisas: entreter pervertidos e ser um saco para qualquer garota gorda. Minhas coxas me davam nos nervos, e essa saia estúpida seria queimada assim que eu conseguisse uma calça.

— Pare de se remexer. — A voz do Sr. Quinn estava baixa.

Ele era o diretor de Heirs Prep e tinha como objetivo arruinar minha vida.

— Papai...

— Pelo amor de Deus, cala a boca, Harley. — Sua voz saiu em um grunhido.

Vi seu pescoço vermelho e soube que uma simples palavra fez seu corpo ferver de ódio.

O ódio é subestimado.

Eu sabia disso muito bem.

— É Harleen.

— Não importa, não me chame assim. — Donald Quinn olhou para os lados. — Já tivemos essa conversa.

Sim, sim. Tivemos.

Eu fui um dano colateral que ele só soube da existência depois da morte da minha mãe, há, bom, seis meses. Fiquei metade de um ano no porão da minha antiga casa, escondendo-me da polícia, achando que eu conseguiria me manter até fazer dezoito e me livrar da sombra do sistema.

Eles acharam o pai que minha mãe disse ter morrido.

Eles me acharam.

E então, eu fui enviada a Illinois, Chicago, para ser exata, e jogada aos braços do meu querido pai. Só que não.

Donald era importante na cidade. Ele tinha um casamento de anos, tinha uma família respeitada e eu não podia fazer parte dela.

Eu era seu segredo sujo.

— Essa é a sala de música...

Meu coração acelerou. Virei-me, vendo a porta ser aberta por ele. Havia tantos instrumentos, mas o único capaz de fazer meu coração acelerar era a flauta. Não a vi à vista, deveria estar bem guardada. Dei um passo para entrar e procurar, mas Donald falou antes.

— Vamos, existem outras salas para mostrar.

Meu coração despencou, mas respirei fundo e o segui. Passei minhas mãos suadas na saia e aproveitei para puxá-la para baixo. Porcaria!

— Por que eu não podia ver a escola amanhã? E por que estou usando o uniforme?

Donald insistiu para que eu estivesse de fardamento, mesmo hoje sendo oficialmente o último dia de férias. O verdadeiro inferno começaria amanhã.

— Chega de tantas perguntas. — Ele saiu andando rápido.

— Essa saia é ridícula. Tem calça para as garotas? — perguntei, tentando alcançá-lo.

Pernas curtas e gordura não era a combinação melhor para isso.

— Você deveria emagrecer, Harley.

— É Harleen. — Minha voz não demonstrou a picada dolorosa em meu peito.

Não, eu não era magra. Nunca fui. Mamãe costumava dizer que quando nasci, o médico me entregou a ela e disse que eu a faria feliz por duas. Até hoje eu não conseguia entender por que ele falou isso.

Cresci sendo amada e aprendi a me aceitar, porém, ainda doía.

— Não tem calças. Pegue uma saia de tamanho maior.

O tour continuou, mas ignorei tudo que saía da boca do meu pai. Quando ele finalizou, virei-me e saí andando tão rápido que meus passos ecoaram pelos corredores impecáveis.

Não estava satisfeita com o rumo que a minha vida estava tomando, mas até meus dezoito anos, tinha de seguir por ele sem me meter em problemas.

Saí do complexo principal e andei para a lateral, em direção aos dois prédios. Lá era a minha nova casa. A que mal coloquei os pés duas horas atrás. Os corredores estavam vazios, e o elevador também. Tudo em HP cheirava a riqueza. E não era pouca.

Eu fiz minha lição de casa ao pesquisar sobre Donald Quinn. Ali estudavam os herdeiros das pessoas mais influentes do estado, algumas até do país. Por isso os dormitórios. Mais que um colégio, Heirs era um internato e foi conveniente para Donald.

Ele me enfiou ali sem pensar duas vezes.

Assim que entrei no apartamento, me senti deslocada. A superfície de tudo brilhava, havia sofá grande, uma TV imensa e a decoração era clara. Tudo parecia tão limpo. Todos os apartamentos eram luxuosos. O melhor para os riquinhos. Não era meu lugar. Nunca tive nada disso.

Aurora Hill não me deu luxo ou riqueza, mas me deu amor. E sempre foi o bastante.

Andei em linha reta para o corredor e entrei na suíte. O porta-retratos estava em cima da mesa de cabeceira, foi a única coisa que tirei da mala, porque precisava da sua força. Mamãe foi forte sua vida toda, não conseguia entender por que não herdei a resiliência dela.

Peguei a peça, deitando-me nos travesseiros macios. Mamãe estava sorrindo para a foto, na verdade, para mim. Ela ia para um jantar da empresa, nunca a tinha visto tão linda. Tirei tantas fotos que ela riu, envergonhada.

— Sinto sua falta, mamãe. Me desculpa não ter dito mais vezes que eu te amava.

As lágrimas grossas chegaram e eu funguei, tentando não soluçar.

Porém a dor do luto é insaciável, quanto mais você entrega, mais ela quer.

É um ciclo interminável.

Não sei quanto tempo fiquei deitada, mas batidas ecoaram na minha mente adormecida. Esfreguei minhas pálpebras e bocejei. Peguei meu celular e vi que já era meia-noite.

Droga! Dormi demais, como sempre.

Desci da cama e me lembrei das batidas quando novas ecoaram. Saí do quarto e fui para o corredor fazendo uma careta. Eu ainda estava com o uniforme ridículo. O barulho na porta fez a saia perder importância. Parei diante da madeira e consegui ouvir passos pesados no corredor.

— Vamos, caloura, abra a porta! — A voz era de uma garota.

Segurei a maçaneta e girei com a chave. Assim que abri, mal consegui enxergar a pessoa diante de mim, pois enfiaram algo em minha cabeça. Gritei, sentindo mãos agarrarem meus braços enquanto um tecido foi colocado contra meu rosto.

— Silêncio, é o trote dos calouros.

O quê? Trote? Tentei me soltar, mas o aperto ficou mais firme.

— Pare, garota. Inferno! — o menino grunhiu.

— Não quero participar, me deixe ir...

Eles me ignoraram e continuaram andando, levando-me com eles.

— Onde King está? — um menino resmungou, irritado. — Que merda!

— Olha a boca, Amo. — A voz da menina saiu grunhida enquanto eu era guiada às cegas.

— O quê? Até aqui, Nina? — ele devolveu, irritado.

— Avise a eles que estamos chegando.

Ela parecia forte, admirei-a nesse segundo. Sabia que existiam trotes em vários colégios, mas ali? Era ridículo ter algo assim em uma escola como aquela. Porém me mantive quieta. Era uma brincadeira. Logo, eu estaria em minha cama.

Uma porta foi aberta e fui sentada em alguma cadeira. O pano saiu e, ao olhar ao redor, vi mais pessoas e o local. Estávamos no auditório. Havia várias pessoas tão confusas quanto eu; calouros.

Apertei minhas pálpebras, tentando enxergar mais à frente. Quando minha visão ficou limpa, vi o palco.

— Olá, calouros da Heirs! — Um garoto loiro estava de pé.

Ele tinha um sorriso sexy, estava sem camisa, apenas uma calça jeans baixa mostrando parte da sua cueca. Por um segundo, esqueci como se respirava.

Porra! Ele era incrível.

— Vamos nos divertir hoje à noite. Na cadeira à sua frente tem uma surpresa.

Olhei para a direção que ele falou. Havia uma caixa vermelha com as letras HP gravadas.

Coloquei-a em meu colo e abri, ansiosa para saber o que diabos esses garotos estavam aprontando.

— O jogo é simples. Peguem a corda que está na caixa.

Vi a corda vermelha e senti um arrepio subir pela minha coluna. O que esses imbecis estavam aprontando?

— Prendam as mãos do colega ao lado e depois deixe que te prendam.

— E quem não quiser? — Mal percebi que fui eu a pessoa a falar.

O loiro sorriu, apertando os olhos para me ver.

— Você vai querer se eu for te amarrar, amor.

Bonito demais, e egocêntrico também.

Amarrei a garota à minha direita e depois dei meus pulsos para um rapaz do lado oposto. Ele passou a corda em meus punhos e prendeu com firmeza. Fiz uma careta.

— Vamos lá, Heirs! — A voz do loiro ecoou de novo.

Antes que eu pudesse encará-lo, as luzes foram apagadas. Novamente, o saco foi posto e fui guiada para fora.

— Ergam seus pulsos — ordenaram depois de alguns segundos andando.

Que merda era essa?

Meu coração batia acelerado e uma áurea sombria estava no ar. O perigo e o mistério estavam me deixando nervosa.

— Vamos lá, caloura. Vai ser rápido.

Era mentira.

Eu obedeci e ofeguei quando a corda foi presa a algo no teto. Meus pés ficaram nas pontas e tinha certeza de que a saia ridícula havia subido.

— Vocês têm uma hora para se soltarem. O último a ficar, vai pagar uma prenda. — Uma voz mais séria ecoou.

Engoli em seco, tremendo. Essa era diferente. Era firme, como se ele fosse o único no comando.

— Não é qualquer prenda. Meninas, tenham amor ao cabelo de vocês. — Essa voz era diferente da garota que me pegou no quarto.

— Como assim? — Uma menina soluçou próxima e eu girei, tentando enxergar pelo pano.

— Digamos que a última menina que perdeu levou três anos para recuperar o cabelo.

Puta merda! O quê?

— Boa sorte, amores.

Não fazia ideia de quem tinha falado, talvez o loiro do palco, mas não tive muito tempo para pensar. Senti um solavanco e a corda em volta dos meus pulsos apertou. Arregalei os olhos quando o tecido saiu e eu pude ver.

Havia ganchos no teto, e eles estavam subindo. Nós estávamos presas a eles.

— Hum, esqueci de uma coisa — a garota voltou a falar, ainda rindo. — O aquecimento da piscina foi desligado.

Piscina?

Quando olhei para baixo, o pânico absoluto tomou conta de mim. Estávamos alçados sobre uma piscina, e o piso onde meus pés estiveram há poucos segundos estava se abrindo. Não, não, não. Eles não jogariam a gente ali, certo? Não seriam sádicos assim, né?

Eu não sabia nadar. Nunca aprendi, mamãe tentou me ensinar diversas vezes, mas sempre tive pavor da água. Banheiras, piscinas, lagos. Nunca entrei mais que a borda.

— Eu não sei nadar! — Meu grito ecoou e cacei os loucos que estavam falando.

Havia várias pessoas amontoadas, rindo diante de nós todos. Na frente, havia o loiro do palco, e uma garota ruiva mais afastada. Demorei a entender que havia duas pessoas iguais. Outro loiro igual ao do palco estava à sua esquerda. Eles eram gêmeos.

Por último, havia um moreno. Ele estava encostado na parede, relaxado.

— A baleia não sabe nadar? Isso é épico.

Não foi a ruiva que parecia nervosa quem falou, sim, uma morena. O cabelo preto era liso e seu olhar era desdenhoso.

— Não prendemos os pés de vocês, andem — um menino moreno grunhiu ao lado dela.

Olhei para baixo tentando me acalmar. Eles não davam a mínima para a reclamação. Todo mundo estava gritando, ou tentando se soltar. Olhei para o gancho e depois para a água. Não sabia o que era pior. O gancho estava subindo cada vez mais. Se eu não me soltasse logo, iria ficar pendurada até todos caírem.

Nunca fui apegada demais ao meu cabelo, mas não queria que eles cortassem.

Respirei fundo, reuni força e tentei me impulsionar para cima. O barulho dos outros atingindo a água estava me deixando mais nervosa. Odiava essa sensação esmagadora de medo. Não havia fuga, só o abismo.

— Quatro olhos, querida, tente se impulsionar, não ficar olhando para a porra da água! — a menina arisca e imbecil gritou para uma garota ao meu lado, então sua atenção veio para mim. — Barbie plus, se esforce mais um pouco.

Eu ia socar essa garota.

Tentei repetidas vezes, e quando vi, o nó estava se desfazendo. Quase fiquei aliviada, porque sabia que não conseguiria me impulsionar alto o bastante para tirar a corda do gancho, mas me lembrei da piscina. Um pouco tarde, infelizmente.

A corda desatou e eu despenquei.

Minha saia voou e meu grito ecoou, só quando bati na água percebi que estava realmente dentro dela. O ar pediu passagem enquanto tudo que tinha ao meu redor era água gelada. Minha pele doía, mas não tanto quanto meus pulmões sedentos.

Abri a boca e bati os braços tentando subir, mas a água entrou. Meu nariz doía, meu peito estava sufocado e achei que ia morrer. Talvez, não fosse tão ruim. Talvez, só talvez, fosse algo bom. Ia rever minha Aurora.

Porém, alguém não deixou que isso acontecesse. Braços me agarraram e eu fui puxada para cima. A primeira coisa que fiz ao emergir foi tossir e vomitar água. E então, eu chorei. Tudo doía.

— Está tudo bem. — Uma voz grossa tentou me acalmar enquanto nadava até a borda da piscina enorme e funda. Era tão fundo...

Quando senti minha coluna contra a borda, pisquei repetidamente e, então, uma forma se fez diante de mim. O menino tinha cabelo liso, olhos verdes e um rosto duro. Ele parecia furioso.

— Você está bem?

Um soluço cortou minha resposta e eu me impulsionei para fora da piscina, tremendo.

Ele me seguiu, andando devagar. Seu olhar era letárgico, nem parecia que havia acabado de me salvar da morte.

— Não, não... Eu, eu... Oh, meu Deus! — A visão da piscina me fez curvar.

— Ok, você tem medo de água? Não sabe nadar?

Ouvi passos rápidos e me virei, vendo a tropa dianteira se aproximando.

— Dante, que porra você estava fazendo? — O grito veio do loiro do palco, ou do seu gêmeo, eu não fazia ideia.

— Evitando uma morte, quem sabe? — O menino se virou, deixando-me às suas costas.

Os seis estavam juntos. Todos pareciam furiosos, menos o moreno. Ele me olhou por um segundo e se virou para Dante, letárgico.

— Na próxima vez que você entrar no meu caminho, não vou pensar na Outfit.

Ele se virou e andou para longe, seus seguidores o acompanharam como ovelhas obedientes. Assim que eles sumiram, as pessoas molhadas começaram a se mover.

— Me desculpe, não quis arrumar encrenca... — comecei a falar, tremendo de frio.

— Não se preocupe, vamos. — Dante me deu uma toalha grossa, agarrou meu pulso e me guiou para fora.

Eu ainda tentava respirar acompanhada da dor do afogamento, e a cada passo o medo dava lugar à raiva.

— Que brincadeira horrível é essa? — perguntei, tentando não chorar.

— Bem-vinda à Heirs Prep! Lugar onde as crianças dos demônios estudam e fazem a festa.

Arrepiei-me, dessa vez não foi pelo frio.

CAPÍTULO 2

King Trevisan

O frio nunca me incomodou, eu o achava ótimo, amava estar em meu quarto, cheio de cobertas. O calor, esse, sim, era insuportável. O aquecedor do carro estava na minha cara e só o deixei ligado por causa da Nina.

— Eu queria enforcar aquele pedaço de merda. — Rhett passou a mão pelo cabelo loiro, furioso.

Não havia um Trevisan que aturasse aquele bosta do Conti.

— Dante salvou uma garota da morte, vocês fumaram? — Nina berrou, tirando o rosto do tablet que usava para ler. — Esses trotes são horríveis...

— Nina, é tradição — Amo grunhiu, com os olhos na paisagem.

— É uma tradição sádica.

— É o que é — resmunguei, pisando no freio quando o portão de casa se abriu.

Os três se calaram. Destravei as portas e Nina desceu com os gêmeos. Ambos tocaram em minha mão e ela ficou parada, agarrando o tablet.

— Por que você se importa? — perguntei, ao ver meus primos entrarem na mansão e ela permanecer me encarando.

— Sou filha da Blue, lembra?

Sim, lembrava. Tia Blue era diferente de tudo que nossa família representava, mas ela nos amava. Apesar da Outfit, de toda a escuridão, ela era a única de fora dessa loucura que escolheu ficar.

— Dante fez o certo, Remy. Sabe disso, certo? A garota estava apavorada... Ela se afogou, poderia ter morrido...

Odiava quando Nina queria ser a razão, porque ela era a nossa menina. Sempre pararíamos nossa merda e a ouviríamos. Minha prima usava isso a seu favor.

— Alguém a pegaria.

A garota realmente estava com medo, senti o sabor dessa merda a cada grito que deu. E quando despencou, o rosto apavorado me encheu de satisfação. A saia voando e mostrando sua calcinha preta foi um bônus.

— Como você sabe?

Não sabia, mas estava cansado dessa conversa.

— Vá dormir, Nina.

Ela respirou fundo, acenou e foi para a casa do tio Rocco. Ela estava dormindo aqui porque os pais haviam viajado.

Dirigi para casa, e assim que fechei a porta principal, vi minha mãe. Seus braços estavam cruzados e a sobrancelha elevada me fez respirar fundo.

— São duas da madrugada, você tem escola amanhã.

O trote levou mais tempo do que imaginávamos. Amava essa merda sádica.

— Indo para a cama — murmurei, tentando despistar o sermão.

Lunna Trevisan era a mulher que eu mais amava no mundo. Assim que me aproximei e toquei seus ombros, ela inclinou o rosto para me encarar. Fazia algum tempo que passei da sua altura.

— Remy...

— Indo para a cama agora, Sra. Trevisan. — Bati continência e me virei para subir a escada.

— Você sabe que eu ainda domino você, não sabe? — Sorri a ouvindo, mas parei, virando-me para ela me olhar. — Não importa que logo vai ser um homem feito, eu vou continuar aqui.

— Conto com isso.

Voltei para perto dela, beijei sua testa e subi a escada rapidamente.

Depois de adiar por um ano, minha iniciação enfim estava próxima. Minha mãe convenceu meu pai que deveríamos esperar. Tanto na máfia quanto na escola. Por isso eu ainda estava no ensino médio.

Isso acabaria logo. Estava para ser inserido, e quanto antes eu entendesse o meu lugar na Outfit, melhor. Minha mãe estava nervosa, mas meu pai estava confiante.

Ele era minha bússola.

— Você deveria ter escolhido uma saia maior. — A voz de Amo grunhindo, enquanto entrávamos no estacionamento da escola, ecoou.

— Você não se incomoda com o tamanho da saia das suas namoradas. — Ela respirou fundo, empurrando o pano para baixo.

— Não se compare — Rhett rebateu, semicerrando os olhos.

— Sim, sim. A princesinha não pode usar saia curta, só as putinhas de vocês. Hipócritas!

Ela abriu a porta e saiu pisando duro.

— Por que vocês não ficam calados? — perguntei, saindo também.

Alcançamos Nina e, juntos, subimos a escada em direção à escola. As pessoas nos olhavam, alguns sorriam e outros desviavam a atenção rapidamente. Eu ignorei todos eles.

— Meu pai disse que estudar é um privilégio — Nina resmungou assim que Rhett empurrou a porta para que ela entrasse. — Eles não tinham permissão para estudar fora, apenas em casa.

— O pai disse que não deveríamos também, mas minha mãe insistiu. — Amo limpou o canto da boca, sorrindo para alguém.

— Que alegria! — Rhett ironizou, enquanto o mar de gente abria caminho.

Era meu último ano na Heirs. Não via a hora de sair dessa escola.

— Faculdade? — Nina arqueou a sobrancelha para mim, lendo meus pensamentos.

— Não, Outfit.

Seu rosto caiu, mas ela acenou, recuperando-se.

— Olha lá, o merda Conti. — Amo inclinou a cabeça, olhando para Dante.

— Se comporte. — Nina agarrou o tecido do paletó preto e puxou Amo para ficar ao seu lado. — Não entendo por que vocês ainda o odeiam. Isso é ridículo. Não deveríamos herdar desavenças dos nossos pais.

— Fala isso para o seu pai, Nina — rebati, vendo Dante nos encarar.

O filho de Giulio e Kiara era forte, no entanto, nunca baixou a cabeça para nenhum de nós. Mesmo sendo mais novo e sabendo que nossa família governava a Outfit.

— Eu vou procurar minha sala. Façam o mesmo...

— Eu vou com você — Amo se apressou e Nina o encarou, irritada.

— Amo, pare.

— Não. Ande. — Eles saíram enquanto Rhett apenas continuou ao meu lado.

— Olha a orquinha. — Riu, olhando para os armários vermelhos enfileirados.

Segui seu olhar e encontrei uma bunda grande, quadris largos e cabelo preto ondulado. O uniforme escolar estava apertado, e a saia deixava tão pouco para a imaginação. Ela se virou sorrindo e eu percebi que Dante estava diante dela.

— Ela não poderia arrumar amigo melhor? — Sweet surgiu ao lado de Dwayne.

Os dois namoravam desde o verão. Não dava muito tempo para Dwayne se enfiar nas pernas de outra líder de torcida. Nunca o vi durar com ninguém desde o fundamental.

— Ela foi a última a sair da piscina. — Dwayne lembrou e Rhett sorriu, perverso.

— Vou pensar em algo...

Ignorei meu primo olhando para ela. O pescoço tão branco quanto leite tinha uma gargantilha de couro com um nome, então apertei meus olhos para ler, mas não consegui. A pálpebra estava pintada com delineado preto. Não vi nada disso ontem, mas não a observei também.

— Sr. Trevisan. — A voz de Donald me chamou, ou a Rhett, nunca sabíamos.

Nós nos viramos e ele estava de pé, parecendo nervoso. O que houve agora?

— Na minha sala, agora.

Definitivamente, era eu. Donald saiu andando e parou diante da garota gótica. Ele resmungou algo e ela engoliu em seco, acenando.

— Será que essa puta abriu a boca? — Sweet rosnou, com os olhos nervosos.

— Ela não seria louca, porra! — Rhett passou por nós enquanto eu andava para a sala, ignorando Sweet.

Donald Quinn nunca me chamou na sua sala. Nenhuma vez sequer, e eu estudava ali há anos. Inclinei-me sobre a mesa da Sra. O'Brien.

— Bom dia, Olivia. Você sabe por que Quinn me chamou? — Abaixei-me mais e toquei seu cabelo, então ela arqueou, nervosa.

Olivia era jovem, tinha uns vinte e cinco anos, e sempre derretia quando algum aluno se aproximava. Rhett e Amo já foderam tanto essa mulher que era patético ela querer que eu fizesse o mesmo.

— Não, Sr. Trevisan. — Seu colo vermelho quase me fez rir.

A porta foi aberta e a gótica dos infernos entrou. Movi-me para a janela e fiquei parado, vendo os alunos entrarem na escola. O sinal soaria em alguns minutos.

— Entrem.

Virei-me e Donald entrou na sala, então o segui com a garota.

— Remy, Harley. Sentem-se.

— Harleen — ela o corrigiu enquanto me sentava, colocando um pé sobre meu joelho, relaxando na cadeira.

— Os trotes foram proibidos há anos. — Ele a ignorou, encarando-me. — Encontrei Harleen ontem, ela estava molhada e disse que você a afogou.

— Não ele, a brincadeira — Harleen, ou a puta fofoqueira, respondeu. — Não apenas ele, eles nos penduraram em ganchos acima da piscina...

Nasci com um dom, o de ignorar pessoas inúteis. Essa garota não sabia o que tinha feito, mas logo eu a faria entender os motivos pelos quais ninguém dizia meu nome.

— Eu posso me retirar? — Ergui-me, sabendo que ela ainda estava falando.

— Remy... — Donald se levantou me alertando, mas me virei.

A garota estava com a boca aberta e olhos esbugalhados. Dei dois passos em sua direção e parei bem rente ao seu rosto. Podia ver seu olhar apavorado e o lábio trêmulo, a sensação foi prazerosa.

Contornei seu corpo e saí da sala sem dizer nada.

Harleen ia descobrir que eu não falava muito, mas faria um estrago que jamais esqueceria.

— O que foi? — Rhett e Amo estavam do lado de fora, com Nina.

Andei pelo corredor e vi Sweet e Dwayne. Parei diante dos dois e respirei fundo. Havia prazer nas minhas ações. Fazia muito tempo que eu não sentia tanta euforia para quebrar algo.

— Já pensei em uma coisa para a perdedora. Preciso que vá a um joalheiro. E você, pegue as chaves dos dormitórios.

Rhett sorriu e bateu as mãos, eufórico. Amo acenou, já andando. Nina ficou em silêncio enquanto Sweet e Dwayne sorriam.

— Eu vou enforcar aquela puta.

Virei-me, andando para longe de todos e entrando na minha sala de aula. Em segundos, a porta foi aberta e Harleen desfilou entre as cadeiras. Ela se sentou na ponta, bem no fundo, com os olhos em mim. Eu vi tudo isso pela minha visão periférica. Eu não daria a chance de ela me ver a observando.

O jogo estava para começar e eu a faria implorar por misericórdia.

CAPÍTULO 3

Harleen Ann Hill

Ele não olhava para nada. Absolutamente nada.

Nem para as pessoas ao seu redor. Ele parecia alheio ao mundo, focado dentro de si mesmo. Era inquietante e um pouco assustador. Durante toda a aula, mantive meus olhos longe dele, evitando que alguém me pegasse o espionando.

— Você fez o quê? — Dante agarrou meu braço, puxando-me para uma mesa afastada depois de pegar meu café da manhã.

Trombei com ele na fila e falei o que houve mais cedo. O cara que me salvou do afogamento não parecia satisfeito, pelo contrário.

— Donald me pegou ontem, alguém ligou para ele — respondi, sem entender por que diabos ele parecia tão furioso.

— E você apenas disse que King a afogou? Você tem merda na cabeça, porra?!

Nervosa, balancei a cabeça e ele me soltou. Percebi uma sombra sobre mim e respirei fundo. Olhei para trás e vi a garota ruiva. Ela o encarava enquanto Dante cruzava os braços, olhando para qualquer lugar, menos para nós duas.

— Você mexeu com as pessoas erradas, vadia. — A voz dela era baixa e seus olhos ardiam.

— Nina — Dante grunhiu, erguendo-se.

— Amanhã, você vai ter certeza disso. — Ela sorriu, seu foco em mim não saiu por um segundo.

— O que seus primos de merda estão planejando? — Dante apertou os punhos, fazendo-a rir.

— Eu não falo com lixo Conti, então diz para seu amiguinho para ele sair do caminho da minha família. — Nina se virou, andando para longe ao jogar o cabelo vermelho sobre o ombro.

Dante estava vermelho, fora de si.

— Ela me chamou de quê? — perguntei, chocada.

Ele tirou os olhos dela, trazendo-os para mim.

— Ela é uma vadia mimada.

Mas ele não voltou a se sentar. Dante se afastou, deixando-me sozinha. Eu não fazia ideia se deveria ter medo de verdade do clã intocável, porém, hoje experimentei um pouco do poder que Dante disse ontem.

Remy King se ergueu enquanto Donald falava. Ele não deu a mínima, não respondeu à questão, nem mesmo se defendeu. Apenas saiu.

E meu pai não fez porcaria nenhuma.

O cara realmente parecia um rei.

— Saia do caminho desse garoto.

Essas foram as palavras que Donald disse para mim. *Eu* deveria sair do caminho do rei da Heirs Prep. Não ele que não deveria afogar alunos novos.

— Imbecil.

Comi todo meu café e fui a busca de algo que tentei ver ontem, mas fui impedida. A sala de música estava vazia, por isso aproveitei para entrar. Assim que achei a flauta em um dos armários, alisei devagar os contornos dourado e preto. Era linda.

Sentei-me, puxando meu celular do cós da saia plissada. Coloquei na imagem das notas da minha canção preferida. Respirei fundo, aproximei a flauta e senti na minha alma as notas. Meus dedos eram ágeis e o som encheu a sala, me fazendo fechar minhas pálpebras.

She's got a smile that it seems to me
Reminds me of childhood memories
Where everything was as fresh
As the bright blue sky[1]

Terminei e recomecei a mesma música diversas vezes e quando realmente a finalizei, ouvi palmas. Ergui-me rápido, meu quadril bateu no tripé de partitura e meu celular caiu no chão. Olhei para cima e fiquei rígida ao ver uma garota.

— Me desculpa, mas, nossa, você toca muito bem! — Ela sorriu largamente.

Seu cabelo loiro estava preso em um rabo de cavalo e ela vestia uniforme de líder de torcida. Fiquei mais nervosa ainda. Nada bom vinha de líderes de torcida.

— Eu também toco. Violoncelo. — Ela acenou para o instrumento enorme e eu tentei relaxar. — Aliás, meu nome é Bonnie.

Olhei para sua mão estendida, em dúvida se pegava ou não, mas o que ela poderia fazer, certo? Peguei sua mão estendida e sacudi devagar.

— Eu sou Harleen.

— Você é novata? — Acenei, respondendo sua pergunta. — O trote foi muito pesado? Quando entrei foi surreal.

Bonnie fez uma careta, estremecendo.

— Foi... muito ruim. — Respirei fundo, lembrando-me da sensação da água em minha garganta, então coloquei a flauta dentro da caixa.

— Sinto muito. Os Trevisans são horríveis.

---

[1] Sweet Child O' Mine – Guns N' Roses: Ela tem um sorriso que parece me lembrar da infância, onde tudo era fresco como o brilhante céu azul.

Conte-me uma novidade.

— Senti isso na própria pele ontem. — Engoli com força, tremendo ao me recordar da água gelada ao meu redor. — Foi um prazer, Bonnie. Preciso ir.

Andei até o armário e guardei a flauta.

— Você deveria fazer um teste para entrar para a banda. Sabe, é divertido, e você é muito talentosa. — Ela sorriu, entusiasmada.

Confessava que também senti um pouco de animação, mas não estava pronta.

— Vou pensar.

— Em alguns dias, no ginásio.

Bonnie me esperou confirmar, e quando o fiz, ela se afastou e me deixou passar.

— Harleen?

Virei-me quando ela me chamou.

Bonnie sorriu e inclinou a cabeça, fazendo seu rabo de cavalo balançar.

— Fica longe deles. Nada de bom sai daqueles meninos.

Estava entendendo isso perfeitamente.

No final das aulas, fui para a casa, ou o que quer que isso significasse a essa altura. Parei diante do enorme espelho no banheiro e meus ombros cederam. Minha maquiagem permaneceu intacta durante todo o dia, graças a Deus. Porém, eu precisava estudar e dormir.

Peguei algodão embebido no demaquilante e tirei o delineado preto. Lavei o rosto e depois retirei minha gargantilha. Nela estava impresso o nome Queen, era uma das minhas preferidas. Tomei um banho demorado, e quando saí, meu cabelo estava seco.

— O que vamos comer, hum?

Inclinei minha cabeça, mordendo o lábio ao olhar para a geladeira.

Uma curiosidade sobre essa escola, não faltava comida na geladeira. Não sabia se isso era em todas, ou se Donald fazia isso por mim. Achava bem pouco provável que meu pai fosse capaz de fazer algo decente.

Peguei alguns ovos e coloquei na frigideira. Cortei tomates, pimentão e cebola. Juntei tudo e fiz um pouco de purê; era minha especialidade, então foi rápido.

— Em um ano, você vai estar na faculdade. Longe de todos eles. Acredite nisso, Harleen Ann Hill. — Minha voz pronunciou as palavras mais forte do que achei provável.

Comi meu jantar e fui para o quarto. Perdi-me nas horas estudando, e quando dei por mim passava das dez. Guardei meus livros, peguei um pijama de seda preta e voltei para a cama já vestida.

O cansaço fez o sono me derrubar. E infelizmente, nos meus sonhos havia um reino. Havia princesas, dragões, príncipes e, então, havia ele.

O rei.

Meu ódio cresceu quando o vi me olhar com arrogância, mas nada disso diminuía sua força e poder.

— Bird.

De alguma maneira, eu sabia o que ele queria dizer. Não pássaro, sim, caça.

— Corra, Bird, depressa. Eu vou comer você.

Sentei-me rapidamente, o coração batendo como nunca, com o suor concentrado em minha coluna. Tremendo, meu cabelo voou para frente e joguei minha coxa para o lado.

— Essa merda brilha.

A voz que ecoou era rígida, e no mesmo segundo me lembrei a quem pertencia. Girei, gritando ao ver King de pé, encostado na porta do meu quarto.

— O que você está fazendo? — perguntei, tentando ficar firme, porém, seus olhos não estavam em mim.

Estavam em algo em sua mão, o que quer que fosse, estava brilhando.

King nem mesmo se mexeu, ele andou até a minha janela e eu me ergui, dando passos para trás, para longe dele.

Não havia nenhuma saída.

— Como você entrou aqui?

Minhas mãos tremiam e o medo estava me paralisando de maneira terrível. Nunca fiquei tão apavorada em minha vida.

— Amarre-a.

Não vi que havia mais pessoas, porém, senti mãos prendendo meus pulsos atrás antes que outra colocasse fita em meus lábios. A corda grossa foi amarrada enquanto meus olhos ardiam, mas segurei as lágrimas.

— Saiam.

Os dois homens se afastaram e eu pude ver quem eram. Os gêmeos saíram sem uma palavra e fecharam a porta. King deu um passo em minha direção e eu me afastei mais. Minhas entranhas doíam, realmente achava que ele iria me matar.

Quando ele parou diante de mim, sua mão enrolou em meu braço e ele me sentou na cadeira. King era grande, e quando eu estava sentada, o rei de Heirs Prep pareceu enorme.

Sem falar nada, ele pegou o que estava admirando. Em segundos, vi a gargantilha, porém tinha algo nela. Algo que brilhava, era isso que ele estava admirando. Ele deixou visível bem no meu rosto e eu arregalei os olhos ao ver seu nome.

King em diamantes reais.

Ele não faria isso, né? Não era para...

Remy prendeu a porcaria em meu pescoço e ouvi um clique.

Oh, meu Deus! Havia um cadeado? Não, não, não.

— Se tirar, vou punir você. — A primeira frase que ele falou, ainda sem me olhar nos olhos.

O desgraçado se afastou, balançando as chaves, então fiquei quieta, apenas o assistindo.

— Essa blusa não cobre seus peitos, Bird.

Meu colo e bochechas arderam. Como ele ousava fazer tudo isso comigo? Imbecil!

King tirou a fita e soltou as cordas. Levei as mãos à coleira dos infernos e me afastei mais dele.

— Tire, agora! Essa brincadeira é estúpida. Não fiz nada com você, pelo contrário! — Meu grito não fez nada a Remy, ele parecia tão letárgico. — Me dê a senha agora!

— Se tirar, eu vou punir você.

— Quem você acha que é, seu desgraçado?! — vociferei, tremendo.

— Você queria um vilão, não era? Pediu por um ao entrar na sala do Quinn, então esse sou eu te dando um.

Remy me empurrou e eu caí no colchão, respirando fundo.

— Quando vai tirar?

— Quando eu achar conveniente.

Remy se virou, saiu do meu quarto e me deixou sozinha, tremendo e tão assustada como jamais estive. Ergui-me, correndo pelo apartamento até a porta. Ela estava fechada.

Oh, meu Deus, ele tinha as chaves!

Ele podia entrar e sair dali quando quisesse.

Ele podia me matar dormindo e eu nem saberia.

Meus olhos correram pela sala e eu me vi no espelho. Meu cabelo estava uma bagunça, meu pijama desgrenhado e, por último, vi o meu pesadelo. Minha punição.

A gargantilha pesada com o nome dele exposta para todos verem.

— Merda!

Era cedo quando cheguei à escola na manhã seguinte. Não consegui mais dormir e a porcaria em meu pescoço não ajudava. Era desconfortável.

— Nossa! Você está com uma cara péssima. — Mal notei a presença de Bonnie ao meu lado.

Respirei fundo e lhe dei um sorriso.

— Noite dos infernos — murmurei, sabendo que ela nem fazia ideia do quanto.

— Imagino.

— Não sabia que estava nessa turma. — Tentei ignorar o peso da gargantilha e foquei na garota loira.

— Sim, eu te vi ontem. — Bonnie deu de ombros.

— Eu estava aérea ontem, sinto muito.

Ela sorriu balançando a cabeça. A porta foi aberta e alguns alunos entraram. Quando o cabelo escuro apareceu no topo, eu me virei e agarrei minha coxa. Doeu, mas era melhor do que olhar para aquele demônio.

— Está tudo bem? — Bonnie perguntou, olhando-me com preocupação.

Tentei relaxar, mas estava difícil.

Desde que me levantei, estava tendo crises de ansiedade. Olhar para a merda em meu pescoço estava atacando meus nervos. Todos me disseram para ficar longe do demônio, mas como a imbecil que sou, resolvi dançar nas labaredas do inferno.

— Sim, eu só... — Tentei falar, mas não saiu nada.

De alguma forma, eu o senti por perto. Perto demais.

— Oh, hum, King... — Bonnie balbuciou enquanto eu continuava de costas.

Quando senti seus dedos em meu lenço, fechei meus olhos com força.

— Remy... — Tentei me virar, mas antes disso o lenço saiu.

Assim que a gargantilha ficou visível para todos, o olhar de choque da Bonnie me fez encolher. Nunca fui tão humilhada e machucada dessa forma.

— Bird.

Sua voz ficou em minha mente mesmo depois de saber que ele havia se afastado.

— O que...? Meu Deus! — Bonnie estava com os olhos enormes, aos poucos, todo mundo também agiu assim.

Ninguém veio em meu socorro, apenas olharam, sussurraram e riram.

— Eu preciso sair.

Ergui-me depressa e corri da sala. Passei como um flash pelos alunos que ainda estavam no corredor, e quando trombei com alguém, era a menina morena malvada.

— Você é o bichinho dele agora, pig.

Ela riu ao lado de outra menina. As duas olhavam abertamente para a porcaria em meu pescoço. Agarrei o nome dele, querendo puxar e enfiar na goela dela.

— Eu posso ser do seu namorado também. Hum, vadia? Quer tentar a sorte?

Ela riu histericamente, a gargalhada ecoando, e a cada som eu ficava mais rígida.

— A orca é louca, Sweet. — A amiga riu também.

— Dificilmente Dwayne encontraria sua boceta entre tanta gordura. — Sweet, como a garota a chamou, passou por mim e parou bem ao meu lado. — King só começou, *grubby*. Ninguém mexe com o rei da Heirs por um motivo, quando ele ganha um brinquedo, dificilmente o deixa livre.

Elas saíram, deixando a frase que martelaria na minha cabeça por dias a fio.

Não fui a nenhuma aula. Fiquei todo o dia dentro da sala de música, escondida atrás dos instrumentos. Quando soou o alarme no final da tarde, ainda esperei. Quando não ouvi mais nenhum ruído, ergui-me e alisei minha saia.

— Pensei que ficaria aí a noite toda também.

Dante estava de pé na porta da sala. Agarrei o nome, escondendo dele, mas a essa altura achava pouco provável que ele não soubesse.

— O filho da puta é sádico mesmo.

Meus olhos arderam e, pela primeira vez desde que Remy colocou isso em mim, permiti que as lágrimas enchessem meus olhos. Dante ficou no seu lugar, quieto, apenas me observando cair.

— Eu não deveria ter falado nada. Eu... Eu errei.

— Sim, você errou.

— Vou pedir desculpas, ele vai me deixar em paz... — murmurei, esperançosa.

Dante inclinou a cabeça, cruzando os braços.

— Você pode tentar, mas acho pouco provável.

Fechei meus olhos com força e os enxuguei. Não acreditava que estava passando por isso. Sempre tentei ficar longe de confusão, mas olha onde me meti.

— O que faço, Dante?

O garoto mais novo que eu em idade, mas com a cabeça feita, soltou os braços.

— Vamos beber. Você vai parar de chorar e amanhã vai ser um novo dia.

Beber?

— Eu não bebo. — Funguei, erguendo-me.

— Então, vai começar hoje.

CAPÍTULO 4

Harleen Ann Hill

Sabia que não devia ter aceitado o convite de Dante, porém, quando chegamos ao que parecia ser uma boate, tive plena certeza.

— Podemos estar aqui? — perguntei, aproximando-me mais dele.

— Sim, é uma boate da Outfit.

Do quê? Dante viu a confusão em meu rosto e depois riu. Esfreguei minha palma contra o couro da minha saia, esperando sua resposta.

— Isso explica muita coisa.

— Explica o quê? — perguntei mais confusa ainda.

Dante empurrou minha cintura e nós entramos na pista de dança. Ele ficou parado enquanto a música fazia meus quadris se mexerem.

— Sabe, você devia dançar — gritei sobre o barulho insano e ele negou.

— Você faz isso melhor.

Sentir o rubor queimando minhas bochechas. Estava falando sério? Não sabia quando ele falava algo de verdade ou brincando. Dante era alguns graus abaixo de Remy, tão quieto. Decidi deixar isso de lado.

Dancei ao redor enquanto ele ficava igual a um poste. Assim que senti vontade de ir ao banheiro, ele me levou lá. Quando saí, não havia sinal de Dante. Olhei para os lados e para a pista, mas não havia ninguém parecido minimamente com meu colega de escola.

Andei alguns metros, ainda o caçando, e fiquei rígida ao ver Nina de pé com um dos gêmeos diante dela. Se essa garota estava aqui, com certeza Remy estava em algum lugar.

Virei-me para correr, mas bati em um corpo. Assim que ergui o rosto, vi um dos gêmeos. Ele sorriu e lambeu os lábios rosados. Meu batimento acelerou e ele tocou o nome do seu amigo pendurado em meu pescoço.

— King tem muita merda na cabeça, mas é divertido. — O loiro soltou os diamantes e se inclinou. — Um conselho, Harleen, deixe sua bunda longe do meu primo. Você jamais vai conseguir lidar com ele.

Antes que eu pudesse responder, ele se afastou como um falcão.

— O que Amo queria? — Dante surgiu como um salvador da pátria, carregando dois copos com bebida.

— Como você consegue diferenciar os dois? — perguntei mais preocupada em saber quem era o menino.

— Amo usa camisetas, seu irmão prefere mangas longas. Na escola, o que diferencia é o olhar. Amo é mais... sereno. Rhett é como seu pai, um demônio.

Arrepiei-me, nervosa com sua fala. Dante me deu o copo e eu cheirei, fazendo careta para o ardor. Hoje não.

— Quero ir. Vi Rhett e Amo, com certeza Remy está aqui — falei, apressada para dar o fora.

Um barman passava, então entreguei o copo cheio. Precisava sair dali. Logo.

— Eis que o diabo aparece.

Demorei pouco tempo para entender de quem Dante falava.

— Você sabe das regras, Conti. — Não me virei, ainda muito consciente do que esse diabo fez comigo. — O que ela está fazendo aqui?

Dei um passo para ir para o lado de Dante, mas Remy agarrou meu braço, mantendo-me parada. Eu conseguia sentir o calor do seu peito, mesmo sem tocá-lo. Ignorei o medo subindo pelas minhas entranhas.

— Você não me lidera ainda, King. Solte-a.

— Me obrigue. — Ele desafiou. Puxei meu braço, mas isso só fez Remy me puxar mais. Dessa vez, minha bunda ficou rente ao seu corpo. — Fique quieta, Bird. Esperei para ver sua coleira o dia todo. Onde você se escondeu?

— Não te interessa — grunhi, tentando permanecer forte.

Sua mão tocou minha cintura, deixando-me ciente das gorduras ali.

Estava com uma blusa de gola alta, cobrindo a merda sádica dele. Meias pretas, botas de cano curto e saia de couro formavam meu look.

Eu amava muito preto desde pequena, isso enlouquecia mamãe.

— King, pare com isso, deixe Harleen ir. — Dante deu um passo em nossa direção, mas parou quando o furacão ruivo apareceu. Ele franziu as sobrancelhas. — O que ela está fazendo aqui?

— O mesmo que você, presumo. — Remy ignorou a resposta da prima e me puxou mais, fazendo-me ficar ainda mais rígida.

— Você a está enfiando nessa merda, sério? — Dante a ignorou também, sua fúria em King.

— Nina não é assunto seu, Conti — King falou alto, mas sem rigidez, apenas a verdade.

— Bem, isso aqui já deu. Vamos embora, Harleen.

Tentei me soltar de King, mas ele se inclinou para perto do meu ouvido. A música ficou em segundo plano enquanto eu sentia sua respiração em meu pescoço.

— Sete horas no corredor. Se atrasar, vou fazer você achar a gargantilha divertida.

Sua mão me soltou e eu corri para o lado de Dante. Nina me fulminou e eu a ignorei, como todos costumavam fazer. Caminhei entre o mar de gente enquanto Dante abria caminho.

Meu coração batia descompassado, o tipo de medo de que Remy era capaz de inserir em minhas veias em tão pouco tempo que nos conhecemos era inesperado.

— Você pode começar a falar sobre eles agora? — pedi, irritada, entrando no carro de Dante.

— O que você quer saber, Harleen?

Meu estômago gelou com a pergunta, mas eu precisava ser corajosa. Tinha de saber quem era meu inimigo, necessitava estar bem-informada se queria lutar.

— Tudo.

Ele pisou no acelerador, mas ficou em silêncio. Esperei pelo seu tempo, e quando seu carro estacionou diante do dormitório, ouvi sua respiração pesada.

— King, os gêmeos, Nina e eu somos filhos de mafiosos.

Esperei muitas coisas, mas nunca isso.

— Mafiosos? Os reais? — Minha voz soou incrédula.

Dante acenou, sem me olhar.

— King é o herdeiro direto. Ele vai ser o Don.

Não fazia ideia do que ele queria dizer, mas Dante levou seu tempo explicando as posições dentro da Outfit. Remy seria o líder.

— Então, ele é realmente daquele jeito.

Dante sorriu ao me encarar.

— Aquilo não é nada.

O quê? Meu coração afundou. Onde havia me metido? Fechei meus olhos e respirei fundo.

— Boa noite, Dante. Eu preciso pensar nisso tudo...

— Vá dormir, Harleen, e fique longe de encrenca.

O que ele não entendia era que eu tentava muito, mas Remy não me deixaria ficar longe. Não enquanto eu não implorasse.

O que eu faria, sem dúvida.

Principalmente agora, que sabia que ele era um mafioso, um homem sem escrúpulos ou coração.

King Trevlyan

Rebel era um dos meus lugares preferidos, sem dúvidas, mas ele foi estragado pela presença de Bird, ontem à noite. Era justo colocar seu apelido assim, fazia tempo que não me entretinha tanto caçando algo.

Ela era a minha caça.

Minha *bird*.

— Ela é pontual. — Dwayne a viu antes que eu pudesse.

Bird estava de pé na entrada da escola. A porcaria do lenço que peguei dela ontem estava em meu bolso, pesando. Mas, pelo que parecia, ela possuía uma coleção da porcaria.

Não respondi a Dwayne.

— Podemos conversar só um segundo? — Essa foi a primeira coisa que Bird falou quando parei diante dela.

Eu a ignorei e puxei o lenço do seu pescoço. Era prazeroso ver o seu colo e bochechas pegarem fogo. As pessoas pararam de falar só para assistir ao show que era meu nome pendurado em seu pescoço.

— Vá para o ginásio...

— Remy...

— É King para você. — Minha voz saiu irritada.

Era interessante, apenas uma palavra e ela conseguiu um feito quase impossível.

— Preciso conversar com você...

— Você não precisa, fala ou pede. O que é essa merda preta em seus olhos? Você fica ainda mais ridícula com isso.

Seu olhar foi de puro choque, com isso me aproximei mais.

— Vá para o ginásio.

Seu olho tremeu, mas ela reuniu forças e saiu da minha frente. Apertei o lenço e me virei, vendo a escola assistindo a tudo. Assim que me viram encarando, todos se mexeram.

— Alunos, todos para o ginásio.

A voz explodiu nas caixas de som. Andei na mesma direção de Bird e quase sorri ao vê-la bem na minha frente. A saia plissada era curta, as meias pretas cobriam pouco das suas coxas grossas, e a bunda... Porra! Era uma obra de arte.

Bird era grande em todos os lugares, com certeza estava acima do peso, mas não havia nada de negativo nisso ou nela. Meu pau gostava da visão. Até demais.

Assim que entrou no ginásio, Sweet deu um papel a Bird. Eu a vi ler e abrir a boca em choque. Bem, o show ia começar.

— Ansioso para o seu show de horrores? — Nina resmungou, irritada, quando me sentei ao seu lado.

— Nina, dá um tempo. — Amo revirou os olhos, largado na poltrona do outro lado dela.

— Isso é errado, tudo isso. Essa porcaria no pescoço dela é insana até para Remy.

Minha prima não gostava das escolhas que os gêmeos fazíamos ou eu, isso era cotidiano, mas em relação a Bird ela parecia mais furiosa.

— Você virou amiga dela e eu não sei? — questionei, com os olhos presos em Harleen.

Ela estava parada à entrada do ginásio, apertando o papel.

— Não, longe disso. — Ela seguiu meu olhar e viu Harleen andar até a gente.

— King, podemos conversar, por favor? — Bird mordeu o lábio e minha mente porca imaginou os lábios rosa e brilhosos em volta do meu pau.

— As instruções estão aí, Bird.

— Não posso fazer isso. É mentira e... — Ela respirou fundo, os olhos brilhando. Se eu pudesse sentir pena, sentiria. — Meu pai... Ele vai me matar.

— Bem, levarei flores.

— Quê? — Ela franziu as sobrancelhas e balançou a cabeça.

— Para o seu velório.

Harleen desviou os olhos dos meus e engoliu em seco. Quando seu queixo foi projetado para cima e depois para baixo, senti satisfação.

— Vá.

Bird se virou, andando até o palco. Relaxado contra a poltrona, eu a vi falar com o diretor Quinn. Em segundos, o imbecil pegou o microfone e deu boas-vindas a todos.

— Eu deveria ter feito esse encontro ontem, mas como a maioria sabe, tivemos um grande imprevisto. — Donald me olhou nesse segundo e eu continuei sem expressão.

Ele falou algumas baboseiras sobre o ano letivo, a missão da Heirs e só depois entregou o microfone a Harleen.

— Essa é Harleen Ann Hill, nossa nova aluna. Ela gostaria de falar algumas palavras para vocês. — Quinn sorriu para ela, que deu um passo para frente.

Ela segurou o microfone e evitou me encarar. Meu nome brilhava com todas as luzes viradas para ela. Seu cabelo estava solto, mas atrás dos ombros. A gargantilha estava em evidência.

— Oi, meu nome é Harleen. — Ela respirou fundo, olhando para todos os alunos. — E eu menti para o diretor Quinn. — Donald franziu as sobrancelhas, sentado em uma das cadeiras na lateral, destinadas ao corpo docente. — Na noite de domingo para segunda, fui pega molhada nos corredores do dormitório pelo Sr. Quinn. Disse a ele que havia sido um trote, mas... não foi. — Harleen respirou fundo, os olhos úmidos, parecendo tão frágil. — Isso não aconteceu, eu estava na piscina. Caí nela sem querer e não quis parecer idiota logo no primeiro dia. — Seu foco foi para Donald, que parecia se conter de fúria. — Peço desculpas, diretor Quinn, isso não vai se repetir. Prometo.

Harleen colocou o microfone no púlpito e se retirou pela lateral do palco.

— Você a fez chorar diante da escola inteira. — Minha prima me olhou, chocada.

Levei meu dedo à boca, limpando a sujeira inexistente.

— Só estou começando.

Ergui-me, deixando todos para trás. Assim que passei pela porta, vi Harleen parada contra a parede do corredor. Seu olhar foi mortal, mas apenas por um segundo. Bird encobriu sua raiva e respirou fundo, enxugando as lágrimas.

— Pronto? Hum? Sua sede de vingança foi saciada? — ela questionou, respirando rápido.

O tecido da camisa querendo abrir, lutando contra os botões, enquanto o terno cobria seus ombros.

— Estou nesta escola há anos e nunca tive essa sede. — Dei um passo em sua direção, ficando bem diante do seu rosto. Ela podia ser grande, mas eu era bem mais alto. — Ela surgiu assim que você abriu sua boca e me fez sentar na sala de Quinn.

— Me desculpa, eu imploro. Só me deixe em paz...

— A paz é subestimada, Bird. Há pessoas que renascem no caos. — Segurei a letra K do nome em seu pescoço e puxei lentamente, fazendo-a encostar a pele em meu peito. — Fique com a gargantilha, ela é como meu troféu.

Harleen estava com a boca entreaberta e os olhos cheios de lágrimas. Tão vulnerável. Amava a sensação de poder que flutuava em minhas veias como veneno, entorpecendo-me.

— Se a tirar ou a esconder de novo, eu vou caçar você e darei um castigo pior que esse.

— Por que você dá tanta importância ao que fiz?

Sua pergunta me fez tocar seu delineado reto e preto. Esfreguei meu polegar para baixo e ela sorriu. Não sabia qual era a graça, mas logo soube, a porcaria não saía nem manchava.

— Você está enganada, Bird. Tudo isso não é sobre sua delação. — Tirei minha mão dela e soltei o pingente.

— E sobre o que é?

— Caçar, punir e sentir satisfação ao ver sua ruína.

— Você...

— É como heroína, Bird. — Segurei seu pescoço, puxando-a até nossos rostos estarem perto. — Ter você sofrendo me entorpece.

— Seu doente de merda.

Afastei-me de uma vez e me virei, andando e ouvindo seus insultos.

— Sádico! É isso que você é!

Sua voz foi ficando mais longe até sumir.

CAPÍTULO 5

Harleen Ann Hill

Nunca me senti tão impotente e doente como nos segundos em que segurei um microfone estúpido e menti diante de todos. Porém, agora, eu estava mais que isso, a fúria nadava em minhas veias. Eu odiava cada parte da minha vida, tudo nela, principalmente ter Donald como pai.

Na verdade, ele jamais seria isso.

— Você tem noção da merda que fez? O que tem de errado com você? — Sua revolta era murmurada, mas tão furiosa quanto um grito reverberado. Optei por continuar em silêncio, olhando para o porta-retratos em sua mesa. — Responde, Harley!

Nem me dei ao trabalho de corrigi-lo. Era inútil. Donald era cruel, inescrupuloso, a poeira do meu sapato.

Nada.

— E que porra é essa no seu pescoço? — Seus olhos cresceram mais.

A gargantilha imunda pesou sob seu olhar, muito mais do que quando Remy a enfiou em meu pescoço. Exibir seu nome era meu pior castigo, e ele sabia disso.

— Eu sou gótica, Quinn. Você já deve ter percebido pela porcaria nos meus olhos, ou talvez, minhas meias pretas três quartos.

Seu rosto chegou a um tom de vermelho muito mais forte. Seus punhos se juntaram e quase gritei quando colidiram com a mesa.

— Você é a pior coisa que me aconteceu, Harleen. Aquela puta tinha de morrer logo agora, não é? Tinha de ir para o inferno e me deixar você...

Fiquei de pé tão rápido que minha cabeça girou.

— Nunca mais toque no nome dela ou se refira a ela — grunhi, apertando meus punhos, ouvindo meu coração bater furioso.

— Ou o quê? — Donald empurrou os óculos para cima e me olhou sorrindo, irônico.

— Ou irei visitar sua família.

Virei-me, saindo da sala antes que ele pudesse falar qualquer coisa. Meus passos foram firmes até a sala de aula. Quando entrei, todos pararam de falar, até o professor me olhou.

— Estava com o diretor Quinn.

O homem acenou e eu fui para minha cadeira. Parei, ainda tremendo, olhando a mesa rabiscada.

Puta mentirosa.

Gorda mentirosa.

Vaca mentirosa.

E vários outros insultos. Peguei minha mochila e coloquei sobre as palavras grosseiras. Meu rosto parecia neutro, mas dentro de mim, o peso da vergonha era forte. Sofri *bullying* a vida inteira, mas na Heirs parecia pior. De alguma forma, ter Remy e companhia contra mim dava ainda mais gás aos outros.

Sabia que isso não acabaria bem.

Estava só começando.

Fugi para o dormitório assim que minhas aulas acabaram. Não vi Remy e sua gangue de novo, fiquei grata por isso. Quanto mais longe dele e Cia eu ficasse, menos problemas eu teria.

Parei diante do espelho e o brilho da porcaria em meu pescoço ofuscou toda minha mente. Ainda não conseguia acreditar que minha vida havia se transformado em um inferno em tão pouco tempo. Nem o que King havia feito para me humilhar.

Ele nem me conhecia, como diabos podia ser capaz daquilo?

Ele era um criminoso, Harleen.

Precisava me lembrar disso com mais frequência.

Entrei no banho com esperança de tirar todas as lágrimas que estavam acumuladas dentro de mim e, em algum momento, consegui. Quando saí do banheiro, estava inchada e com os olhos vermelhos, mas me sentindo um pouco melhor.

Mas havia algo que realmente me faria bem.

Por isso, quando entrei nos corredores de Heirs um tempo depois, respirei resignada. A sala de música estava vazia, como todo o campus. Já era noite, então não havia mais ninguém ali.

Peguei a caixa da flauta, abri e respirei fundo, sentindo cada caquinho tentar se colar. Segurei o instrumento e levei aos lábios. Devagar, o som foi preenchendo o espaço e a minha alma. Cada nota fez meu coração relaxar; as batidas suaves me davam a sensação de pura calmaria. A música era a última coisa que restou a mim. Ela fazia todos os problemas sumirem, fazia Remy Trevisan se tornar insignificante em um passe de mágica.

Meus dedos eram ágeis, meu fôlego se recuperando a cada assopro. Tudo parecia perfeito. Cada coisa em seu lugar, porém, quando senti um arrepio, minha coluna ficou rígida e a canção se encerrou.

Havia alguém ali.

Virei-me para a porta e vi um vulto passar. Guardei o instrumento e me ergui, deixando a caixa de lado. A calmaria cedeu lugar para o medo, mas me obriguei a engolir em seco e ficar calma.

Poderia ser o zelador.

Mas quando abri a porta e vi os ombros largos no final do corredor, eu sabia que não era possível. O cabelo preto estava em todas as direções, e o visual diferente da farda me fez ficar ainda mais rígida.

Meus pés se moveram sozinhos para trás e eu voltei para a segurança da sala. Fechei a porta e vi Remy de pé, bem na frente da porta. O cabelo escuro caía um pouco sobre a testa, e o olhar azul fez meu interior congelar.

Pavor percorria minhas veias. O olhar dele no ginásio, assistindo a minha agonia voltou, então senti como se a gargantilha apertasse. O ar foi embora, meus pulmões doeram, mas deixei longe as lágrimas.

Remy nunca mais me faria chorar. Eu jurava.

Olhei de novo para ele, mas percebi que não havia ninguém lá. Ele havia partido.

Uma semana se passou enquanto todos se questionavam os motivos para o diretor Quinn não ter me expulsado ou suspendido. Fora o nome do rei da Heirs pendurado em meu pescoço.

Havia muitos alunos dispersos na hora do almoço, então peguei minha comida e corri para o fundo do refeitório. De longe, vi Dante se aproximar. Odiava a sensação de que ele fazia parte de tudo que essa escola representava.

— Você passaria mais despercebida se não usasse tanta maquiagem.

Ele se sentou, soltando a bandeja na mesa. Seus olhos passaram por meu delineado preto e batom vermelho.

— Não preciso dos seus conselhos sobre maquiagem, Dante.

Ele deu de ombros e levou a comida à boca. No mesmo segundo, puxaram uma cadeira. Minha respiração aliviou ao ver Bonnie, mas durou pouco tempo.

— King mandou.

O papel preto foi deslizado pela mesa em minha direção. Bonnie engoliu em seco, nervosa.

— Obrigada.

Guardei o papel sem olhar e foquei em meu almoço. O silêncio seguiu, agradeci por isso. Quando acabei, deixei Dante e Bonnie para trás.

O bilhete pesava em meu bolso, mas não podia olhar isso. Não. Eu precisava lidar com Remy, mas não era seguindo seus planos como uma súdita fiel.

— Você deve ser Harleen.

Virei-me rápido e dei de cara com uma mulher loira. Não fazia ideia de quem era, ou por que ela me conhecia.

— E você, quem é?

— Eu sou...

— Tia Kiki!

O grito me fez pular. Virei-me, e assim que vi Nina, meu corpo ficou gelado.

Oh, meu Deus! A família de mafiosos... Essa mulher... Como diabos ela me conhecia?

Nina me encarou assim que saiu dos braços da mulher que sorria.

— Ei, princesa, você viu Dante?

A pergunta ecoou e eu tentei sair despercebida, mas parei ao ouvir a resposta feroz de Nina.

— Não, mas ela deve saber.

— Ele está no refeitório. Com licença.

Nenhuma tentou me parar. Então sumi pelos corredores, indo para o auditório. Havia descoberto que o local era o único lugar vazio no campus.

E isso era perfeito para mim.

Sentei-me no chão, na última fileira, descansando minha coluna contra a parede. Aumentei meus fones e fechei os olhos, deixando a voz intensa de Chester invadir minha mente.

Às vezes, eu entendia como as pessoas podiam sucumbir à dor. Encontrar alívio na única coisa que parecia provável.

Algo reverberou próximo a mim e eu abri minhas pálpebras. Virei-me procurando o barulho enquanto pausava a música. Encontrei uma pessoa sentada a algumas cadeiras abaixo, na outra extremidade. A cabeça estava jogada contra a poltrona, lábios fechados e olhos fixos no teto.

Em segundos, vi uma movimentação abaixo e fiquei rígida ao ver um cabelo loiro descendo e subindo, a cabeça perdida no colo do demônio.

— Você gostou, King? — A voz melodiosa não era conhecida por mim.

Não fazia ideia de quem era, mas ela surgiu em minha visão, limpando o canto da boca, lambendo os resquícios de algo dele.

— Saia.

A garota ficou de pé rápido e tropeçou sozinha enquanto corria para fora. Apertei a poltrona, querendo dar o fora, mas o medo de ele me ouvir me fez ficar parada.

— Eu sei que está aí, Bird.

Meu sangue gelou.

Remy girou a cabeça e seus olhos focaram em mim. A linha rígida da sua boca foi pressionada, seu foco descendo até meu pescoço. O nome ainda estava ali e eu sabia que só sairia no dia que ele quisesse.

— Venha até aqui.

Nem fodendo.

— Se eu falar mais uma vez...

Tensa, levantei e andei entre as cadeiras, parando perto dele. Meu colo ficou vermelho vivo quando vi que a calça ainda estava aberta, a cueca preta visível. O contorno do pênis marcado me fez engolir em seco e afastar o olhar depressa.

— Fecha.

Demorei alguns segundos para entender o que ele estava querendo dizer com uma simples palavra, porém, quando o fiz, fiquei chocada.

— Não vou tocar em você...

— Se ajoelhe e feche. — A voz era dura, tão dura quanto o pau furioso dentro da sua cueca.

A garota não havia aliviado o tesão do demônio? Como ele ainda estava assim?

— Remy...

— Agora.

Já perdi a conta de quantas vezes tive de engolir meu orgulho e me curvar a Remy Trevisan só por medo dele. Estava cansada, mas sabia do que ele era capaz.

Não me colocaria em perigo de novo.

Devagar, meus joelhos alcançaram o chão. As pernas dele estavam abertas e eu estava no meio. Tentei me manter longe enquanto esticava as mãos para fechar sua calça, mas meus se os roçaram em suas coxas.

— Feche, Bird.

Aproximei-me mesmo sentindo sua pele em meus mamilos. Juntei o tecido com esforço e subi o zíper. Assim que coloquei o botão na casa, eu me afastei.

Tentei ficar de pé, mas Remy capturou a gargantilha com seu nome, forçando-me a permanecer de joelhos.

— O bilhete, Bird.

Havia me esquecido do papel que Bonnie me entregou. Segurei seu olhar, mas Remy não cedeu.

— Não li...

— Talvez... — Remy brincou com o nome dele e se inclinou sobre mim. — No bilhete esteja escrito para você não vir ao auditório porque estaria ocupado. Você veio mesmo assim.

— Eu não li...

— Ou leu e quis me ver sendo chupado.

— Tenho nojo só de imaginar.

Remy soltou seu nome e eu me coloquei de pé.

— Seus mamilos dizem outra coisa.

Olhei rápido para meus seios e vi que os mamilos estavam marcando a camisa. Puxei o terno, fechando o botão.

— Posso ir?

Remy deslizou o dedo na boca, os olhos em meu corpo. Quase vi desejo refletido ali, mas deveria ser minha imaginação.

— Sim, Bird.

No mesmo segundo, eu sumi da sua frente.

No dia seguinte, sabia que algo estava errado. Todos se viraram para me ver passar e isso já tinha parado há dias, mesmo com o nome de Remy em meu pescoço. Agora, eu não fazia ideia do motivo.

— Puta — alguém sussurrou, mas não consegui ver quem era.

Os murmúrios continuaram, e a cada metro eu me sentia mais nervosa com os olhares.

— Você sabe por que todo mundo está me olhando? — Toquei o ombro de Dante, e quando ele se virou, meu estômago afundou.

Sua bochecha estava roxa, parecia que ele havia acabado de sair de uma briga.

— Ei, o que houve...

— Vem comigo. — Dante me arrastou até um armário e fechou a porta, conosco dentro.

— Dante!

— Explica essa merda.

Meu único colega nessa escola dos infernos ergueu o celular. Uma imagem estava aberta na tela, Remy sentado enquanto eu estava entre as suas pernas.

A posição era estratégica, quem visse não teria dúvidas do que estávamos fazendo.

— Que merda... Não é o que parece...

— Ele obrigou você? Ele te forçou? — A voz de Dante parecia furiosa.

Isso me trouxe uma sensação reconfortante. Ele acreditava em mim.

— Sim, não... Não foi isso! — Exasperei-me, tremendo enquanto a imagem me causava ânsia de vômito.

Naquele momento, bateram à porta. Na verdade, socaram a madeira. Tremi inteira, mas Dante tapou minha boca, levando um dedo à sua própria.

— Abre a porra da porta, Conti!

— Dwayne já foi abanar o rabo para você, King?

Os olhos de Dante não saíram dos meus enquanto falava.

— Não, você está com algo que me pertence.

A frase fez meu estômago revirar. Fechei os olhos tremendo e Dante grunhiu.

— Ela não é sua.

— Abre a porta. — Um chute foi disparado e eu soltei um grito assustado. — Saia daí, Bird, antes que eu faça você sair.

Empurrei a mão de Dante e abri a porta. Havia uma multidão reunida, assistindo ao espetáculo de horror que minha vida havia se transformado.

— Saiam! Todos!

As pessoas colidiram umas com as outras tentando obedecê-lo o mais rápido que podiam.

— Vou partir sua cara ao meio. Eu juro que você vai morrer pelas minhas mãos. — Seu olhar feroz era totalmente focado atrás de mim, em Dante.

— Não a toquei, King. Quando eu fizer, você vai saber por mim e meus pais.

Pais? Como assim?

— Saia.

Dante se afastou, deixando-me sozinha com o Bicho-Papão. Ninguém restou, apenas ele e eu.

— Se você pensa que vai conseguir algo com esse imbecil, aviso que não vai. Ele quer algo que nunca vai ter, ainda assim, anseia por isso como um gato pelo rato.

Não fazia ideia do que ele estava falando e não me importava. A foto ainda estava fresca em minha mente, junto à vergonha.

Ergui meu queixo, rígida.

— O que você quer?

— Entregar isso.

Ele empurrou uma pilha de fotografias em meu peito e algumas caíram. Eram as mesmas que Dante me mostrou. Tudo indicava que eu estava chupando Remy.

Eu!

— Qual dos seus cachorrinhos tirou essas fotos?

Apertei os papéis, sentindo tudo vir à tona. Estava cansada do jogo sujo de Remy Trevisan.

— O que você ainda quer de mim? Não basta me ver andando com isso no pescoço? Você precisa realmente me humilhar assim?

Remy nem se mexeu. Os olhos letárgicos e preguiçosos focados na minha ruína.

— Nós sabemos que não toquei em você. Jamais faria isso.

— Jamais, Bird?

Seu olhar era intenso, doía em minha alma continuar o encarando, mas me mantive ereta.

— Pedi desculpas pelo que fiz, implorei a você para me deixar em paz, mas... você gosta disso.

Sua boca se curvou um pouco, um meio-sorriso cruel desenhado nos lábios do diabo.

— Eu gosto de poucas coisas na minha vida, ter você nessa posição faz parte da seleta lista.

Dei um passo para trás, sem perceber entrando no armário de novo. Remy me seguiu, como um perseguidor obcecado.

— Fale para elas a verdade. Diga que não toquei em você.

— E o que você me daria em troca, Bird?

Sua mão afastou o cabelo para trás e eu continuei andando, até minhas costas colidirem contra a parede do armário de limpeza.

— Eu fico longe...

— Hum... Tsc, tsc, tsc. Pouco.

Remy entrou no cubículo e puxou a porta. Minha respiração ficou forte, o medo fez minha pele gelar e produzir suor.

— O que você quer?

Eu me odiaria para sempre por ousar perguntar, dei a ele mais poder sobre mim, e isso o fez sorrir.

— Você.

O quê?!

Ele não estava falando sério. Não podia, certo? Como diabos ele podia sequer pensar em me ter? Como ele poderia *querer* isso?

— O que isso quer dizer?

Meu colo subia e descia freneticamente, minha voz estava trêmula, partida.

— Quer dizer que vou tirar sua virgindade, e que sempre que eu disser para ficar nua, você vai ficar. Esse é meu preço.

Nojo tomou conta de mim. Era surpreendente o quanto a visão do que ele propôs me causou ânsia. Eu nunca o deixaria me tocar. Nunca!

— Nem que eu estivesse morta. Faça seu pior, King, não vou me curvar a você.

Em segundos, eu estava contra a parede, sua mão apertando meu pescoço para me manter parada. Seu olhar continuava neutro, tão dono de si. Um verdadeiro rei. Nada o abalava.

— Você vai reconsiderar, e no dia que o fizer vai estar nua, de joelhos e com meu nome em seu pescoço.

— Nunca, Remy.

Ele passou o dedão sobre meu batom, tirando-o do lugar. Não havia passado o matte hoje. Uma droga.

— Tire sua calcinha. — Sua ordem me fez arregalar os olhos.

— Não! — gritei, apavorada. — Tire suas mãos de mim!

Remy segurou minhas mãos e, em segundos, eu estava presa à barra de ferro onde as vassouras descansavam. Ele havia as amarrado com uma fita. De onde ele tirou essa merda?

— Então, você vai ficar aqui.

— Remy! Pare com isso. — Meu pedido foi ignorado.

Ele andou para a porta enquanto o pânico crescia dentro de mim.

— Tchau, Bird!

— Certo! Ok,ok! Me solta antes.

Ele parou de se mover e se virou. Não havia nada em sua expressão, só uma calma ridícula.

Remy me soltou, e quando coloquei meus braços para baixo, senti toda a vergonha do mundo me encher. Porém não implorei de novo.

— Vire.

Ele não o fez. Pelo contrário, encostou-se a parede com os olhos travados nos meus.

Enfiei as mãos debaixo da saia e enganchei meus dedos no tecido de renda preta. Deslizei a calcinha pelas minhas coxas e joguei na cara dele. Remy nem se mexeu, seus dedos pegaram a calcinha e ele apertou, levando-a para o bolso.

— Boa garota, Bird.

Em segundos, ele me deixou sozinha e acuada no canto, completamente humilhada. Nunca me senti tão triste e envergonhada como naquele momento.

E tudo por culpa dele.

Eu odiava Remy Trevisan mais que tudo.

CAPÍTULO 6

King Trevisan

Nina estava parada, os olhos azuis ferozes enquanto o cabelo vermelho era açoitado pelo vento. Passei por ela em silêncio e a ouvi me seguir para dentro da mansão e, depois, subindo a escada.

— Fique fora da minha vida, King. Não sou um peão na merda do seu jogo. — As palavras ecoaram assim que ela bateu a porta fechada.

— O que estava fazendo, Nina? Explica — pedi, tirando a gravata e a jogando na cama.

— Nada! Conversei com ele, só isso! — Seu grito pareceu mais uma maldição.

— E por que Dwayne bateu no lixo Conti? — perguntei, andando até ficar diante dela.

Minha prima era perspicaz, inteligente e bonita. As pessoas a subestimavam, eu não. Sabia o que um Trevisan era capaz de fazer.

— Porque ele acha que está fazendo um favor a você, valida a amizade de vocês. Você entende como isso é estúpido, King? — Nina inclinou a cabeça e depois desviou os olhos dos meus. — Dante não pensa em mim assim, vocês sabem disso. Ele e Harleen...

Seu silêncio me fez encará-la. Nina respirou fundo e me olhou sem medo e sem reservas, como todos ao meu redor faziam. Nina e os gêmeos eram os únicos capazes disso.

E Dante também, e isso me dava nos nervos.

— Ele gosta dela, é nítido.

— Não me importo com Dante ou ela. Meu foco é você.

Nina respirou fundo e balançou a cabeça, contrariada.

— Dante não é e nunca vai ser seu noivo. Não vou permitir isso. Nunca.

Sua mandíbula cerrou e os olhos azuis ficaram gélidos.

— Não o quero, King. Nunca quis, mas meus primos têm a porra de um dom para me limitar a qualquer garoto que fica a um metro de mim.

— Você é preciosa demais para qualquer um deles.

Minha prima andou até mim com o foco nos meus olhos.

— Harleen deve ser preciosa para alguém também. Pense um pouco nisso.

Nina se virou e andou para fora do quarto, deixando-me sozinho. Nada do que ela falou me fez pensar, não me importava com ninguém que não tivesse o sobrenome Trevisan.

— Então, quem é Harleen?

Lua surgiu do meu closet e eu respirei fundo, indo para o banheiro. Minha irmã não me deixava fugir, pelo contrário, tinha um dom de testar todos meus limites. Com apenas quinze, a caçula Trevisan tirava meu juízo.

— Vou perguntar à mamãe, então...

— É uma garota da escola, Lua. Você pode me deixar tomar banho, agora? — grunhi, irritado, e a encarei. Ela estava segurando a mão com força. — O que houve?

— Isso? Hóquei. — Ela ergueu a mão, estava vermelha e um pouco inchada.

— Me deixe ver.

— Não é nada... — Lua tentou arrancar a mão do meu domínio, mas não conseguiu.

— Nós vamos para o complexo hospitalar.

— Pare com isso! A mamãe não viu...

Eu a ignorei e peguei uma blusa no closet. Arrastei Lua pela casa, e quando achei nossa mãe, avisei que precisávamos ir ao médico.

— Droga, desculpem! Lua, como isso aconteceu? — Ela jogou as luvas de jardinagem longe e tocou minha irmã.

Nós saímos logo depois para o complexo. Era na propriedade, não íamos a hospitais comuns. Então, tio Rocco fez um da Outfit. Durante todo o tempo, Lua me enviou olhares mortais. Eu só relaxei quando o médico disse que era apenas uma luxação.

— Seu pai quer você no Village.

Mamãe me encontrou na sala de jogos depois de ir verificar Lua no quarto.

— Ok...

— Você sabe o que acho da máfia. — Lunna Trevisan se sentou ao meu lado e apertou meu joelho. — Mas é nosso destino. Foi o meu quando me casei com seu pai e deixei Nova Iorque, e será o seu em seu próximo aniversário.

Sabia disso, e estava mais próximo do que mamãe queria.

— Estou pronto, mãe. Nasci para isso.

Ela me deu um sorriso triste e desviou os olhos dos meus. Mas logo voltou a me encarar.

— Não há nada no mundo que eu ame mais do que você, Lua e seu pai, Remy. Nada. Farei tudo por vocês, até mesmo ver você comandar uma das mais poderosas e perigosas máfias do mundo.

Puxei seus ombros para mim e beijei seu cabelo. Mamãe sempre foi sentimentalista, algo que nenhum dos seus dois filhos herdou. Lua era prática, eu era frio.

— Como disse, nasci para isso. Estou pronto. Vou orgulhar meu pai.

Esse era meu maior objetivo. Meu pai sempre foi meu espelho, eu o amava. Mesmo com tanta coisa, Romeo Trevisan foi presente, amou a mim e a minha irmã como poucos pais são capazes. Ele me ensinou tudo que sei hoje. Ele participou da minha vida, isso não tinha preço.

Romeo ia ter orgulho de mim.

Isso eu garantia.

Quando cheguei ao Village, meu pai estava com meus tios. Tio Rocco estava em cima de um ringue com Rhett. Os dois trocavam socos enquanto eu andava até meu pai.

— Minha mãe disse que me chamou — murmurei assim que ele tocou minhas costas.

— Vai ao Blood no sábado? No subsolo. — Meu pai tratou de completar enquanto observava Rhett deitado no chão e seu pai empurrando o antebraço no pescoço dele.

Rhett logo desistiu e os dois se ergueram rindo.

— Sim.

— Bom, tem treinamento hoje. Se comporte.

Não entendi o que disse até ver quem entrava. Giulio Conti estava com Dante ao lado, andando em nossa direção. Nossos pais se toleravam e se respeitavam. Apenas.

— O que houve em seu rosto, Dante? — meu pai perguntou assim que eles chegaram.

— Um imbecil na escola, eu resolvi — Dante resmungou enquanto o pai me olhava.

— Tirarei sangue do seu filho no ringue, Giulio. Não vou sujar minhas mãos fora dele.

Virei-me, andei até o banheiro e peguei um short na pilha que Rhett, Amo e eu sempre deixávamos. Tirei a calça e senti o peso no bolso. A calcinha da Bird. Peguei o tecido frágil e levei até meu rosto. Tentação. Era isso que a garota era.

Desejei foder cada buraco dela, e... Porra! Sabia que Bird ia implorar por isso.

Segurei meu pau duro ainda com a calcinha contra meu rosto. A cada bombear, eu a imaginava baixando minha cueca no ginásio, segurando meu pau com os dedos macios e com unhas pintadas de esmalte preto. Imaginei os lábios pintados de vermelho se abrindo para me levar fundo na sua garganta, porém, ela apenas chupou a ponta. Sem pressa, apenas aprendendo.

Harleen me levou mais fundo enquanto abria a blusa e soltava os seios do sutiã que os apertava a cada maldita hora do dia. Os mamilos rosados e duros raspariam na minha coxa. Eu agarraria um deles, enquanto ela me chuparia, engolindo-me.

E então, quando ela estivesse pedindo pela minha porra, eu arrancaria meu pau da sua boca e gozaria em seus peitos.

Mordi a calcinha para conter meus gemidos enquanto meu pau pulsava e eu gozava na porra do azulejo. Minhas bolas doíam, parecia haver tanto ainda. Resley podia me chupar mil vezes, mas meu pau queria a boca daquela maldita.

— Vem hoje ou não? — Rhett gritou, fazendo-me apressar meus passos.

Quando fiquei no ringue diante de Dante, deixei meu corpo relaxar. Nossos pais e mais alguns soldados estavam ao redor, olhando as lutas dos filhos com outros filhos. Era algo que meu pai havia organizado para nos preparar para a Outfit.

— Como é beijá-la depois do meu pau estar naquela boca? — perguntei, estalando meu pescoço.

Dante semicerrou os olhos, um pequeno vislumbre de raiva.

— Eu sei que ela não te tocou. Harleen tem nojo de você, King. Aceite. — O sinal soou permitindo que nos aproximássemos. Trocamos alguns socos, e quando o acertei, Dante riu. — Essa caça é ridícula, você está ficando patético diante da escola inteira.

— Sério? Ou é você, correndo atrás dela enquanto pensa em outra?

Ele ficou rígido, Dante sempre tentou esconder o interesse por Nina, mas era ridículo. Podiam não perceber, mas eu, sim. Enquanto todos olhavam para o óbvio, eu estava observando nas entrelinhas.

— Ela nunca vai pertencer a você.

Ele avançou, chutando minhas costelas.

— Não sei do que está falando, Trevisan, mas de uma coisa eu sei, Harleen não vai se curvar a você.

— Mas a você, sim, certo? Ela chupa seu pau mole, Conti?

Dante riu.

— Sim, e... Porra! Não há garota no Heirs que mame melhor!

Não percebi que estava sobre ele até ouvir meu pai gritar. O rosto dele estava ensanguentado, mas o que mais me irritou foi o sorriso.

Mesmo manchado de sangue, Dante ria como um lunático.

Na manhã seguinte, estava olhando para a calcinha de Bird e para ela própria. Seu rosto estava vermelho, os alunos da Heirs ao redor, com o celular filmando e rindo. Sua humilhação me deu satisfação, e eu queria mais.

Assim que me viram, o caminho foi aperto e as pessoas se viraram, ansiosas. Parei ao lado de Harleen e afastei seu cabelo, sentindo Resley ao meu lado enquanto meus primos estavam atrás, com Sweet e Dwayne.

— Você esqueceu no ginásio.

Os olhos azuis encontraram os meus e vi o fogo, o ódio e a sede de vingança.

— Veja alguns vídeos e aprenda a chupar melhor, Bird. Caso contrário, não vejo motivos para manter você.

Afastei-me enquanto ouvia os risos e a chacota. Meus primos estavam em silêncio enquanto Dwayne e as meninas riam.

— Eu amo quando você coloca essa cadela no lugar dela. — Resley riu, tocando meu braço.

— Não me toque.

Em segundos, sua mão deslizou.

— Vejo vocês depois.

Fui para a sala e me sentei no final. Já havia uma mochila na cadeira à minha frente e eu sabia de quem era, por isso mesmo me sentei na cadeira atrás.

Quando ela surgiu, a sala já estava cheia. Harleen andou até a cadeira, e quando me viu, ponderou antes de perceber que não havia mais lugares. Ela se sentou e coloquei meu pé na parte de baixo, empurrando sutilmente.

— Seus pais já levaram você ao psicólogo, Remy? — Sua voz estava baixa e o rosto virado para mim.

Ninguém escutou, só nós dois. Ergui minha sobrancelha, em silêncio.

— Nem preciso me formar para saber que você é um sociopata.

— Bom.

— Bom? — Seu rosto ficou incrédulo.

— É um pré-requisito para mutilar, matar e torturar.

Harleen perdeu a cor, se eu não soubesse que ela já tinha ciência da minha futura profissão, eu poderia imaginar que ela estava sabendo agora.

— Você é insano. Não me toque mais, não me olhe. Farei isso daqui para frente.

— Como, Bird? Eu ainda preciso de você de joelhos.

Dessa vez, minha voz ecoou alta. Harleen arquejou, virando rápido enquanto todos nos encaravam, chocados.

Ignorei Harleen ou os outros pelo resto da aula. Quando entrei em meu carro no final do dia e saí da escola, estava exausto. Queria dormir e esquecer o dia de merda que tive.

O nome de Rhett apareceu no visor e eu atendi sua ligação.

— Onde você está?

— Indo para casa — resmunguei de volta assim que começou a chover.

— Meu pneu furou, passa na lanchonete *Peaches*.

Meu primo me mandou a localização. Virei na próxima avenida, mas reduzi ao ver as curvas da *dickens*[2].

— Aonde vai, Bird?

Baixei meu vidro, vendo a bagunça molhada. Harleen tinha o cabelo negro ensopado e a farda da escola da mesma maneira. Não havia mochila, no entanto.

— Vai para o inferno, Remy!

---

2 Remy a chama de "demônio", fazendo referência ao seu estilo dark.

Bird continuou andando e eu a segui de perto, devagar.

— Entre no carro. Vai poupar nós dois de estresse.

Ela parou de andar e eu pisei no freio. Harleen se virou e me encarou sorrindo, parecendo fora de si.

— Você deixou minha calcinha pendurada no meu armário com fotos nossas no ginásio. Você induziu os outros a me humilharem... A pensarem que fiz sexo oral em você, quando nunca na minha vida eu sequer beijei um garoto! — Ela semicerrou os olhos, furiosa, enquanto as gotas de chuva caíam em seus lábios vermelhos. — O que você ainda quer, King?

— Bird...

— Sim, eu sou sua caça. Você ama isso, me quer desse jeito, correndo de você. Temendo você. Bem, aqui estou eu. Sua Bird com medo até do seu olhar maldito!

— Você ingeriu alguma droga, Ann Hill?

Ela ficou quieta dessa vez. Nem mesmo me olhou, apenas recuperou o fôlego por vários segundos. Quando pensei que nunca mais abriria a boca, Harleen me surpreendeu.

— Me deixa em paz, Remy. Só isso.

Ela se virou, deixando-me sem reação, e andou para um beco.

Fiquei parado, sem me mexer por um longo tempo, revendo mais e mais seu rosto e suas palavras. Harleen parecia esgotada e... triste.

CAPÍTULO 7

Harleen Ann Hill

Havia um buraco dentro do meu peito, um que ninguém jamais poderia preencher. Aurora Hill fez questão de me dizer o quanto isso ficaria comigo por um tempo, mas que um dia alguém iria preencher. Ela estava errada.

Não havia ser humano no mundo capaz de preencher o vazio dentro de mim.

As gotas de chuva não me incomodavam mais, pelo contrário. A cada pingo, minha alma ficava mais leve. Na maioria das vezes, o que tinha o poder de fazer isso era a música, hoje ela estava fora de questão.

Depois do que Remy fez, eu fugi para o banheiro. Fiquei minutos lá, escondendo-me dele e dos alunos daquela escola que me odiavam apenas porque ele fazia isso. E quando reuni coragem, foi apenas para ser, mais uma vez, chacota.

— Eu queria você aqui, mamãe.

Deitei-me no banco enquanto a chuva ainda caía impiedosa. Não havia ninguém no parque de Chicago. Todos estavam fugindo da chuva. Menos eu.

Hoje, fazia sete meses desde o dia do adeus. Parecia tão vivo em minha memória, era doloroso reviver cada segundo daquela manhã, mas, ultimamente, apenas Remy e Donald me machucando não era o suficiente.

Eu precisava lembrar.

Luzes altas apareceram diante de mim, então me sentei consciente do perigo de estar ali, àquela hora. Devagar, o veículo estacionou. Cada pelo do meu corpo se arrepiou. A porta foi aberta e vi Dwayne, o amigo de King.

— O que você está fazendo na chuva?

Ele estava com as sobrancelhas juntas, o rosto franzido. A chuva caía sobre seu rosto, e por mais que não aparentasse perigo, eu o ignorei. Ergui-me, correndo para longe do parque e dele.

Quando cheguei aos dormitórios, percebi certa comoção na escada. Havia pelo menos cinco pessoas juntas, ao redor de algo. Meus passos se tornaram lentos quando vi alguém no chão.

— Porra! — Um deles, um garoto que eu vi na primeira semana, parecia em choque.

— Liga para a polícia — uma menina falou, essa nunca havia visto.

— Ok, você acha que foi ele?

Ele? Os olhares de pânico se seguiram e, em segundos, mais pessoas foram chegando. Minha roupa ensopada pesou e o gelo em minha pele derivou para minhas entranhas quando me aproximei. No chão, havia uma garota. Membros tortos, indicando sua queda. O sangue rodeava seu corpo. Olhei para cima e estremeci ao ver a altura do prédio.

— É a Resley? — Olhei para o menino que questionou.

Duas meninas chegaram correndo, Sweet era uma delas. A cor do seu rosto drenou ao ver a garota. Olhei para o rosto sem vida, ela não me era estranha. Seu cabelo loiro, o formato do seu rosto... Não podia ser.

— *Você gostou, King?*

Era a garota que estava chupando Remy no ginásio. Porra! Porra!

— King não a machucaria... — a garota ao lado de Sweet falou, mas em segundos ficou em silêncio.

Sweet se virou para ela e o tapa foi certeiro. A garota caiu sobre a própria bunda, em choque.

— Fale essa porra de novo e juro que a família dele vai fazer sua mãe ir te buscar no necrotério, sua imbecil.

Dei passos para trás e, em segundos, policiais apareceram. Subi os degraus devagar, respirando fundo, tentando tirar da minha mente a imagem da garota loira morta. Porém, quando ela enfim saiu, outra apareceu.

A dela entre as pernas de Remy.

A escola não funcionou no dia seguinte, estavam em luto por Resley. Os buchichos continuavam cada vez mais baixos, mas sempre acompanhados do nome dele.

Meu interior pedia para que eu não acreditasse, mesmo com tudo que ele fez a mim, porém, a realidade era outra.

— Você acha que ele seria capaz disso? — A pergunta deslizou dos meus lábios assim que Dante se sentou na minha frente, num bar de Chicago.

— Sim. — Ergueu o braço, chamando o garçom — Uísque duplo.

— Quê? Mas Resley era ficante dele...

Dante parou, erguendo as sobrancelhas.

— Não sabia disso, fale mais.

— Não, não é nada... — Tentei desconversar, ficando grata pela sua bebida ter chegado.

— Você os viu juntos, ok.

Bufei, irritada como Dante conseguia ler tudo em segundos. Toquei a gargantilha estúpida com o nome dele, mas logo tirei a mão. Meu corselete estava apertado e meus seios suados. O lugar não era nem um pouco frio. Meu casaco já havia saído há tempos.

Dante virou o uísque. Como diabos ele bebia isso sendo tão novo? Seus pais sabiam?

Respirei fundo, ignorando isso.

— Por que ele faria isso? — Não deixei o assunto morrer, precisava saber.

— Você está com medo dele, Harleen? — Dante ergueu os olhos, sorrindo devagar.

— Ele é meu inimigo, é um herdeiro mafioso dos infernos, e agora está sendo apontado como um assassino. O que você acha, imbecil?

Meu sangue já estava quente, mas a maneira como Dante parecia se divertir com meu temor fez aumentar alguns graus.

Sua mão agarrou meu pulso, com uma firmeza que me surpreendeu. Ergui meus olhos, chocada.

— Cuidado com suas palavras, Harleen.

Precisava me lembrar que Dante era da máfia tanto quanto Remy. Ele era tão perigoso quanto o garoto que me obrigava a usar a porra de uma gargantilha com seu nome.

— Somos amigos, mas sempre há uma brecha.

Não entendi o que quis dizer, mas optei por apenas acenar.

— Falei que ele era capaz disso, não que ele fez.

O vinco em minhas sobrancelhas se aprofundou.

— Tome. — Dante deslizou uma dose do uísque em minha direção.

Ok, eu estava precisando mesmo.

Segurei o copo, em um gole levei todo o líquido marrom para meu sistema.

— Agora me conta, você sempre gostou dessa coisa gótica?

Sorri, relaxando um pouco, e dei de ombros. Eu estava com uma saia, meia-calça e uma cinta-liga em formato de coração. Tudo preto. Não houve um momento de fato, mas minha mãe sempre me disse que detestei rosa desde o nascimento.

Sempre me atraí por coisas escuras, talvez, essa seja minha sina.

Foi inevitável não pensar em Remy.

— Algo assim. — Optei por falar devagar.

Dante, em meia hora, bebeu mais do que era saudável; em minha opinião. No meu terceiro copo de uísque decidi parar, porque era óbvio que eu precisaria levar Dante para casa, que eu não fazia ideia de onde ficava.

— Onde é sua casa? — perguntei, enquanto o carregava para fora do bar.

— Não, minha mãe vai me matar. — Sua fala saiu arrastada demais, levei um tempo para decifrar.

— E aonde você quer ir? — Eu o coloquei dentro do carro, com dificuldade.

Peguei as chaves do seu bolso e fui para o lado do motorista.

— Vou por... — Ele parou de falar e o vi pegar o GPS enquanto se sentava no banco e me preparava para dirigir.

Fazia muito tempo desde a última vez. Não gostava de lembrar, mas era inevitável. Foi no dia do velório da minha mãe.

— Que lugar é esse? — Virei-me para Dante depois de olhar o endereço distante, mas o encontrei desacordado.

Ok, Harleen, vamos lá.

As ruas em Chicago estavam cheias de neve, demorei a chegar ao destino exatamente por isso. Não havia rodas adequadas no veículo. Apertei o volante a cada segundo, sentindo o vento frio atingir minhas bochechas.

Não acreditava que estava dirigindo, mas era bom. Precisava fazer coisas, todas que um dia fiz, e novas, que nunca ousei. Olhei de relance para Dante, mas ele continuava desacordado.

A voz robótica do GPS me avisou que havia chegado. O prédio que Dante pôs no endereço era enorme, com uma fachada de espelhos que me arrepiou. Estacionei o carro e me virei para o bêbado dorminhoco no banco ao meu lado.

— Chegamos...

Uma batida ao lado me fez gritar, virei e vi um homem enorme de terno preto. Ele me mandou baixar o vidro e eu fiz isso em segundos.

— Oi... Dante pediu que o trouxesse até aqui... Não sei se era o endereço certo... Ei!

O cara abriu minha porta e me mandou sair, apenas com um movimento de cabeça. O medo apareceu, mas ele não era o único sentimento a dar as caras.

— Tire Conti do carro.

Só percebi que havia outro homem quando o ouvi falando com alguém sobre meu ombro. Esse outro estava vestindo o mesmo e tinha uma cara de poucos amigos, que deixava a desse no chinelo. Virei-me quando a porta bateu.

— Eu...

— Você vem com a gente.

A mão do homem enrolou em meu braço, seu aperto me fez andar mais rápido do que minhas pernas curtas conseguiam.

— Ei! Vou pedir um Uber...

Nenhum me respondeu. Dante agora dormia no ombro do homem. Medo rasgou minhas entranhas quando vi o segurança levar meu amigo para um corredor oposto ao que eu era forçada a seguir.

— Aonde está me levando? — Minha voz tremeu, todo meu corpo estava bem consciente do que ele podia fazer comigo. — Aonde levou Dante?

— Quarto dele.

O quê?

— Me deixe ir embora! Só fiz um favor a ele...

Aqueles caras eram seguranças normais ou mafiosos? Quase tive um treco ao pensar nessa possibilidade. O silêncio me atingiu, porém, quando tudo que passava em minha mente era que eu seria morta, a porta de uma sala foi aberta.

Quis morrer pelas mãos do homem apenas para não passar por essa merda catastrófica.

— Harleen? — um dos gêmeos falou meu nome, o rosto tomado por confusão.

Em seguida, as cinco pessoas ali se viraram.

Nina estava deitada sobre o sofá, com os olhos vermelhos enquanto o outro gêmeo estava no chão, acariciando a cabeça dela. Mais afastado, Dwayne quase torceu o pescoço quando me viu. Sua namorada estava em seu colo e, outra menina, a que levou o tapa, estava enrolada em uma toalha.

Ninguém se mexeu, todos me encararam, perplexos.

— Dante bebeu demais... Vim deixá-lo e esse homem me arrastou até aqui.

Mais uma vez, não houve nada.

— Posso ir embora agora?

Olhei para o segurança, mas seus olhos estavam cravados num ponto escuro na parte superior da parede, logo após a TV enorme.

Era uma câmera.

— Ok — Ele não estava falando comigo. Assim que voltou a andar, arrastou-me junto.

Nós entramos em um elevador, deixando todos olhando para nós. Respirei fundo, trêmula e encarando o homem, sabendo bem onde ele estava me levando.

— Fale para ele que não quero vê-lo.

O homem não teve a decência de me encarar.

Quando as portas de ferro se abriram, meu ventre gelou. Não havia um único lugar em mim que não estava tão frio quanto o vento lá fora.

A água cristalina da piscina brilhava com as luzes, enquanto movimentavam de maneira lenta. Meus olhos subiram até o final dela. Uma ilha, bem mais rasa, era vista, e nela estava o dono de todos os meus maiores pesadelos.

King Trevisan.

Apoiado nas mãos postas para trás, cabeça totalmente inclinada, olhos no teto e o peito nu, não havia nada cobrindo. E, pela primeira vez, vi o que o uniforme da escola escondia, centímetro por centímetro, e odiei sentir a umidade em minha calcinha.

— Aqui.

Focada demais no diabo para ver qualquer movimento ao meu lado, mal senti quando o homem saiu.

— Bird, Bird... Tsc, tsc, tsc.

Sua voz ecoou por todo o lugar, cada pelo do meu corpo se arrepiou com o tom que usou ao pronunciar o apelido que colocou em mim.

Remy desceu o foco lentamente, até seus olhos pousarem em mim. Ele parecia a porra de um deus, um verdadeiro King.

Governando cada pequeno pedaço do meu corpo, autorizando cada respiração.

— Dante...

— Entre, nade até mim.

Flashs do trote piscaram em minha mente. Caindo na água, temendo minha morte.

— Você sabe que não sei nadar.

Nada mudou em seus olhos, ele ficou em silêncio. Paciente, aguardando que acatasse suas ordens.

— Quero ir embora, o seu cachorrinho me obrigou a entrar, só vim deixar Dante...

— Não é o Otto que usa uma coleira, Bird.

Meu colo e bochechas incendiaram, tentei xingá-lo, mas lembrei que ali estava à sua mercê. Com ódio, olhei para a água e depois para ele.

— Se eu entrar, e for até aí... Você me deixa ir embora?

King não respondeu, nem mesmo um meneio de cabeça. Apenas olhos fixos, sérios.

— Sim ou não? Responde!

Juro que vi um quase sorriso em seu rosto, mas podia ser a iluminação me deixando louca.

— Entre.

Desfiz o nó das minhas botas e as coloquei para o lado, junto ao meu casaco. Meu cabelo estava escovado, havia muito tempo que ele não ficava tão bem escovado, por isso, eu o prendi no alto da cabeça, dando um nó nele próprio.

Toquei na coxa, pronta para tirar a cinta-liga.

— Fique com isso.

Eu o encarei, tensa, pronta para negar, mas optei por não discutir. Estava cansada, um pouco bêbada e queria minha cama. Isso era pedir demais?

Testei a água e, enfim, sentei-me na borda. Virei-me, respirando fundo e desci. A água estava morna, deliciosa, mas a sensação das minhas roupas estava estragando tudo.

Segurei a borda, afastando-me devagar, ainda na segurança dela. Nunca que eu a soltaria. Assim que contornei o primeiro canto da piscina, olhei para Remy.

As íris azuis estavam focadas em mim. Ele sério, tão compenetrado que me incomodou.

Respire fundo, Harleen, vai ficar tudo bem.

Remy não vai machucar você.

Ou vai fazer o mesmo que fez a Resley.

CAPÍTULO 8

King Trevigan

Meu pau estava furioso, incontrolável, nem parecia a porcaria que mal se esforçou para subir e comer Indy. Porém, bastou a visão de Harleen aparecer pelas portas do elevador para isso acontecer. Nunca senti tanto tesão na porra da minha vida. Os seios que mal consegui ver nos corredores da escola estavam à vista de todos, erguidos pelo corselete que usava.

A saia de couro preta era apertada e a porra da cinta-liga fechava o pacote. Havia corações de ferro nas coxas, bem alinhados na peça frágil normalmente, mas dessa vez, feita de couro.

Observei Harleen continuar vindo, com as mãos bem firmes na borda. O cabelo preto estava para cima, sem nem um pingo de água nele. Os lábios estavam vermelho-vivos, o delineador posicionado como todos os dias.

Assim que seus pés alcançaram o chão, Bird se afastou da borda. A cada passo em minha direção, mais a sua roupa se revelava. Quando parou diante de mim, os olhos escuros se fixaram nos meus.

— Sente em meu colo.

Os olhos se expandiram, os lábios abriram, então imaginei meu pau em sua garganta.

— Isso é demais! — Os olhos dela pegavam fogo, mais que nervosa, ela parecia revoltada. — Não vou me sentar em seu colo, isso... Isso... É ridículo!

— Vamos, Bird, você sabe que quer. E, mesmo que não quisesse, você não tem opção.

Harleen olhou para os lados e mordeu o lábio. O nervosismo refletiu em seus olhos escuros e eu quase sorri. Os ombros cederam e ela engoliu em seco, só depois se aproximou. Harleen colocou um joelho no degrau onde eu estava sentado e depois o outro, as coxas abertas, o couro da saia apertando sua carne. Quando sua bunda pousou em meu colo, juro que gozei um pouco na porra da calça.

Se meus primos soubessem disso...

— E agora? — Bird rosnou e eu relaxei, olhando para cima. — Remy!

— Por que você me chama assim quando todos chamam por King?

Não dava para ver as estrelas ali, mas conseguia imaginar. Imaginei-me no cais do lago, sentado enquanto a brisa do verão ainda soprava em meu rosto. Os gêmeos estavam pulando no rio e Nina estava gritando, querendo boiar.

— King não é seu nome.

Bird cruzou os braços. Consegui ouvir a irritação em sua voz. Com a ação, sua bunda se movimentou, fazendo-me fechar os olhos.

— Meu pai me chama assim desde que me pegou nos braços a primeira vez, então você está errada. — Impulsionei-me para frente e Harleen ofegou ao me ter ainda mais perto. — No dia que entender que king vai além de um nome, você vai me chamar por ele.

— Você não é meu rei, Remy. Não sou sua súdita.

Agarrei suas coxas e me ergui, então suas mãos seguraram meus ombros. Bird gritou, assustada, mas andei com ela no colo até o banco, perto do bar improvisado que havia ali. Coloquei sua bunda doce nele e me inclinei sobre ela.

— Estou ansioso para ver você se curvar a mim. — Obriguei-me a soltar suas coxas e recuar. Peguei uma toalha e empurrei em seu peito. — Me siga, Bird.

Não me virei enquanto caminhava para fora, mas pude ouvir seus passos. Passamos pelo corredor da sala de jogos, onde meus primos estavam, depois abri uma porta. Bird entrou também, olhando para todos os lugares.

O prédio era onde ficávamos quando um dos Trevisans saía. Foi algo que tio Rocco decidiu depois de tentativas de sequestro. Quando um deles viajava, todos vinham para o prédio.

— Eu quero ir. Agora, Remy...

— Você veio dirigindo o carro do Conti...

Harleen franziu a testa.

— Como sabe disso? — A desconfiança era palpável.

— Você vai voltar como? — Ignorei sua pergunta de propósito.

— Isso não interessa a você.

Andei até o banheiro e me virei, erguendo a sobrancelha. Harleen abriu a boca e depois a fechou.

— Não vou tomar banho com você, seu tarado dos infernos.

— Entre, tire sua roupa e vista essa. Agora. — Joguei o conjunto de moletom em seu peito.

Harleen estava pronta para uma nova discussão, mas eu a calei apontando novamente.

Não demorou muito e logo a gótica dos infernos entrou no banheiro. Esperei pouco tempo antes de ela voltar. A roupa era rosa.

— Isso é ridículo, em mim está pior.

Eu discordava, mas fiquei em silêncio. Fui para o banheiro e grunhi ao ver sua roupa jogada no chão. Eu a esfolaria, caso meus olhos não pousassem na calcinha fina. Porra!

Peguei o tecido e gemi, vendo que isso estava tocando sua boceta e bunda. Baixei minha sunga e peguei meu pau duro. Havia porra vazada no tecido. Joguei-o de lado e trouxe a calcinha para o rosto. Inspirei e apertei meu pau, bombeando devagar. Imaginando que Harleen estava ali, de joelhos, esperando minha carga de sêmen. Jorraria em seus peitos grandes e depois espalharia por toda a pele, descendo até os mamilos. Joguei a cabeça para trás e gozei. Urrando.

Merda! Merda! Merda!

Abri minhas pálpebras e suspirei. O que diabos estava havendo comigo? Não fazia ideia do motivo para desejar Bird, mas com o passar dos dias estava ficando pior.

— Se a comer, ela vai sair do seu sistema. — Ouvi minha própria voz sussurrar.

Não, eu não vou foder essa garota.

Tomei banho, descartando a calcinha onde estava. Quando saí, Harleen estava perto da janela.

— Você quer comandar tudo? — Ela não se virou, ficou na mesma posição.

Sabia do que ela estava falando, porque essa sempre foi a grande questão da minha vida.

Aproximei-me, ficando atrás de Bird, mas sem tocá-la. O cheiro doce ainda vinha dela, mesmo após o banho, e isso estava me deixando inquieto.

— Eu nasci para isso.

— Nunca desejou ter nascido normal?

Vi seus olhos pelo vidro e percebi que essa conversa não era sobre mim.

— Não, porque ao fazer, eu contestar a minha família. Não há outra que eu queira.

Harleen engoliu em seco, e a vi se recuperar.

— Você disse que eu podia ir embora — lembrou, ao se virar e me olhar.

— Em nenhum momento falei isso.

Ela semicerrou os olhos. Virei-me e fui para a cama, enquanto Harleen se sentava em uma poltrona. Cobri meu rosto com o braço ao afundar nos travesseiros.

— Por que estou presa aqui, vestindo essa porcaria rosa? Você vai me matar? Hum? Quer me atormentar muito até eu estar fodida o suficiente para me jogar de um prédio?

Algo que disse fez meu estômago ser socado. Resley.

A morte dela estava sem esclarecimento e nossa escola estava de luto, sem aulas até segunda-feira.

— Bird?

— O quê?

— Cale a boca e durma.

Não ouvi mais nada. Depois de muito tempo, ainda acordado, virei-me e vi Harleen com a cabeça torta, baba escorrendo. A porcaria preta ainda estava em seus olhos, intacta.

Levantei, peguei-a nos braços e a coloquei na cama. Optei por não pensar nisso, segui no automático. Deitei-me ao seu lado e, dessa vez, quando fechei os olhos, adormeci.

Harleen dormia demais, isso estava me deixando inquieto. O que custava ela acordar e cair fora?

— Ainda? — Rhett me encarou enquanto puxava pesos.

Joguei minha toalha no banco e envolvi meus dedos nas tiras pretas.

As juntas estavam doloridas, mas não era isso que me preocuparia. Desde meus dez anos andava com eles assim. Lutar no *Blood* sempre foi meu foco. Havia uma raiva dentro de mim que pulsava e eu só conseguia me libertar socando rostos.

Minha mãe odiava isso, mas meu pai entendia. Acho que essa raiva sempre estava em seu peito. Éramos homens feitos.

— Eu sei que você não quer falar sobre isso, mas... Que porra é essa? Por que você deixou Harleen dormir no seu quarto? — Amo entrou, arrumando o cabelo, os olhos azuis do tio Rocco me avaliando.

— Irritar Dante.

Meus primos sorriram devagar e depois se aproximaram.

— Você sabe que Nina não gosta desse idiota, né? — Rhett semicerrou o olhar, atento.

— Não importa se ela gosta ou não. Ela vai se casar com Declan — rebati depressa, antes que isso começasse a me irritar.

Declan não era um maldito como Dante, não o conhecíamos tão bem, mas ele era filho de um dos homens de confiança do tio Rocco. Ia se tornar um homem feito junto comigo. Eu ia conhecer Declan melhor, e isso queria dizer que eu deixaria na linha para ser digno de Nina.

— Ela não quer...

— O pai disse que vai. — Amo coçou a cabeça ao interromper Rhett e ficou em silêncio.

— Parem de pensar nisso. Esse casamento só vai acontecer daqui a bons anos.

Afastei-me dos dois e ouvi um grito estridente. Sabia de quem era, no mesmo segundo, eu corri.

— O que... Quem... — O rosto de Lunna Trevisan estava branco.

Bird estava no meio da minha cama, os olhos arregalados e a mão posicionada firmemente contra a gargantilha com meu nome.

— Mãe, me espera na sala.

Minha mãe me olhou, e não era a primeira vez que seu olho tremia com algo relacionado a mim. Ela estava nervosa ao extremo. Lunna sempre foi calma, mas quando passei a crescer, sua cabeça deu uma sacudida com a quantidade de vezes em que fiz merda.

Minha mãe acenou, mas antes de sair olhou para Bird, que ainda estava imóvel. Assim que minha mãe saiu, eu me virei para Harleen, peguei seu braço e a puxei da cama.

— Qual o seu problema? Por que tem de dormir tanto?

Minha voz saiu tensa. Odiava quando meus pais me pegavam fazendo algo errado. E, porra! Ter uma garota desconhecida no nosso esconderijo era algo muito errado!

— Me solta! — Bird puxou o braço, mas ao invés de libertá-la, empurrei seu corpo contra a parede do quarto, pegando seu pescoço, amassando meu nome contra minha palma. — Remy!

O olhar de pavor enviou bastante prazer para as minhas veias. Eu a queria assim, com medo, apavorada.

— Rhett vai deixar você agora. É melhor ficar quieta. Não olhe, não fale e não respire perto da minha mãe. Eu juro, Bird, que vou multiplicar a porra das vezes que vou açoitar sua bunda.

Os olhos se arregalaram, vendo que não havia nada que me impedisse de fazer exatamente isso, quando eu quisesse.

Harleen acenou devagar e eu recuei. Peguei meu celular e chamei meu primo. Ele surgiu no mesmo segundo. Saí do quarto enquanto ele levava Bird.

Harleen Ann Hill

Rhett ou Amo, não sabia, me enfiou em um carro. O olhar dele estava fixo na pista, nenhuma vez pronunciou meu nome. Achei estranho, mas vindo de mafiosos mirins, nada me surpreendia.

O grito da mulher explodiu em minha mente e eu estremeci quando me lembrei do rosto chocado. Ela parecia a um passo de surtar, mas era tão linda que fiquei sem fala. Seu cabelo era tão preto quanto o meu, mas os olhos... Seus olhos eram perfeitos.

Iguais aos *dele*.

Meu peito apertou quando pensei isso. Não queria nada positivo na minha cabeça referente a Remy Trevisan. Ele me obrigou a dormir na cama dele. Isso era desconcertante. Então, sua mãe me encontrou.

Pensei que morreria de vergonha, mas em um segundo, lembrei algo pior. O nome dele em meu pescoço. Cobri as letras depressa, com a língua presa. Sem fala.

Remy apareceu e me tornei inconsciente de mim mesma. Ele estava sem blusa, as tatuagens aparentes, e um short tão baixo que o V se perdia para baixo. Porém, como que para que minha mente estúpida voltasse à realidade, ele me prendeu contra a parede e foi o imbecil de sempre.

Eu precisava lembrar que Remy Trevisan era um sádico de merda.

O carro parou diante do dormitório. Olhei para o gêmeo e o agradecimento estava na ponta da língua, mas o engoli. Não era grata a nenhum deles.

Abri a porta e bati ao sair. Fodam-se todos os Trevisans do mundo!

King Trevisan

— Remy Trevisan, quero uma explicação. Rápido!

Minha mãe não me deu tempo nem de me sentar no sofá quando cheguei à sala. Ela andava de um lado para o outro, apertando as mãos e depois passando pelo cabelo longo.

— Calma! Harleen é da minha escola, estava bêbada ontem, não podia deixar que ela saísse...

Lunna semicerrou os olhos, parando de andar.

— Eu tenho idiota escrito na testa, Remy? — vociferou.

— Mãe...

— Você trouxe uma pessoa para o lugar onde ninguém pode colocar os pés. Só você e seus primos. Você pelo menos tem ideia do perigo? Sua irmã estava na porta ao lado!

Foi como levar um soco. Mamãe não sabia que Harleen era inofensiva, ela não tinha ideia, só havia medo dentro de si.

— Isso não vai mais acontecer. Eu juro pelo meu sangue.

Seus ombros cederam e seu olhar amoleceu. Com passos rápidos, ela ficou diante de mim. Mãos no meu rosto, com os olhos brilhando. Ela não fazia ideia de que Harleen não era a única fora da família que estava aqui, ontem. Se soubesse que Dwayne e as garotas estavam, ela me entregaria sorrindo ao meu pai.

— Há muito tempo, uma garota que parecia inofensiva se explodiu no próprio casamento. Ela matou várias pessoas, quase matou seu tio Rocco... Não conhecemos ninguém, Remy.

Acenei, porque eu já tinha ouvido essa história. A mulher era da Rússia e veio se casar com um dos homens do tio Rocco. Ela se explodiu na festa do casamento.

— Sem pessoas aqui. Ninguém, nem seus amigos.

Droga.

— Tudo bem, mãe. Eu juro.

Lunna acenou, deixando as mãos cederem. Então, inclinou a cabeça e sorriu.

— Não sabia que as garotas góticas faziam seu tipo.

— Mãe.

— Mas preciso dizer, ela é linda! Qual o nome dela? Por favor, você usou camisinha, certo?

— Mãe! — gritei, levando as mãos aos meus ouvidos, mas ela continuou fazendo perguntas, rindo do meu pavor.

Eu a ignorei e fui arrumar minhas coisas.

Quando cheguei ao banheiro, a roupa de Harleen estava lá. E a maldita calcinha também.

Lua correu para o rio assim que chegamos à nossa casa. Ela nunca sentia frio, não sabia se era uma condição humana, apostava que a pestinha era sobrenatural.

— Entra, bobão!

Ela jogou água na minha cara, mas permaneci de pé, observando seus movimentos. O rio logo congelaria e essa sempre era a pior época para Lua.

— Um minuto.

— Para de ser chato! — ela berrou, enquanto eu olhava para o cronômetro.

Nossos pais não sabiam que ela nadava ali quase todos os dias. Nossa mãe teria a porra de um infarto se pelo menos sonhasse que Lua entrava nessa água gelada. Minha irmã me convenceu a ser seu cúmplice depois de me olhar com esses olhos azuis cheios de lágrimas. Era impossível resistir. Porém meu acordo foi que seriam sempre apenas dois minutos.

— Trinta segundos.

Lua mergulhou, ignorando-me. Depois que seu tempo acabou, ela saiu do lago e eu enfiei quatro cobertores nos seus ombros. Empurrei a caneca quente com chá de morango, uma porcaria que ela sempre tomava, e me virei.

— Me espera!

— Eu tenho uma luta hoje, Lua. Estou atrasado.

— Você deveria me levar. Sabe, papai disse que eu posso...

— O pai mentiu para você.

— Ele não mente e você sabe disso. — Lua me alcançou depois de correr um pouco.

Virei-me, tirando os cobertores e a empurrando para dentro da piscina aquecida. O chá já havia acabado e apenas a xícara afundou ao seu lado na água.

— Remy!

— Ok, então você está omitindo alguma parte. — Semicerrei os olhos para Lua que deu de ombros.

— Quando eu tiver dezoito anos. Mas está muito longe!

Sim, estava. Graças a Deus. Lidar com Nina quase adulta já era demais.

— Estou indo, fique na piscina por um tempo.

Ela grunhiu algo inaudível que ignorei.

Quando eu cheguei a Blood já estava lotado. Vi meus primos a uma mesa, com algumas garotas, percebi que Dwayne estava com Sweet. Nenhum deles me viu, esquivei-me pelos cantos e pude ouvir a conversa.

— Eu vou cortar a porra da sua língua e enfiar no seu rabo, sua puta. — Rhett se ergueu falando, percebi que se dirigia a uma das amigas de Sweet.

— Amo, calma, ela não... — a namorada de Dwayne tentou falar.

— Meu nome é Rhett, porra! Ensina sua cadela a diferenciar nós dois, Dwayne! — meu primo gritou, enfurecido.

Confesso que nunca o vi tão puto na vida.

— Calma, Rhett, Sweet errou. Sinto muito, mas não a chame de cadela. Ela é minha garota, você sabe disso — nosso amigo falou calmamente, ainda entregando respeito a Rhett.

— Eu quero que essa puta saia agora. Pega sua amiga, Sweet, e vaza.

Rhett ignorou por completo Dwayne. Que porra estava acontecendo?

— Ei, ei... — Amo se ergueu, jogando na mesa o baseado ainda aceso. — Fica calmo, Rhett. Ela já está de saída.

Seus olhos foram para Sweet, que se ergueu com a amiga. Dwayne ficou e pediu que as duas o esperassem lá fora.

— Ela só falou o que todos dizem pelas nossas costas.

— Que ele matou a porra da garota? Você fumou, seu merda? — Rhett empurrou Dwayne.

No mesmo segundo, eu soube do que estavam falando.

— Sentem. — Minha voz ecoou rígida sobre a música e gritos.

Os três se viraram e me obedeceram. Puxei uma cadeira e me sentei também. Ninguém falou nada, apenas aguardando. Amo estava com seu baseado de novo, Rhett rígido encarando Dwayne, e o último me olhando.

— Não quero Sweet aqui ou perto de nós. Se ela não pode manter a porra da amiga quieta, ela não é forte o suficiente para estar ao meu lado. — Minhas palavras acertaram Dwayne, que baixou a cabeça. — É melhor você ir, Dwayne.

Assim que saiu, fixei minha atenção em meus primos. Eles eram iguais, mas tão diferentes. Como Sweet ainda os confundia?

— Não matei aquela garota, mesmo que chupar meu pau de forma errada fosse um bom motivo. — Quase sorri para os dois, mas não consegui. — Eu vou lidar com isso.

— Nós. — Os dois rebateram no mesmo segundo.

Nós.

Passei a mão sobre nossa tatuagem. Eu a fiz com doze anos. Era uma ideia estúpida, mas nunca nos arrependemos dela. O triângulo invertido com a serpente enroscada era nossa marca. Os herdeiros da Outfit. O legado dos Trevisans.

— Nós.

Preparei-me para minha luta no vestiário, e quando me chamaram, subi no ringue. Quando meus tios pensaram em fazer Blood, tio Prince deu a ideia de que as cordas que formavam o quadrado tivessem fogo. Meu pai não gostou muito pela história por trás disso.

Meu tio mais novo foi mantido preso por anos na Dinamarca, lutando para sobreviver.

— King Trevisan! — o locutor anunciou.

Então as pessoas explodiram em gritos.

Aqueci-me, esperando meu adversário, e quando ele surgiu, meu sangue esquentou.

— Uma semana, King. Você sente a corda apertando seu pescoço?

Dante achava que ser um homem feito me dava medo. Engano dele.

— Sim, e é bom *pra caralho*. Já me imagino mandando você limpar a porra das minhas botas.

Ele sorriu e se inclinou.

— Como é saber que ela está aqui comigo?

Que merda ele estava falando? Não demorou para eu saber. Bird estava em pé, bem perto do ringue. O rosto bonito e pintado estava brilhando com a luz do fogo. Ela parecia uma diaba, pronta para me levar ao inferno.

— Você e ela são como areia na porra do meu sapato. Foda com ela enquanto pode, Conti. Porque quando eu foder, ela não vai querer seu pau mole.

Dante riu. Isso me divertiu, fez-me querer socar sua cara por diversão.

— Vou gravar quando ela estiver gemendo e mando para você.

— Declan vai te mandar o da Nina.

O rosto dele se modificou, a diversão sumiu, o olhar escureceu. Todos diziam a mesma coisa, Dante não dava a mínima para Nina, mas eu sabia que era mentira.

— Vou pedir que esteja na primeira fileira do casamento. Você soube, não é? Noivos. Enorme, cara.

Dante quebrou. Ele correu, socando minha cara e sorrindo, lambi o sangue que desceu pelo lábio partido. Eu o deixei extravasar e, quando me cansei, o chutei nas costelas, subi em seu corpo e soquei seu olho. Ergui-me, esmurrando seu peito e o vi ficar de pé.

— Você pode mentir mil vezes, mas quando você a vê, seu olhar te entrega.

Ele não respondeu, apenas tentou me acertar de novo. Prendi seu pescoço com meu braço e apertei.

— Um Cosa Nostra dentro da Outfit. Nina é a princesa dessa máfia. Ela jamais vai ser sua.

Furioso, ele gritou e deu um jeito de se soltar. Em segundos, nós nos embolamos. Socos e mais socos. Só quando um de nós desmaiou que a luta acabou.

— O que você fez? — Bird gritou assim que desci do ringue e andei em sua direção.

— Coloquei aquele rato no lugar dele.

Harleen passou por mim tentando ir até ele, mas agarrei seu braço.

— Você vem comigo.

CAPÍTULO 9

Harleen Ann Hill

Eu deveria saber que ele estaria nesse lugar. Na verdade, ele estava em todos os lugares. Chegava a ser cômico. Dante passou no meu dormitório e me chamou para sairmos. Não queria, mas depois que a menina morreu lá, cada vez menos eu me sentia confortável naquele local.

Então, lá estava eu.

Meus olhos focaram em cada golpe, choque se espalhava por mim cada vez que os dois colidiam um com o outro. Eles conversavam, mas os gritos e música não deixavam ninguém ouvir nenhuma palavra sequer.

— Ele... Você o matou?

Remy me ignorou, ainda puxando meu braço, forçando-me a deixar Dante desacordado para trás. Virei-me e vi dois homens tirando meu amigo do ringue. As labaredas de fogo haviam sido apagadas.

Assim que entrei ali, eu me senti petrificada. Era quente, apertado e havia um clima de pecado que nunca senti em nenhum lugar que já coloquei meus pés.

— Me solta, Remy! — Puxei meu braço, tensa, só então percebi que entramos em um vestuário.

Ele me empurrou para dentro de uma cabine e trancou a porta.

Já senti muito medo de Remy desde que o conheci, mas aquele medo era novo. Ele parecia o diabo. Perverso, coberto de sangue. Dele e o de Dante.

— Tire a roupa.

O quê? Meus olhos cresceram duas vezes mais. Meu coração bateu furioso e odiei a sensação pegajosa que começou a se formar em minha boceta. A cena se desenrolou, minha roupa no chão, ele de pé, tatuado, forte e cheio de sangue.

Tentei empurrar isso da minha mente várias vezes, mas ainda estava ali. O desejo.

Não tinha como desejar o garoto que estava fazendo a minha vida um verdadeiro inferno, certo?

— Não vou tirar a roupa. Você está bêbado?

— Você está fodendo Conti?

Sua pergunta foi tão abrupta que ofeguei. Que diabos?

— Ele acabou de me dizer isso, então me fala, você está fodendo ou não?

Enquanto Remy tirava as fitas que envolviam seus dedos, observei as costelas roxas. Havia uma tatuagem bem no seu ombro, era diferente. Um arrepio varreu meu corpo quando percebi os olhos vermelhos da cobra que se enroscava em um triângulo invertido.

— Espero que não, Bird. Porque, se sim, vou precisar fazer algo que não quero.

Meu coração parou.

— E o que é?

— Foder você.

Desviei meus olhos dos dele. Isso deveria me confortar, mas tudo me levava de volta ao passado. O motivo por trás da recusa. Cada coisa dolorida.

Senti nojo de mim mesma pela primeira vez em anos. Doeu quando quis tirar minha roupa, esfregar-me e tentar fazer uma nova dieta.

Amanhã é um novo dia, posso começar...

Meus olhos arderam. Remy nunca causou tanta dor em mim quanto naquele momento. Não por suas palavras, mas pelo efeito que elas causaram.

Novamente, eu era a garota que estava tentando se encaixar, e para isso, precisava emagrecer. Mesmo amando os seios fartos, as coxas grossas e a bunda grande. Mesmo me amando, pensei em mudar por causa dos outros.

King Trevisan fez isso.

— Se um dia Dante me foder, vou guardar esse segredo a sete chaves, porque eu jamais me sentaria em seu pau assassino.

Remy me olhou demoradamente, parando em minhas coxas cobertas pelas meias três quartos, na minha saia jeans preta e subindo para meus seios. Estava usando uma camiseta branca do *Guns N' Roses* e um cinto harness[3] por cima. As tiras de couro se encontravam por argolas de metal, e era no espaço triangular que as tiras deixaram em meus seios, que seus olhos estavam fixos.

— Escuta, Bird... — Ele me encurralou contra a parede, empurrando o peitoral contra o meu, forçando-me a olhar para cima, com o peito arfando. — Eu não quero você na minha frente. — Sua mão agarrou a gargantilha idiota com seu nome, puxou o couro até ele forçar contra minha pele e, com o olhar no fundo dos meus, lambeu meu lábio. A língua úmida deixou um rastro na minha boca, detestei sentir necessidade de lamber o mesmo local que tocou. — Não quero sua boceta ou seus peitos diante de mim, porque prometo, porra, vou foder cada parte do seu corpo. Se me desobedecer, saberei que quer exatamente isso.

---

[3] É uma peça é composta por tiras de couro e argolas.

— Vou sumir igual fumaça! — gritei com o susto quando ele me virou de repente.

Remy agarrou minha gargantilha de novo, puxando e me fazendo agarrar seu nome. O ar ficou escasso e senti seu pau duro contra minha bunda. Quando pensei que desmaiaria, King afrouxou.

— Você sabia que consigo sentir o cheiro da sua boceta? Algo me diz que ela está melada, Bird. — Sua voz era baixa, rouca e tensa, igual ao meu clitóris inchado. — Afaste suas coxas, Harleen.

Meu colo ficou vermelho. Tentei pensar em algo para gritar, mas não fiz nada. Pelo contrário, fiquei calada. Remy levou isso como um sim. Uma perna sua afastou meu pé e minha saia apertou minhas coxas abertas. Ele avançou, sua mão tocando o alto da minha perna. Não neguei acesso, fiquei quieta, esperando. Desejando seu toque.

Odiei-me por permitir, mas não havia nenhuma dúvida em mim de que eu queria isso.

Remy afastou a calcinha de renda e ouvi o tecido desgrudar da boceta molhada. Quando seus dedos deslizaram no suco denso, quase gemi assim que seu polegar bateu em meu clitóris.

— Porra, Bird.

A voz dele era tão rouca que me arrepiou. Seu toque sumiu e eu quase gemi, pronta para implorar por mais. Remy deixou a mão diante do meu rosto. Olhei para seus dedos e minhas bochechas arderam.

Oh, Deus! A pele brilhava contra a luz amena. Meu centro pulsava, meu clitóris implorava por um toque estúpido. O clímax estava a um segundo de acontecer.

— Deus, você é patética. — A voz dele entrou devagar na minha mente.

O que...?

— Eu coloco a porra de uma coleira em você, eu te humilho e te enforco, e você está com tesão. — Remy me soltou, ainda com as coxas abertas e a boceta pulsando. — Saia e procure sua dignidade na porra dessa cidade.

Ouvi uma porta batendo, só nesse segundo minha ficha caiu. Era como se Remy tivesse total controle sobre meu corpo, eu não podia desobedecer ao rei da Heirs.

— Deus, me tire dessa cidade, por favor!

As lágrimas chegaram, o nojo era tanto que tive vontade de vomitar. Corri para a pia e joguei água no rosto, tentando me livrar da sensação de vergonha que Remy instalou dentro de mim.

O espelho fez tudo piorar.

A Harleen dele estava esgotada.

Pobre Harleen, não conseguia controlar a boceta quando o assunto era o herdeiro da máfia de Chicago.

Não vi mais Dante, então chamei um Uber para me levar de volta aos dormitórios. Assim que entrei no meu lugar, gritei ao encarar Donald. Ele estava de pé, braços cruzados e um olhar furioso no rosto.

— Recebi uma denúncia hoje, Harley.

— Qual, *papai*? — O sarcasmo gotejou da minha boca.

Estava com raiva de tudo, mas, principalmente, por não poder gritar e chorar sozinha. Segurei-me por todo o trajeto daquele antro de demônios até ali.

— Você saiu dos territórios da escola.

— Não me lembro de o senhor ter dito que era proibido.

Na verdade, ouvi outros alunos falando isso, mas Donald não precisava saber.

— Onde estava, Harley?

— Meu nome é Harleen! Pare de pronunciar errado!

Rígido, Donald se aproximou, os olhos sem vida parecendo estar possuído pelo demônio.

— Você está de reclusão. Uma semana. Aulas remotas.

— O quê? Que diabos? Por quê? — Meus gritos ecoaram, mas Donald andou para a porta, ignorando-me. — Sr. Quinn! Eu não sabia...

— Recebi uma ligação de um dos melhores alunos dessa escola dizendo que estava em um antro cheio de lutadores. Não é um local apropriado para uma garota de dezessete anos, concordemos.

Remy. Aquele diabo infernal!

— Reclusa. Sra. Thompson vai enviar os links das suas aulas. Vá dormir, Harleen.

Quando ele saiu, ouvi a chave girando, mas perdi tempo ao correr. Tentei abrir, mas Donald me trancou, ele realmente me prendeu no apartamento pequeno. Tentei forçar a maçaneta, mas desisti.

Trancada.

Deslizei pela parede e levei as mãos ao cabelo, tremendo. Não conseguia acreditar que de fato isso estava acontecendo.

Tudo por culpa dele! Quando aquele garoto ia me deixar em paz?

No dia seguinte, acordei com e-mails da Sra. Thompson. Quase joguei o notebook na parede, mas ele era só mais uma coisa que não me pertencia dentro da Heirs.

— Vai ficar tudo bem. Esse é o último ano, iremos para a faculdade. Vamos deixar Donald, Remy e todos esses imbecis para trás.

Já havia pensado tanto sobre esse momento. Desde que me obrigaram a ir morar ali, cada pensamento meu era uma contagem regressiva. Depois de Remy, não havia pensado ainda, porém, agora parecia certo.

Eu ia para Nova Iorque, estudar na Harvard. Minhas notas eram excelentes, meus professores na escola antiga até cogitaram enviar uma carta de recomendação ainda no ano passado.

Encontraria um trabalho de meio período que ia me ajudar a me manter.

Batidas ecoaram pela porta e fiquei em silêncio. Se fosse Donald, ele abriria de uma vez. Se fosse outra pessoa, eu jamais a deixaria saber que estava presa na porcaria do apartamento.

— Não posso gritar porque minha cara está toda arrebentada. Pode abrir essa merda? — Dante falou abafado.

Eu me ergui, nervosa.

— Donald me trancou. Algo sobre reclusão por ter saído do campus.

— Quê? Que merda!

Andei até a porta e me encostei nela, respirando fundo. Lembrei do que Remy disse ontem, a parte que envolvia o garoto do outro lado da porta.

— Então, hum... Você já me fodeu, né? — Minha voz saiu firme, diferente de como eu me sentia.

— Um segundo.

Ouvi seus passos e, em segundos, a porta foi aberta. Arregalei os olhos quando o vi com um molho enorme de chaves.

— Tome, Ruth. Obrigada! — Ele soltou um beijo para uma faxineira, que sorriu.

Assim que se virou para mim, Dante colocou as mãos no portal. Sua bochecha estava roxa, o lábio inchado, sem falar no olho.

— Sinto muito por tudo isso. — Acenei para seu rosto, lembrando que o deixei sozinho ontem, enquanto Remy me arrastava.

— Estou acostumado. Posso entrar? — Ele acenou para o sofá.

— Não, vai que você espalha que deixei que me fodesse no meu sofá.

Dante levou a mão à cabeça e coçou. Esperei bons segundos até ele respirar fundo e pôr as mãos nos bolsos da calça. Estava magoada com ele, pensei que éramos amigos. Jamais imaginei que ele espalhasse conversas idiotas para meus inimigos.

— King não fode apenas a sua cabeça, Harleen.

Dava para perceber isso. Dante e ele se odiavam.

— Por que vocês se odeiam?

Seu rosto virou, então soube que ele não falaria nada. Respirei fundo e acenei devagar. Achei que tivesse sacado qual era a do Dante. Ele estava me usando para chegar a King. Não sabia por que ele achava que isso ia surtir algum efeito.

— Entra, Dante.

Ele fechou a porta ao passar. Eu me sentei na poltrona quando ele fez o mesmo no sofá. Em segundos, Dante se deitou.

— Então, Nina? — sondei devagar, e vi quando seu corpo ficou rígido. — Ok, você não quer falar sobre isso...

— Não.

— Ela tem ciúme de mim com você.

Dante grunhiu e eu semicerrei os olhos.

— Responde, caramba! — resmunguei.

Ele se sentou, ainda sem me olhar.

— Não gosto dela, não a quero. Eu a odeio, como todos eles. Você tem ideia do que é tentar se encaixar na porra daquela seita idiota desde que eu era uma criança? Eles sempre me odiaram, me odeiam pelo simples fato de eu ser filho de quem sou.

Minhas palavras sumiram, meu estômago girou e, infelizmente, eu sabia exatamente o que ele estava sentindo. Encaixar-me sempre foi minha meta de vida.

— Nina Trevisan é uma vadia, com uma coroa na cabeça. Só isso.

Não gostava de homens usando essa palavra para definir outra garota, mas... Ei, Nina me tratava como merda. Ela merecia.

— Blood é um clube de luta dos mafiosos? — Mudei de assunto, porque a áurea dele estava me deixando inquieta.

— Para outras pessoas também, mas é algo bem exclusivo.

Acenei, compreendendo.

— King gosta de quebrar coisas... Às vezes, pessoas. Cuidado, Harleen.

Dante se ergueu e andou até a porta. Girei a maçaneta e o guiei para fora.

— O passatempo favorito dele é me infernizar, então estou bem ciente.

Depois que o vi ir embora, fechei a porta.

— Porra! — gritei quando percebi que me tranquei de novo.

Burra demais, Harleen.

A semana se arrastou, e quando enfim Donald me deixou sair do quarto, voltei às aulas. Queria esconder a porcaria em meu pescoço cada vez que alguém passava e cochichava olhando para mim. Entendia os cochichos, era normal, mas hoje estavam demais.

— Meu Deus, Harleen, você é tão louca por ele que teve coragem de fazer isso? — Sweet e sua corja pararam na minha frente.

Não entendi o que falava, por isso eu a ignorei.

Queria assistir às minhas aulas e ir para a sala de música. Hoje, oficialmente, começavam os ensaios para as audições da banda da escola. Eu queria muito participar.

Vi Bonnie adiante e apressei o passo. Quando cheguei ao seu lado, os olhos dela se arregalaram e eu a vi correr de mim. Olhei ao redor, sentindo minha respiração aumentar.

O que estava acontecendo?

Calma, Harleen. Está tudo bem.

Mas não estava. E eu sabia que isso era coisa de Remy.

Meus passos se tornaram decididos. Corri para nossa sala de aula procurando por ele, e foi exatamente lá que o encontrei.

— O que você fez? Por que todo mundo está cochichando sobre mim?

Ele estava sentado, inclinado para trás, tão bonito que era irritante. Eu queria torcer seu pescoço e, depois, beijar seu cadáver. Sim, eu era uma idiota.

— Você lembra o que falou quando perguntei se tinha fodido Conti?

Tentei entender o que diabos isso tinha a ver, mas com Remy era assim, tudo era malditamente calculado. Psicopata.

— Uma garota que era legal comigo acabou de correr de mim, Remy! O que você fez, agora? Hum? Disse que eu tenho piolhos?

Seus olhos azuis tempestuosos se fixaram nos meus, a forma como ele me olhava era tão angustiante. Havia um ódio lá que me fez estremecer, mas não mais que o desejo refletido neles. Eu sabia que ele me desejava e odiava isso.

Remy Trevisan odiava me desejar.

— Não estamos na quinta série, Bird.

Foi mais pesado. Muito mais pesado.

— O que...

— Harleen Ann Hill, sala do diretor. Agora.

A voz robótica saiu pelos alto-falantes, fazendo-me estremecer. Remy nem se mexeu, apenas me encarou, sem reservas e sem piedade. Era inútil ficar ali, por isso me virei e fui ao encontro do meu querido papai.

Tensa, sorri quando abri a porta da direção. Donald estava de pé, seu rosto não era nada amigável, até aí, nenhuma novidade. Porém, depois que entrei vi que ele não estava sozinho.

— Foi ela, Sr. Quinn!

A voz doce ecoou e eu vi uma garota no canto da sala, apontando para mim. Meu sangue foi drenado quando vi dois policiais com ela. Virei-me para Donald sem reação, e vi o rosto do meu pai biológico se tornar vermelho-vivo. Os olhares ficaram intensos, enquanto meu pulmão implorava por ar.

— Foi ela quem matou Resley.

A porta foi aberta enquanto eu lutava por ar. Não vi quem entrou, mas senti olhares.

— Indy, você tem provas disso?

Dante.

Oh, meu Deus! Virei-me e o vi de pé. Mas ele não estava sozinho. Os demônios Trevisans estavam diante dos meus olhos.

Meu único amigo se virou para me encarar e eu comecei a negar depressa.

— Isso... Isso é mentira... Dante! Eu não fiz isso.

Os policiais se moveram em minha direção e meu peito ficou sufocado, lágrimas encheram meus olhos, e quando voltei a encarar todos, não vi ninguém além dele.

King.

E ele estava sorrindo.

CAPÍTULO 10

Harleen Ann Hill

Sabia que aquele garoto me odiava, mas me acusar de um crime que ele cometeu era demais. Todos naquela maldita escola sabiam que ele era o culpado da morte dela. Remy tinha ligação com a garota, além disso, era a porra de um mafioso.

Matar era o que eles faziam.

— Foi você quem armou isso! Você matou Resley, não eu, e sabe disso! — Meus gritos ficaram altos assim que os guardas chegaram diante de mim.

— Ela jamais faria isso! — Dante foi rápido ao se aproximar. Seu braço ficou sobre meus ombros. — Diretor, faça alguma coisa!

— Temos duas testemunhas oculares, Sr. Conti — meu pai falou com firmeza, nem mesmo me olhando. — A Srta. Ann Hill será levada à delegacia para prestar esclarecimentos.

Sabia os motivos que me levaram até aquele momento. Ter cruzado com Remy selou meu destino. Aquele garoto obscuro e cruel ia me reduzir a pó, e por absolutamente nada.

— Remy, eu imploro! Faço o que quiser, eu juro...

Ele encarou meu pai, que franzia a testa, parecendo genuinamente confuso.

— Não está no meu poder, Ann Hill.

A maneira que como ele falou convenceria qualquer um, mas eu sabia que era encenação. Toda a humilhação, a dor e o medo que ele me causou se acumularam, e naquele momento tudo explodiu.

— Vou destruir você, vai sentir tanta dor que amarei assistir a cada segundo disso. Eu juro pelo meu sangue, Remy Trevisan.

Ele sorriu e duvidou, isso só me deu mais força.

— Eu sou inocente. Não matei Resley, estava correndo na chuva no dia, e quando cheguei ao campus ela estava sem vida, no chão.

Eu repeti isso um milhão de vezes, mas nada adiantou. Eles estavam certos de que haviam encontrado a assassina de Resley. O que não sabiam era que ele estava bem ali, ao lado deles.

— Meu pai tem um amigo advogado. Vou falar com ele. — Dante me guiou pelo corredor da escola junto ao meu pai, que permanecia calado, e os agentes.

— Não tenho ninguém, Dante. Por favor, não me deixe sozinha.

Minha garganta estava dolorida, meu coração, partido, e todo meu corpo temendo o pior. As lágrimas queriam jorrar, mas eu as empurrei. Não daria esse gosto a Remy.

— Não vou.

Os alunos estavam do lado de fora, alguns com celulares apontados para mim, outros apenas olhando. Cochichos ecoaram e me causaram pavor. Procurei pelo meu amigo, nervosa.

Dante estava indo para o carro enquanto fui levada para a viatura. Nunca imaginei que isso aconteceria na minha vida. Estava envergonhada, machucada e, pior, humilhada. De novo. Todos pensavam que eu era capaz de matar alguém. Não deveria me atingir o que os outros pensavam, mas isso não era tão fácil na prática.

Minha vida estava um caos. E a única culpada disso era eu.

Não deveria ter cruzado meu caminho com o dele.

O demônio tinha maneiras fáceis de me fazer queimar.

— Vamos pelo começo, Srta. Ann Hill.

O policial se sentou na cadeira diante de mim. Estávamos em uma sala mal iluminada e quente. Podia sentir o tecido da camisa contra minha pele. Minhas coxas suavam em contato uma com a outra.

— Saí de casa por volta das nove horas da noite. Fui à praça e fiquei lá por um tempo. Era o dia da morte da minha mãe. — Minha voz vacilou, mas respirei fundo. — Vi um carro na praça aquele dia, quem estava nele era Dwayne, um estudante da escola. Eu saí de lá assim que nos vimos. Não somos amigos. Andei de volta para o campus, e ao chegar vi a aglomeração. Eram curiosos, e no chão estava Resley. Eu fiquei em choque.

Minhas palavras saíram claras e foram interrompidas por batidas à porta.

— Com licença. O advogado dela.

Em segundos, entrou um homem. Ele era jovem, talvez vinte e poucos anos. O advogado acenou para mim e se sentou ao meu lado.

— Não fale mais nada.

Calei-me no mesmo segundo.

— Quais as provas que o levaram a trazer minha cliente a essa sala? — O homem foi firme ao questionar.

— Cole, você de novo.

O agente Kennett semicerrou os olhos e fixou o olhar em mim.

— Ela é da família?

Que família? Confusa, olhei para Cole.

— Não, mas é do interesse deles.

O policial acenou e começou a falar o que disse antes para Dante. Testemunhas oculares e etecetera. Os dois engataram em uma conversa sobre o caso e, ocasionalmente, eu era consultada. Quando pareceu que acabou, dei um suspiro.

— Ela está liberada, mas não pode sair do estado. O pai dela a aguarda na sala de espera.

Pai? O mesmo que nem sequer olhou na minha cara?

Nós acenamos e Cole se prostrou diante de mim.

— Sou Cole, Srta. Ann Hill. Vamos trabalhar juntos nesse caso.

Ele me guiou para fora da sala e eu vi meu pai ali sentado, olhando o celular.

— Eu sou inocente. Jamais faria isso. — Voltei a olhar para o homem que ia me ajudar a sair daquela enrascada.

— Sim, Dante já deixou isso claro.

Relaxei, sabendo que pelo menos Dante estava ao meu lado. Não éramos amigos inseparáveis, mas saber que eu podia contar com ele fez diferença.

— Seu pai?

Olhei para a direção de Donald e acenei. Cole foi embora e eu andei até o Sr. Quinn.

— Posso ir para a casa — anunciei ao chegar e ele ergueu o rosto.

— Você não pode voltar à escola até que isso seja esclarecido. Os pais dos alunos já estão me ligando.

Ele se ergueu, seu olhar era de nojo.

— Não sei como, mas você sempre faz tudo errado. Você é a pior coisa que aconteceu na minha vida, Harley.

Donald se virou, saindo da delegacia. Fiquei chocada demais para falar qualquer coisa, e o segui em silêncio. Estava cansada de falar, isso não me levaria a lugar algum. Donald não me conhecia, não fazia ideia de quem eu era. Éramos estranhos que compartilhavam sangue.

Um mosquito seria um pai melhor.

— Você vai ficar nesse apartamento pelos próximos dias. Já lidei com tudo. Tem comida na geladeira. — Donald estacionou o carro diante de um prédio velho.

Estranhei o local, porque ele tinha dinheiro. Jamais pensei que um imóvel naquele estado seria dele. Não estava reclamando, cresci em lugares assim, mas ele não era Donald Quinn?

— É de um amigo. Minha esposa não pode saber de você.

Agora eu entendia.

Saí do carro e ele me levou até a entrada. Nós subimos a escada e eu continuei em silêncio. Assim que chegamos ao apartamento 101, respirei fundo esperando que ele abrisse a porta para entrar.

O lugar era limpo e isso era o bastante.

— Vou perder aulas...

— Voltaremos às aulas remotas. Talvez, seja melhor você terminar o ano assim.

Donald nem olhou em minha direção. Segurei o olhar no seu rosto, cruzando os braços. Eu estava esgotada, mas não o deixaria ir sem me ouvir.

— Quando eu era criança, gritava com minha mãe porque ela nunca queria falar de você. No Dia dos Pais, era horrível, eu odiava aquela data. — Pisquei, tentando afastar a dor da culpa. — Eu maltratei a única pessoa que me amou, por você. Eu tenho nojo de ser sua filha. E agradeço à minha mãe por ter me protegido de você.

— Você não sabe de nada, sua...

— Não fale comigo! Eu quero que esqueça que tenho seu sangue imundo, tenho vergonha de ser sua filha. Não matei Resley e você sabe disso, mas enfiou seu rabo entre as pernas, porque morre de medo daqueles fedelhos! Você tem medo de crianças.

Donald estava vermelho e eu, satisfeita.

— Espero que a família de King Trevisan te agradeça por ter estragado a minha vida.

Andei até a porta e a fechei na sua cara.

Virei-me, olhando para o apartamento, encontrando minhas malas no corredor. Andei entre os móveis e me sentei no sofá. Em segundos, a comporta se abriu. Meu peito estava tão sufocado, que assim que a primeira lágrima deslizou, eu gritei em busca de ar.

Meu choro foi inevitável, havia tanto nesses gritos. Tanta dor, solidão e descaso.

Eu odiava minha vida, cada segundo dela.

Assim que meu celular começou a tocar, eu o tirei da mochila. O nome de Dante me fez atender depressa, mas me arrependi. Ainda estava soluçando.

— Onde você está? Localização, agora.

Não queria enviar, mas não consegui debater. Os soluços nem me deixavam falar.

Cliquei em desligar e enviei minha localização. Não sabia quanto tempo levou até Dante chegar, mas logo ouvi a campainha. Quando abri a porta, meu amigo me abraçou. Ele era maior que eu, e isso me fez parecer uma criança pedindo colo.

— Ele fez isso. Por que ele me odeia tanto? Não tem motivo, Dante!

Meus soluços atropelaram minhas palavras, mas ele compreendeu. Dante me afastou e me levou até o sofá.

— Eu quero que troque de roupa e venha comigo.

— Para onde?

Dante respirou fundo. Sua recusa em falar só deixava claro que eu odiaria sua resposta.

— Mansão Trevisan.

Não. Jamais.

— Não! Ele armou isso para mim. Você acha que vou entrar no círculo dele?

Levantei-me rápido, furiosa.

— Eu sei, droga! — Ele se ergueu também e passou a mão pelo cabelo. — Mas aquele imbecil quer apenas que se curve, Harleen. Pelo amor de Deus, você não vê isso? — Dante gritou, abrindo os braços. — King não sabe brincar. Aquele filhote de satanás será o pior Don que a Outfit já teve, e todos sabem disso.

Desviei o olhar do seu, nervosa. Não conseguia acreditar que isso estava realmente acontecendo. Que eu precisava me curvar àquele imbecil para ser livre. Para ele me deixar em paz.

— Eu vou, mas se alguma coisa sair do controle, não me culpe.

Dante respirou fundo e acenou. Virei-me e puxei minhas malas para o quarto que nem havia visto. Tomei um banho rápido, e quando saí, meu amigo me olhou de cima a baixo.

— É sério?

— Não é isso que ele quer?

— Foder você? Talvez, mas você está nua. Possivelmente veremos a família dele. Troque.

Nervosa, semicerrei os olhos, mas optei por aceitar. Voltei para o quarto e tirei o top justo e os cintos. Joguei minhas luvas para o lado. Peguei um vestido de veludo e deixei minhas meias. O pingente de cruz na junção do decote me fez arrepiar. As alças eram finas, e o caimento dele me deixava ainda mais curvilínea.

Se Remy queria brincar, eu ia apertar o play.

Quando surgi, Dante acenou. Saí do apartamento, fechando-o bem. O bairro não era lá o mais seguro. Entrei no carro e meu amigo pisou no acelerador.

— Eu vou colocar você no quarto dele. A tia Lunna gosta de mim, não faço ideia do motivo, já que todos ali me odeiam, mas ela vai me deixar entrar.

— Ele vai ficar furioso, isso é pior... — ponderei, virando-me para encarar Dante.

— Não, seria pior se fosse na frente dos gêmeos.

Optei por ficar em silêncio, Dante conhecia todos melhor que eu.

— Nunca obedeço King, mas isso está próximo. Seremos inseridos nas próximas semanas.

— Você não é mais novo que eles?

— Sim, mas meu pai quer que eu entre junto. — Dante bufou, apertando o volante. — Meu pai não era da Outfit. Foi obrigado a ficar e se casar com minha mãe, porém, eles se apaixonaram. Meu pai é fiel a Outfit desde então.

— Como assim obrigado? Tem casamento arranjado?

Meus olhos saltaram e Dante acenou.

— King é noivo.

— Quê?! — gritei, chocada, e ele acenou.

— Ela é de Nova Iorque.

Não sabia se me sentia aliviada ou preocupada com a garota. Coitada, não fazia ideia da merda onde ia entrar.

Dante se calou e eu também. Assim que passamos pelo portão, Dante disse que falaria com Lunna. Como previu, a mãe de Remy o deixou entrar. Dante passou pela frente de uma mansão enorme, e quando me viu olhando, balbuciou que era onde os gêmeos moravam.

— O chefe de tudo é pai dos gêmeos.

Não perguntei mais nada. Quando o carro estacionou, Dante me guiou para dentro e me enfiou em uma sala. Ouvi passos, mas estava escondida atrás de uma cortina.

— Dante! Você está tão grande! Remy e Lua estão na escola, que é onde você deveria estar...

— Tia Lunna, Remy esqueceu um relógio meu. Preciso pegar antes que ele me obrigue a socá-lo.

Lunna riu, sua risada era tão suave. Acalmei-me no mesmo segundo.

— Suba. Um dia, espero que vocês sejam amigos.

— Dificilmente.

— Preciso ir até a casa da Blue. Tarde das meninas, hoje.

Ouvi a porta fechar e mal acreditei quando Dante me puxou da sala e me levou escada acima. Ela realmente confiava no garoto.

— Fique aqui, Remy vai retornar em breve. As aulas já acabaram. — Ele me enfiou num quarto completamente escuro e ficou à porta. — Ele não vai fazer nada com você, o pai dele o mataria caso algo acontecesse dentro da mansão.

Isso não me deixou aliviada. Havia muito mato ao redor da propriedade, eu vi quando chegamos.

— E se ele me matar e me enterrar na floresta? — ponderei, nervosa.

Dante balançou a cabeça impacientemente e ignorou.

— Peça desculpas e implore para ele desfazer o inferno que causou.

Acenei, mesmo sendo muito difícil. Eu não queria implorar porcaria nenhuma. Pelo contrário, queria torcer seu pescoço e dizer que se eu tivesse que matar alguém, seria ele.

— Ok.

Dante saiu e eu andei pelo quarto. Toquei na mesa onde havia vários livros e peguei um. Meu coração acelerou quando vi o tema. Morte, morte e mais morte. Livros sobre assassinos em série. Sobre casos de assassinato e muito mais. Larguei o livro e andei até seu closet. Dentro, havia apenas blusas em tons de cinza, preto e branco. Sem cor. Nada.

Quase me vi dentro do meu próprio espaço.

Entrei mais fundo e passei os dedos pelo tecido. Havia uma caixa no fundo, preta com adornos vermelhos. Franzi a testa e me ajoelhei, tocando a tampa. Quando puxei para cima, senti um vento frio em minha nuca.

— Bird, você deixa a caça tão deliciosa.

O demônio havia chegado.

CAPÍTULO 11

Harleen Ann Hill

Virei-me devagar e encontrei Remy me olhando de cima. A visão dos meus peitos o fez semicerrar os olhos. Neles estava clara fúria de me pegar em sua casa. Confessava que também estaria, mas a diferença entre nós era que ele já entrou em meu quarto e colocou a porra dessa gargantilha em mim.

— Fica assim. — Sua voz estalou, furiosa.

Engoli com força, mas o obedeci. Remy deu dois passos e parou diante de mim. Inclinei meu pescoço, sentindo a pele esticar tanto que doía. Minha coluna foi forçada, mas não o desobedeci

— O que você está fazendo aqui, Bird? Hum? Quem te colocou dentro da minha casa?

— Você disse que quando eu estivesse pronta para me curvar, iria amar isso. Você não parece feliz... King.

Seu olhar incendiou. Remy se curvou, sua mão agarrou meu cabelo e ele me fez levantar. Meu corpo tremia por dentro, mas fingi que estava ótima. Sorri e lambi meus lábios.

— Não era isso que queria? Hum? Uma súdita, King. Estou aqui. Estava de joelhos como queria, segundos atrás.

Remy apertou o domínio sobre meu cabelo, fazendo com que a porcaria doesse para valer.

— Eu queria você nua e implorando, Bird. — Ele deslizou o olhar pelo meu vestido. — Algumas peças de roupa precisam sair.

Meu interior foi quebrado. Vacilei e ele viu isso refletido em meus olhos, mas reuni força. Se ele me queria nua, bem, ele teria essa merda, contanto que me deixasse em paz.

— Farei isso, mas...

— Tsc, tsc, tsc... Não é uma negociação, Bird. Você se ajoelha nua e fala as palavras mágicas.

Inferno. Respirei fundo e apertei minha mandíbula.

Coloquei as mãos para trás e desci meu zíper.

— Calma, preciso apreciar a porra do show. Fique de joelhos. — Sua voz autoritária ecoou. Eu acenei assim que ele soltou meu cabelo. — Venha de joelhos e nua.

Remy andou para trás e se sentou na cama. De uniforme da escola, braços esticados para trás, completamente satisfeito consigo mesmo. Ainda havia um sorriso estúpido em seu rosto.

Tirei meu vestido e, de joelhos, com minhas botas e a meia arrastão, fui até ele. Meus seios estavam livres e eu estava sem calcinha. Não era adepta à porcaria, de qualquer jeito.

Remy travou os olhos em mim. Cada pedaço exposto de pele. O demônio estava amando me ver assim, submissa. E claro, estava adorando ver meu corpo nu.

O pervertido com certeza sonhava com isso.

— Sinto muito por tudo que fiz, não fui uma boa garota com você, King. Peço perdão. — As palavras saíram devagar, pausadas e sinceras. Talvez, não as últimas.

Remy estava com os olhos presos aos meus. Ele não olhou para baixo um segundo sequer.

— Naquele dia, eu disse que o preço era você ser minha. Lembra, Harleen?

A forma como sua língua apreciava meu nome enviou uma onda de calor à minha boceta. Porém se dissolveu quando entendi o que disse.

— Você quer que eu abra minhas coxas e seja seu banco de esperma.

Remy sorriu lentamente e agarrou meu queixo. Eu deixei que o segurasse e apertasse com força, sendo a boa garota que Dante me disse para ser. Na mente do meu amigo, isso não incluía transar com Remy ou ficar nua na frente dele.

Bem, seu futuro chefe era um psicopata.

— Não, um bastardo dificultaria bastante a minha vida.

Imbecil.

— Então, o quê? — grunhi, tremendo por dentro.

Meus joelhos estavam doendo e o ar-condicionado havia sido ligado. Os meus mamilos estavam duros e estava me arrepiando.

— Ninguém nunca me fez sentir tanto ódio como você. — Suas palavras golpearam meu peito. — Desde o primeiro dia. Você está de joelhos e ainda não é o suficiente. Eu quero rasgar sua alma, Harleen Ann Hill.

— E por quê? — Minha voz vacilou e eu senti as lágrimas encherem meus olhos.

Não queria chorar, lutei contra, mas quando ele falou, eu quebrei.

— Porque você é a única pessoa no mundo que me olha assim.

— Assim como? — gritei, sufocada. O que ele ainda queria de mim?

— Desdém. Até agora, ajoelhada, você ainda está rindo de mim por dentro.

Remy inclinou a cabeça, riu e se ergueu. Isso me fez cair sobre minhas panturrilhas. Sentei-me e o vi andar até a porta do quarto.

— Junte suas porcarias e saia da minha casa.

Agarrei meu vestido e me levantei. Não vacilei, deixei as lágrimas onde estavam, não limpei a umidade do rosto, apenas ergui minha cabeça. Parei na frente dele, ainda segurando minhas roupas.

— Faça com que suas ratas retirem as acusações. Não respeitar você não lhe dá o direito de fazer algo assim...

— Vou pensar, Ann Hill.

Passei meu vestido pela cabeça e me virei, puxando meu cabelo. Eu o olhei por cima do ombro e indiquei meu zíper. Remy bufou, mas fechou o vestido.

— Você precisa me levar ou pedir a um dos seus primos.

— Como você entrou aqui? — Seus olhos semicerraram e eu me coloquei na ponta dos meus pés. — Bird.

— É um segredo, mas eu falo quando você retirar as acusações.

Limpei minhas lágrimas e saí do seu quarto.

Remy me seguiu, e assim que descemos, percebi que ninguém falou com ele. Havia alguns seguranças, mas ele apenas andou até um carro. Era uma Lamborghini Aventador. Nunca cheguei perto de uma, mas era óbvio que o rei de Chicago tinha um carro de luxo.

Remy entrou no carro e eu fiz o mesmo. O motor rugiu, assustando-me. Respirei fundo quando ele pisou no acelerador. Ele dirigiu até a saída, e quando virou para o caminho da escola, eu me lembrei.

— Não estou mais na escola. — Falei o bairro onde eu estava agora, e ele franziu a testa. — O diretor Quinn disse que não posso mais ficar nas dependências do colégio por conta do inquérito.

Ele não teve reação no primeiro momento, mas depois me encarou.

— Você é pobre?

Eu riria se eu realmente não fosse.

— Sim. Eu sou bolsista.

— E seus pais?

— Mortos.

Remy semicerrou os olhos e voltou sua atenção para a pista. Sabia que ele perguntaria mais coisas, por isso liguei o som do carro. Pulei quando a voz de Axl Rose ecoou. Meu coração bateu acelerado e mal consegui me controlar para não cantar junto.

Remy ficou em silêncio e eu também, apenas Axl cantando as minhas canções favoritas. Quando o carro estacionou, desci do veículo sem esperar por ele.

— Não é sua culpa, Remy, eu desdenho de todos. É meu jeito de me proteger. — Afastei-me do carro e respirei fundo. — Não vamos nos ver mais, provavelmente, então, você vai se esquecer de mim e do ódio que sente.

Virei-me e andei para dentro do prédio, implorando que ele me escutasse dessa vez. Esperando que Remy Trevisan fosse piedoso, pelo menos hoje.

Donald me fez voltar à escola assim que as acusações foram retiradas. As alunas estúpidas, guiadas por King, pediram desculpas a mim e tudo ficou bem. Pelo menos, era o que eu pedia todos os dias. Não vi mais Remy e, por mim, isso estava ótimo.

— Foi mal ter fugido aquele dia, fiquei sem reação. — Bonnie me deu um sorriso sem jeito.

— Eu também fugiria — confessei, dando de ombros.

Doeu ver Bonnie fugindo, mas não podia culpá-la.

— Então, o teste é hoje.

Sim, e a inserção de Dante na máfia também. Na verdade, dele e dos Trevisans. Pelo que meu amigo deixou escapar, os gêmeos também seriam inseridos na Outfit.

— Vou fazer, mas duvido que seja aprovada.

Bonnie arqueou a sobrancelha.

— Você toca flauta como ninguém. O jeito clássico do instrumento com as músicas contemporâneas. Nossa, garota, eles estão loucos se não te aplaudirem de pé.

Um pico de felicidade cresceu dentro de mim, quis abraçar Bonnie e gritar, pulando. Eu precisava de terapia, essa carência absurda estava afetando meus neurônios.

— Obrigada, Bonnie! Darei o meu melhor.

Nós treinamos juntas por um tempo, e quando finalizamos, saí em busca do meu almoço. Vi Sweet e suas amigas no final do corredor, então eu optei por virar antes, mesmo sendo o caminho mais longo. Para a minha infelicidade, eu as encontrei da mesma forma. Elas correram? Não achava que daria tempo chegarem ali se não o tivessem feito.

— Eu me questionei diversas vezes de como você conseguiu fazer King mudar de ideia. Você beijou as botas dele?

— Talvez tenha chupado o pau dele de novo? — a amiga dela grunhiu, atingindo-me.

Não, não o chupei. Mas naquele momento, se ele tivesse pedido eu teria negado? Estava desesperada, queria sua piedade, chupar seu pau não era nada.

— Oi, Sweet. Oi, Sweet dois, e oi, Sweet três. — Sorri, encorajada. — Você não cansa de ter minis você ao seu lado? Só existe uma Harleen e ela está aqui na sua frente. Digo por experiência, é ótimo.

— Uma *bird* imbecil, solitária e triste? — Ela riu, olhando entre as amigas e depois me encarou. — King jamais se interessaria por você, orquinha. Sabe, você não faz o tipo dele.

Sweet usou as mãos para deixar claro o tipo dele; magra.

— Hum, você faz, certo? — Dei um passo até estar próxima ao seu rosto. — Dwayne sabe que você tem ciúme do amigo dele? — Arregalei os olhos, fingindo espanto. — Ops.

Dwayne estava bem atrás dela, havia chegado naquele segundo.

— Amor! — A garota ficou pálida, tremendo. — A Peppa está falando idiotices. Ela se doeu porque as meninas falaram que King gosta de garotas magras, não orcas assassinas iguais a ela.

Não me atingiu. Nem um pouquinho. Remy falar doía, mas ela? Foda-se!

— Abre o olho, Dwayne. — Levei meus dedos à testa e o saudei.

Afastei-me deles e caminhei rápido para o ginásio. Havia poucos alunos para os testes, então tentei relaxar. Meu celular vibrou e o peguei, vendo uma mensagem de Dante.

"Você já fez o teste?"
"Não, daqui a pouco."
"Quando terminar, me avisa. Preciso falar com você."

Parecia urgente, mas optei por apenas concordar. Precisava ficar focada em passar no teste. Assisti ao teste de todos, e quando fui chamada, havia apenas os avaliadores na plateia. Subi no palco e me posicionei. Engoli com força, reuni ar em meus pulmões e sorri quando me questionaram a música que eu tocaria.

— *Sweet Child O' Mine.*

Desde criança, mamãe cantou essa canção para mim. Todo meu amor por Axl vinha dela, e achava justo tocar a que me lembrava a Aurora.

— Quando quiser.

Acenei e trouxe a flauta para a boca. meus dedos se posicionaram de imediato, como se fosse natural. Na verdade, era. Tocar era a melhor coisa que já fiz na vida, e sabia que fazia bem.

O som ecoou e, então, me perdi nas notas e na letra da música que ressoava em minha mente, mas não era o vocalista de *Guns N' Roses* que cantava, era mamãe. A voz e a melodia que meu sopro e dedos ecoavam trouxeram lágrimas para meus olhos.

Quando baixei a flauta, tremendo e sem ar, senti as lágrimas caírem. *Obrigada, mãe.*

Respirei fundo e assim pude ouvir palmas. Olhei para a plateia e vi os avaliadores de pé. Meu colo e rosto ficaram vermelhos, mas me mantive calma e me curvei, agradecendo.

— Você foi incrível, Harleen. Será um prazer ter você na banda.

Sorri de imediato e agradeci de novo. O avaliador me dispensou e eu saí do palco, com o peito explodindo de felicidade. Quis imediatamente avisar à mamãe, mas lembrei que ela não estava mais ali. Essa era a pior parte do luto. Nos momentos felizes, aquela pessoa jamais te veria. Porque ela nunca mais ia estar ali.

— Eu disse a você! — Bonnie apareceu do nada.

Sorri de verdade, tentando enxugar as lágrimas.

— Obrigada! Estou feliz que seremos companheiras de banda.

Ela sorriu com força e nós fomos almoçar. Assim que cheguei ao refeitório, vi Dante. Ele andou em minha direção e nos sentamos juntos.

— Você viu King hoje?

— Não, graças a Deus. Estou me mantendo longe dele. Não quero respirar perto dele. — Minhas palavras saíram apressadas e Dante acenou.

— Ele sumiu desde a madrugada.

O quê? Arregalei os olhos e meu amigo abriu a Coca-Cola. Em um gole, Dante consumiu todo o líquido. Ele não se apressou em me explicar nada e eu não quis perguntar. Bastava de Remy na minha vida. Precisava ficar longe do mafioso mirim.

— Todos estão caçando-o, em algum momento ele aparece.

Sim, talvez.

Deixei Dante sozinho e fui para as minhas aulas. No final do dia, fui até o carro que Donald havia deixado no apartamento. Não voltei a morar ali e era melhor assim. Quinn não fez questão, por ele eu estaria assistindo às aulas remotas. Porém eu não abriria mão de vir à escola.

Abri minha porta e fui para a cozinha. Fiz meu jantar, e depois de tudo pronto, segui para o banho. Levei um tempo lavando os fios pretos e esfoliando minha pele. Saí do banheiro com uma toalha em meu cabelo e outra em volta do corpo. Já havia separado minha roupa, por isso fui direto para a cama, mas parei, rígida.

— Você gosta dessa porcaria rendada.

Remy estava deitado na cama, rodando minha calcinha no dedo.

O que diabos ele estava fazendo ali?

— O que está fazendo?

— Dwayne disse que você insinuou que estou fodendo Sweet.

Meu estômago esfriou. *Não, não, não.*

— Deixei você em paz, Bird, não era isso que queria? — Remy se sentou na cama e enfiou minha calcinha no bolso da calça escura que usava.

Ele estava de regata, tatuagens diante de mim límpidas.

— Não disse isso... Sweet estava sendo uma escrota e rebati...

— Explique-se — sua voz dura me interrompeu.

Reuni coragem e engoli em seco, cruzando meus braços.

— Ela falou que chupei você para me deixar livre, depois, que eu não fazia seu tipo. Me chamando de gorda... Eu sou, tudo bem? Tenho espelho — grunhi, irritada só de lembrar. — Então, falei que ela estava com ciúme de você. Dwayne ouviu. Enfim, foi isso.

Remy abriu as pernas e acenou para o meio das duas. Meu corpo tremeu.

Droga, o que ele queria agora?

— Aqui, agora.

— Remy...

— Não discuta.

Andei até ele, rígida. Sabia que se eu me negasse, meu terror poderia voltar. Não ia arriscar isso. Dei três passos e parei diante dele. O imbecil estava quase do meu tamanho, mesmo sentado.

Suas mãos se posicionaram em meus quadris e eu pulei.

— Estou de pau duro desde que você estava nua em meu quarto. Eu mudei de ideia, Bird, quero que você seja minha putinha.

Foi como levar um soco. Odiava a maneira como ele se referia a mim.

— Você vai me aterrorizar para trepar com você, Remy? — perguntei, rígida.

Ele tirou uma das mãos de mim, para deslizar pelo canto da boca.

— Eu posso fazer isso, mas você precisa dizer sim. Nem que seja por medo.

O pior de tudo era exatamente isso. Uma parte de mim se recusava, outra ponderava por medo, e a última, vagabunda e sádica, queria abrir as coxas por livre e espontânea vontade.

— Isso é doentio até para uma mente igual a sua, Remy.

— King, Bird. Lembra? Você se curvou, é minha súdita agora.

Lembrei-me da cena em sua casa. Cada fibra do meu ser sentia vergonha de mim mesma, da cena insana. Quis esfolar o pescoço dele enquanto o esfaqueava bem no coração manchado.

— *King*... É doentio transar com alguém sabendo que ela está fazendo isso por medo.

Ele passou os dedos pela borda da toalha, tocando suavemente minha coxa. Minha pele traiçoeira se arrepiou e isso o fez sorrir.

— Aposto meu reinado na Outfit que sua boceta está molhada e querendo isso muito mais que meu pau.

Deus, a boca dele... Engoli com força, detestando saber que o diabo estava certo.

Como eu conseguia me enfiar mais e mais em uma relação tóxica e ainda *querer* fazer parte dela. Mamãe teria vergonha de mim.

— Meia-noite, Harleen. Não precisa deixar a porta aberta, eu tenho a chave.

Demorei a entender, mas o fiz quando ele se ergueu, impulsionando-me para trás. Respirei fundo, sentindo o cheiro dele. Sempre tão limpo. Inferno.

— Como você tem a chave? — Andei atrás dele enquanto o via se afastar para a sala.

— Meu pai é dono do prédio.

Porra! O quê?

Remy não me explicou nada, apenas fechou a porta, deixando-me para trás, confusa.

CAPÍTULO 12

King Trevisan

Meu pai estava de pé na porta quando estacionei meu carro. Sabia que todos estavam me procurando, mas saí da toca quando achei conveniente. E avisar Harleen que hoje eu a foderia, era.

— Onde você se enfiou?

— Estava pensando — respondi o que não era uma mentira.

Tinha duas coisas na minha cabeça constantemente. A Outfit era minha prioridade. Queria ser bom para isso, queria que meu pai se orgulhasse, não apenas me aceitasse porque eu era seu filho. Quando chegasse a hora, queria comandar a Outfit com ele e meus tios ao meu lado.

A segunda dor de cabeça era Bird. Desde o dia que ela entrou na minha casa e ficou nua de joelhos, eu só pensava em foder cada lugar da garota. Queria esfolar seu pescoço, morder sua bunda e seus seios. Queria marcar Harleen.

E faria isso hoje, depois de entrar para a Outfit.

Meu pai acenou e entrou em casa, eu só o segui em silêncio.

Meus tios estavam presentes, junto às suas esposas e aos filhos. Toda minha família estava ali.

— Então, onde você estava, King? — Tio Rocco estava sentado na poltrona, pés em cima da mesa de centro da minha mãe.

Se fosse eu ou meu pai fazendo isso, ela teria um infarto, mas era tio Rocco. Ninguém falava nada para ele. Claro, em raras ocasiões, tinha meu pai. Porém, qualquer conversa mais séria era feita a portas fechadas.

— Pensando quais armas usar hoje.

Meus tios sorriram e minhas tias respiraram fundo, movendo as meninas para fora. Nina semicerrou os olhos, Lua saiu sem dizer nada, e Alena, a irmã dos gêmeos, com a cara no celular.

— Vocês não precisam de muito... — tio Matteo começou, mas Rocco o interrompeu.

— Precisam. Quero a porra de um espetáculo. Quero que eles se caguem de medo. O respeito começa hoje, não titubeiem, não pensem, apenas ajam, deixem o animal Trevisan se libertar.

Ele se ergueu, segurando uma arma, então apontou para a janela, mas não atirou. Seus olhos vieram para mim e para os gêmeos.

— Sem arma de fogo. Peguem facas, soco inglês... Quero um show. Um que nem seu pai, nem seus tios... — Seu olhar ficou rígido em mim e depois ele encarou os filhos. — Nem eu fizemos.

Nós acenamos juntos.

— Bem, estamos entendidos. — Rocco sorriu, não um sorriso comum. — Vamos foder com esses idiotas.

— Arrumem as malas. No final de semana, viajarão com suas mães para a Capadócia — meu pai avisou, afastando-se da janela.

Tio Prince. Capadócia era um código que todos usavam quando precisávamos ir até a Finlândia. O irmão mais novo dos nossos pais morava lá. Não queria sair de Chicago depois de me inserir, mas não discutia com meus tios ou pai.

Nós saímos para o Village, e quando coloquei o cinto, meu pai me olhou. Ele estava dirigindo.

— Você está pronto, Remy. Nasceu para isso, foi moldado e tem a força de um Trevisan.

Sim, eu sabia, faria o melhor.

— Estou pronto. Terá orgulho de mim, pai.

Romeo sorriu devagar e tocou meu ombro.

— Eu já tenho, King.

Nós deixamos o sentimentalismo de lado e fomos em direção ao meu futuro.

O Village estava lotado. Todos os homens da Outfit estavam ali, prontos para verem o futuro entrar na Outfit. Todos eles sabiam que o trono, um dia, seria meu. Nenhum deles contrariou nossa família por todos esses anos e nem era contra minha ascensão. Isso era algo distante, no entanto. Meu tio não tinha planos de se ausentar.

— Irônico *pra caralho*, eu diria.

A voz de Rhett chegou até meus ouvidos. Não precisei encará-lo para entender o que falava. Dante Conti estava de pé, à nossa lateral. Seu pai estava ao seu lado, olhos atentos a todos. O homem era grande, o cabelo branco dava a ele uma aparência mais velha do que realmente era.

Dante ia ser inserido conosco. Os legítimos herdeiros da Outfit e o rato imundo da Cosa Nostra.

Uma ironia.

— Deixem a rivalidade para o Blood. Hoje, somos um só — meu pai rugiu às nossas costas e fiquei ereto.

Os homens que mataríamos eram traidores, ou de outras máfias que tentaram invadir nossos territórios. Evitei encarar qualquer um deles. Não importava sua cor, crença ou força, eu os mataria hoje.

— Sua vez.

Meus primos foram os primeiros, depois Dante e, por último, eu. Rhett foi rápido, mas fez uma bagunça de sangue. A barriga do cadáver estava aberta, o estômago caiu para fora, e ainda havia a arte que ele fez no rosto do homem. Dois sinais de adição, um em cada bochecha.

— Psicopatinha do papai — Rocco grunhiu, satisfeito.

Amo andou devagar para o meio da roda. Um garoto da nossa idade foi colocado diante dele. Meu primo estalou o pescoço e desatou as cordas que prendiam o seu oponente na cadeira. Amo rodou o garoto que chorava e ao mesmo tempo tentava ficar rígido.

Amo correu, e quando vi seu pé no ar, fiz uma careta. Ele havia chutado a garganta do moleque. O garoto caiu, agarrando o pescoço, e Amo se encaminhou para ele, com dois chutes ele terminou de quebrar o pescoço. Amo ergueu o garoto, mas apenas a cabeça veio. O corpo caiu, ensanguentando tudo.

— Porra, orgulho da família! — tio Matteo gritou sorrindo enquanto tio Rocco batia nas costas do meu pai.

Pensei e repensei o que eu faria. Meu tio pediu um espetáculo, então precisava dar um a ele. Foi a vez de Dante e não houve show, nenhuma faca. Conti apenas pegou uma arma de fogo e atirou no olho do cara. Ninguém pareceu feliz pela pouca demonstração de maldade.

— Certeza de que Conti fez o garoto pegar a arminha. Imbecil do caralho — Matteo comentou, fazendo careta.

— É sua vez, filho. Vai lá e mostre quem manda.

Meu pai bateu em minhas costas e eu puxei as lapelas do meu smoking. Era ele que estava na caixa preta que Bird estava a um passo de abrir. Xereta demais.

— Você... — o homem começou a falar quando me posicionei no centro.

Havia sangue em todos os lugares, não adiantava limpar. Apenas os corpos eram retirados.

— Me diz, o que você fez? — Estalei meus dedos e inclinei a cabeça, aguardando. Ele estava preso na cadeira, como todos os outros. Porém seu olhar era de pavor.

— Você é... Porra, até o olhar satânico... — Sua voz era chocada, ou talvez, drogada; não sabia distinguir.

Que diabos ele estava falando?

— O que você fez, cara? Poupa meu tempo.

— Sou da Bratva. E você também.

Esse só podia ter fumado droga adulterada. Fui até a mesa, peguei um martelo e caminhei até ficar diante dele de novo. Irritação corria por minhas veias. Como ele ousava dizer que eu era da Bratva? Martelei sua mão e seu grito foi como uma dose de heroína.

— Vocês, da Bratva, nunca aprendem, não é?

Sorri. O martelo desceu sobre seu ombro. O homem berrou de dor, mas minha tortura só tinha começado.

Virei-me e joguei o martelo bem ao lado do alicate. Tirei a peça da mesa e voltei para o homem. Devagar, pincei seu lábio, e ao puxar, rasguei sua boca grande. Eu era a Outfit. A Bratva era um nada. Podia até ouvir as palavras do meu pai sendo sussurradas ao meu ouvido.

Você vai queimar a Bratva.

E eu ia.

Peguei o galão de gasolina debaixo da mesa e parei na sua frente. Despejei o líquido pungente nos pés dele e fui subindo até sua cabeça. Ele gritou, assustado, e eu sorri, descartando o galão vazio. Procurei meu isqueiro no bolso do paletó, e quando o achei, tirei lentamente. O objeto era no formato de serpente e tinha alguns diamantes nele. Rhett me deu no meu último aniversário. Acendi o fogo e encarei o homem.

— Avise a Mikhail que eu cheguei.

Soltei o isqueiro e a chama subiu. Afastei-me dois passos e sorri, vendo as labaredas subirem. Os gritos ao redor só tiveram foco depois que o homem parou de chorar e morreu. Os olhos arregalados e derretidos. Pavor.

— Puta merda, King. — Rhett tocou em mim e Amo ficou ao meu lado.

— Herdeiros Trevisan, senhoras e senhores! — Travis, um dos amigos dos nossos pais, gritou, e o povo foi à loucura.

Meu pai ficou ao meu lado por todo o resto da cerimônia. E quando saímos, ele me parou, os olhos azuis fixos em mim.

— Você me orgulhou, Remy. Você foi um verdadeiro Don. Tem o respeito da nossa família e da Outfit. Isso é invejável.

— Me tornei o que me moldou para ser.

Isso o fez sorrir. Nós fomos para casa, mas não entrei. Avisei que precisava resolver um assunto, meu pai não questionou. Fui para meu carro e pisei no acelerador, correndo.

Assim que estacionei no apartamento de Bird, vi que ela não estava sozinha. Um carro estava posicionado ao lado do dela. Apertei o volante e aguardei para vê-lo sair. Conhecia seu carro, e no que dizia a respeito de Bird, ela só conhecia Dante.

Peguei meu celular e coloquei no número que encontrei nos arquivos dela na escola. Digitei rápido e enviei. Quando ela visualizou, não demorou muito para que o imbecil deixasse sua casa.

Ele não viu meu carro, mantive-me afastado assim que vi o dele. Quando Dante sumiu pela rua, dirigi até a vaga ao lado do carro que Bird estava usando. Era uma porcaria velha.

— O que Dante estava fazendo aqui? — questionei quando entrei no apartamento.

Harleen estava na sala, com uma blusa enorme e uma touca na cabeça. Sério?

— O mesmo que você.

Acho que nunca me movi tão rápido. Em segundos, eu estava com o joelho entre suas pernas e a mão envolvida em sua gargantilha.

Harleen ainda não entendeu? Essa era a prova de que ela me pertencia.

— Sua boceta virgem é minha. Se alguém a tocou antes de mim, vou matar a pessoa e deixarei a cabeça dela na sua cama.

Os olhos escuros ficaram dilatados, horror cobriu a sua expressão.

— Me responde, Harleen. O que aquele rato estava fazendo aqui?

Bird engoliu em seco e segurou meu antebraço, o mesmo que mantinha a mão sobre sua gargantilha.

— Ele é meu amigo. Só veio conversar sobre a coisa que fizeram hoje.

Ainda a encarei por alguns segundos, ponderando se era verdade.

— Bem, depois que eu foder você, pode ficar com quem quiser.

Harleen não respondeu, apenas me encarou. Afastei-me e puxei a touca da sua cabeça, peguei os cabelos da sua nuca e puxei para trás. Inclinei-me e senti o cheiro dela. Pareceu que ela fez questão de borrifar o perfume todo no maldito momento.

— Está com calcinha, Bird?

Ela acenou, trêmula. Senti satisfação em ver seu olhar nublado.

— Abra suas coxas.

Harleen respirou fundo, mas me obedeceu. Coloquei seu pé na borda do sofá, deixando-a completamente aberta. Então me afastei, apreciando a vista.

Sua boceta estava sem pelos e brilhava contra a luz do ambiente. Os lábios juntos, o buraco tão pequeno que me perguntei se meu pau caberia ali. Se não, eu faria caber.

Não ia foder Harleen hoje, não, eu queria fazer isso na escola. Na sala de aula ou na biblioteca. Queria tirar sua virgindade em um local que pudessem nos pegar. Sua bocetinha estaria tão molhada que nem dor Bird ia sentir. Mesmo que eu quisesse que sentisse.

— Bird, dá para acreditar nisso? — perguntei, olhando enfeitiçado para as dobras molhadas, imaginando-me socando meu pau dentro dela. — Tão diferentes.

— Não poderíamos ser mais diferentes mesmo — ela grunhiu.

Sua voz estava mais frágil. Pobre Bird, louca pelo meu pau.

— Coloque seus dedos ali. Deslize entre as dobras, enfie em seu buraco apertado e depois pressione seu clítoris.

Ela segurou os olhos em mim e fez o que mandei. Harleen tocou sua boceta e o barulho do suco me fez salivar. Queria chupar, beber toda a bagunça que ela estava fazendo.

— Remy... — Sua voz falhou quando seu dedo pressionou o botão inchado e rosa.

Harleen tentou se conter, era lindo assistir. Ela não queria gozar, não queria sentir prazer, mas não era uma opção.

Ergui-me e ela paralisou. Eu me inclinei sobre ela e peguei as pontas da sua camisa. Subi devagar e vi sua roupa por baixo. Ela estava com uma saia de couro e os seios apertados em um espartilho. Ainda havia aquele cinto que delimitava seus peitos.

— Tire os seios de dentro disso.

Harleen olhou para baixo e abriu a boca para retrucar, mas me movi depressa. Tirei minha faca e passei pelo tecido que era transpassado nos buracos da peça. Em segundos, ele abriu e os seios pularam para fora. Liberdade para os grandes.

Estiquei minha mão e passei a ponta da faca no mamilo. Harleen arquejou, respirando fundo. Inclinei a faca e passei em sua pele até chegar ao outro mamilo. Fiz o mesmo naquele e a sua boca se abriu, o medo em seus olhos era agradável.

— Junte seus seios, Bird — ordenei, ainda brincando com o mamilo.

Harleen levou a mão pequena até os montes e tentou segurar. A mão mal cobria a lateral. Ela empurrou e os mamilos se aproximaram. Bird me viu inclinar e assoprar os dois. Seu gemido baixo ecoou quando abri os lábios e levei um para a minha boca. Era delicioso. Havia tanto para segurar, e o melhor, era dela. Não havia nada artificial.

— Remy...

Meu nome em sua língua enviava sêmen para as minhas bolas. Deslizei a faca por sua barriga até estar colada em sua boceta.

— Remy... Isso....

Mordi seu mamilo com força suficiente para ela gritar. Porém, depois, ficou em silêncio.

Usei minha faca para bater em seu clítoris. Harleen choramingou na primeira, e quando dei a segunda, ouvi um gemido. Soltei seu peito em um *pop* e me afastei, vendo a vermelhidão do seu colo.

— Quero que chupe seus mamilos.

Harleen arregalou os olhos, chocada. Segurei um seio e apertei até posicionar na sua boca. Sabia que eram grandes o suficiente.

— King... Isso...

— Faça o que mandei e abra mais suas coxas. — Dei um tapa em sua perna e Harleen pulou.

Isso fez seus seios pularem e sua bunda vir para frente. Segurei suas coxas e esperei, quando Harleen levou os mamilos à própria boca, eu a vi chupar devagar. Quando enfim sentiu prazer, a sucção ficou mais intensa.

— Isso, Bird. Agora, vou castigar sua boceta. — Ela quase soltou o seio, mas empurrei contra sua boca. — Não fale.

Harleen estava quase deitada no sofá, e essa posição era perfeita para o que eu tinha em mente. Peguei meu isqueiro e acendi, dessa vez, Harleen soltou o mamilo.

— Remy! O que...?

A faca colidiu contra sua boceta. Dessa vez, mais forte. Peguei seu seio e coloquei em sua boca de novo.

— Fique quieta. Ou posso ir embora agora. Você sabe que tem opções, Harleen.

Na verdade, ela não tinha. Se Bird me mandasse embora agora, amanhã eu a destruiria. Sem remorso algum.

Ela engoliu em seco e acenou, chupando novamente. Voltei para a minha pequena seção de tortura.

Acendi a chama e aproximei da sua boceta. Harleen assistiu aos meus movimentos, os olhos arregalados. Desliguei a chama e aproximei o metal quente ao seu clítoris. Assim que encostou, Bird pulou. Afastei devagar e acendi de novo. Ela soltou o seio, mas ficou em silêncio.

— Cada vez que ele queimar seu clítoris, é uma dívida sua comigo paga.
— Mas eu não devo... Ah, meu Deus!
Dessa vez não consegui apagar a chama antes de pressionar em um dos lábios. Harleen gritou e eu sorri. Não apenas por seus gritos, mas pela sua boceta. Estava tão molhada que escorria.
— Sua boceta gosta disso, Bird.
— Não, gosta não... — Sua voz era baixa.
Deslizei meu dedo no seu suco e o levei até o clítoris. A vermelhidão se acalmou e vi sua boceta apertar.
— Confessa, Ann Hill.
Ela me ignorou, e quando fiz de novo, mais lubrificação escorreu. Seu sofá de couro estava molhado e fazia barulho contra sua bunda.
— Alguém precisa limpar essa bagunça. Que bom que estou aqui — murmurei, sério, e me inclinei, lambendo de cima a baixo.
A boceta era doce, juro por Deus, o sabor era gostoso. E quanto mais eu lambia, mais desejei beber. Onde queimei chupei com força, fazendo minha Bird gritar.
— Remy! Ah, meu Deus!
— Chame pelo diabo, foi ele quem me criou.
Harleen jogou a cabeça para trás e eu continuei comendo sua boceta. Quando ela estava sem nenhum pingo de mel, enfiei os dedos em seu canal, à procura.
— Goze, Bird. — Minha voz soou autoritária, desesperada.
Queria mais e mais. E só a boceta dessa diaba tinha meu alívio.
— Já gozei três vezes, Remy! Estou esgotada... — Harleen choramingou. Eu me inclinei, capturando seu clítoris. — Remy!
Suguei como chupava seu mamilo. E quando seu grito ecoou, mais uma onda de gozo encheu minha boca. Bird gozou de novo.
Lambi tudo, deixei sua boceta limpa.
— Boa menina.
Ergui-me, com a calça cheia de porra. Não fazia ideia de quantas vezes gozei. Quando olhei para Harleen, ela estava dormindo. Esgotada.
Peguei-a nos braços e levei para a cama. Quando a coloquei lá, sua boceta estava aparente. Deslizei os dedos nela, mas me afastei. Procurei pomada para assadura pelo banheiro, mas só achei dentro de uma gaveta.
Passei em toda sua boceta e puxei seu cobertor.
— Descanse, Bird. Amanhã é um novo dia.

CAPÍTULO 13

Harleen Ann Hill

Na manhã seguinte, tudo dentro de mim havia se revirado. Nada estava no lugar. Minha mente parecia cruel, meu corpo dolorido e ansioso, e meu coração, machucado. Quanto mais eu pensava em Remy, mais confusa me tornava.

Por que permiti que ele me tocasse? O mais importante, no entanto, não era essa questão. Era o fato de eu querer seu toque.

Agora mesmo, parada à porta da sala de aula, de uniforme e usando seu nome no pescoço, havia uma parte dentro de mim que ansiava que ele voltasse à minha casa.

O que havia de errado comigo?

Remy ameaçou você, minha mente tentou driblar meu julgamento. Foda-se! Se eu não quisesse seu toque maldito, eu o teria mandado ir embora. Não importavam as consequências. Certo? Porém a delegacia voltou à minha cabeça como um lembrete vivo do que Remy era capaz de fazer. Ele me incriminou, fez pessoas irem depor contra mim. Isso ia além de qualquer desejo.

— Você está bem? — O professor abriu a porta.

Respirei fundo, tentando me organizar.

— Sim, é aqui os ensaios da banda?

— Isso mesmo. Seja bem-vinda, Harleen. Certo?

O professor Char, como mandou que todos o chamassem, era jovem e bonito. A maioria das meninas estava vidrada nele, mas o mesmo não aconteceu comigo. Minha mente estava fixada em apenas um cara, e ele amava infernizar minha vida. Ainda podia sentir em mim seu toque e a sua fúria. Meu clitóris estava dolorido da sua seção de tortura.

— Então, o que é isso — Bonnie perguntou assim que o professor nos deu um tempo para estudar a partitura.

Ela apontou para a minha gargantilha e, de repente, comecei a suar frio.

— É algo pessoal. — A resposta foi tão baixa que nem eu mesma consegui ouvir.

Bonnie pareceu sem jeito, mas apenas acenou. Voltei a encarar as notas musicais e mergulhei na música.

Na minha aula seguinte, entrei mais cedo na sala porque realmente não queria ficar no refeitório. Estava cansada dos olhares, então ficava me esquivando. Sabia que isso não se estenderia por muito tempo, no entanto.

Depois de me sentar, peguei minha flauta e a partitura. Toquei o hino da escola por um tempo, treinando para a abertura dos jogos. Bonnie disse que era um dia importante e todos nós participaríamos. Estava ansiosa para tocar, mas não para estar diante de tanta gente.

— Ok, você agora — resmunguei, pegando uma nova partitura.

A música que ouvi algumas vezes no caminho até ali estava fresca na minha mente, então fechei os olhos e deixei a melodia ecoar. A letra falava sobre uma garota que queria ser especial, que se comparava com outras meninas por causa de um cara. Típico. Porém, mesmo sem me conectar com toda a história contada, havia uma parte dessa garota em mim. Eu queria ser especial.

— Por que não me disse que toca? — Dante se sentou na cadeira diante de mim, olhando para o celular.

Com as pernas abertas, ele estava com o peito encostado na parte de trás da cadeira.

— Não saio anunciando. — Sorri, guardando meu instrumento.

Ele era surrado e velho, mas era a única coisa que restou da minha mãe. Nunca mais o usei desde sua morte, mas hoje esse desejo floresceu quando o achei na caixa preta, dentro do guarda-roupa.

— Você toca bem. É bonito. — Ainda sem me olhar, meu amigo foi falando.

— O quê? O celular ou o som que fiz?

Dante ergueu a cabeça depressa e eu ri, então guardou o telefone e cruzou os braços.

— Então, você está bonita.

Balancei a cabeça, sabendo que estava brincando. Meu cabelo estava preso em duas boxeadoras. Hoje, era o dia da corrida. Coloquei isso como meta no domingo, mesmo sabendo que, no fundo, eu não queria.

— Hoje é aniversário da minha irmã. Quero que vá. Não vai ser uma festa enorme, é só para a família.

— Remy vai estar lá? — A pergunta caiu rápido, não queria cruzar com ele tão cedo.

Dante me encarou em silêncio, mas depois negou.

— Então eu vou! O que ela gosta? Ela tem quantos anos? Qual o nome dela?

— Davina gosta de torrar a minha paciência.

Dante revirou os olhos quando falei que a adorei.

A porta da sala foi aberta enquanto eu ria de Dante. Para o meu próprio martírio, quem estava nela era meu carrasco. Remy olhou para Dante, que se ergueu. Após acenar, ele sumiu pela porta. Remy andou até a minha carteira enquanto eu tentava não me lembrar dos seus olhos azuis fixos em mim ao mesmo tempo em que comia minha boceta sensível.

Os ombros largos me deixaram aberta, tão suscetível a ele. O rei de Heirs de joelhos me fodendo com a boca. O que as pessoas diriam?

— Pare de pensar em como fodi sua boceta, Bird.

Porra, como ele sabia disso?

— Suas bochechas coradas te entregaram. — Sua resposta para meu pensamento fez meu peito disparar.

— Eu...

— Peça para ir ao banheiro e me espere na biblioteca.

Arregalei meus olhos, pronta para negar, mas Remy se inclinou, aproximando sua boca do meu ouvido o suficiente para me arrepiar quando falasse.

— Não me desobedeça, Bird.

Engoli toda minha recusa. Ele se afastou e esperou por minha resposta. Como ácido, as palavras queimaram minhas cordas vocais.

— Sim, King.

Ele se afastou a passos pesados até a última fileira e me deixou sozinha. O professor entrou na exata hora da aula, então me desculpei avisando que precisava sair. O bom dessa escola era que os professores já davam pistas sobre a universidade. Eles davam aula para quem queria assistir.

Andei sozinha pelo corredor e parei quando vi meu pai conversando com uma mulher mais jovem. Ela era loira, tinha olhos claros e estava aparentemente nervosa. Seu pé não parava e seu olhar também.

Entrei em um corredor antes que ele me visse e continuei andando. Quando cheguei à biblioteca, a Sra. Brian estava cochilando. Isso não era novidade nenhuma. Deslizei entre os corredores e respirei fundo, passando os dedos entre as lombadas dos livros. Alguns minutos se passaram e quase gritei quando a luz foi apagada. Levei minha mão à boca antes do som estridente ecoar.

Virei-me, tentando ver algo, mas a biblioteca era um dos poucos lugares nessa escola que era fechado. Havia apenas uma parede de espelhos do chão ao teto, mas estava em reforma.

Ouvi passos e girei, procurando quem estava lá. Tinha quase certeza de que era Remy, mas com a morte de Resley, estava difícil relaxar. Segurei um dos livros perto do peito para me proteger, mas só quando uma palma cobriu minha boca e a mão livre puxou o livro, percebi o quanto era idiota.

— O que você vai fazer com um livro, Peppa?

Dwayne me apertou mais e meu corpo ficou rígido. Droga!

— Me solta.

— Por quê? Hum? Você fodeu a cabeça da minha namorada. Posso fazer o mesmo com a sua. Certo?

Meu coração começou a bater muito depressa, usei minha força para me soltar ao pisar em seu pé. O amigo de Remy praguejou com dor, então me virei e vi o contorno do seu corpo.

— Não me toque, seu imbecil...

Dwayne tentou me pegar de novo, mas eu corri. Passei pelas estantes e me sentei contra uma das prateleiras, tentando ficar em silêncio. Não ouvi mais nada, e quando me acalmei, continuei esperando por Remy. Em algum momento, percebi que ele não viria. Fiquei com vergonha de mim, da facilidade que acatei sua ordem. Havia perdido uma aula à toa, porque ele não conseguia me deixar em paz.

Voltei para a sala só para pegar minha mochila. Não havia mais ninguém nela além de Sweet e suas amigas. Isso era algo que percebi, ela não estava mais com Dwayne e os outros.

— Até quando você vai ficar com essa porcaria no seu pescoço? — uma das amigas dela perguntou assim que peguei minha mochila.

— Por que você não pede para a sua amiga para perguntar ao amigo dela? Ah, ele não é mais amigo de vocês, não é? Por quê, Sweet? — Olhei para a cadela que sempre me tratou mal e a vi se erguer.

— Porque King gosta de cadelas obedientes, não sou uma delas.

— Dwayne escolheu o amigo a você, que namorado!

Pisquei meus cílios, sarcástica.

— Não mexe comigo, Harleen. Posso fazer meu pai chutar você dessa escola mais rápido que o soco que posso dar na sua cara.

— Seu pai? Conta aí, como o papai da princesa doce vai me expulsar?

As amigas riram devagar enquanto Sweet dava dois passos até mim.

— Donald Quinn é meu pai, sua imbecil.

O quê? Fiquei sem nenhuma reação. Meu rosto paralisou e Sweet levou isso como medo, mas estava longe de ter medo da porcaria doce. Não, era pior que isso. Eu estava apavorada por cogitar ser irmã dessa vadia sem coração.

— Você foi adotada? — perguntei, rápido, mas me arrependi.

Isso era tão preconceituoso. Só por ele ser branco, e ela, preta? Ok, Harleen você foi longe demais.

— Você é uma idiota.

Sweet saiu, afastando-se de mim. Eu me recriminei de novo quando suas amigas sumiram atrás dela. Droga!

Meu coração estava inquieto, pela minha fala e surpresa. Jamais cogitei que Sweet fosse filha do meu pai. Nunca os vi próximos, nem nada perto disso. Na verdade, eu não sabia nada sobre Donald. Ponderei se devia pedir desculpas, mas optei por não.

Sweet não era a coitada dessa história. Ela já me fez coisas horríveis.

Acabei decidindo sair da sala e seguir meu dia.

Não vi Remy de novo até a hora de ir embora. Eu o vi de relance entrando em um carro e havia uma garota com ele. O cabelo era loiro, mas não vi seu rosto. Um incômodo se instalou dentro de mim, mas o ignorei.

— Ok, você tem estilo.

Davina era linda, não do modo normal. Loira, de olhos verdes e um sorriso que iluminava a todos, a menina podia facilmente ser a garota mais bonita do mundo.

— Obrigada. Espero que goste. — Entreguei a sacola com o seu presente e ela o guardou. — Seu irmão e eu estudamos juntos.

— Eu sei, também estudo lá. Só que não na ala de vocês.

Davina me fez companhia enquanto Dante estava conversando com seu pai. O assunto parecia sério. Seria por minha causa? Talvez, eles não quisessem ninguém estranho em sua casa.

A mansão era linda, bastante grande e ficava dentro de uma propriedade enorme. Parecia com a de Remy. Engoli com força ao pensar nele.

— Você é Harleen.

Lembrei-me da mãe dele na escola. Tia Kiki. Foi assim que Nina a chamou.

— Oie, sim! Obrigada por me receber.

— Dante disse que são amigos. — Seu sorriso era lindo. Davina tinha muito de Kiara.

— Sim, ele é meu único amigo, na verdade.

Ela suspirou, parecendo aliviada. Não entendi muito, mas Davina revirou os olhos.

— Mãe, para, por favor.

— Desculpe, Harleen, é que Dante não pode se relacionar agora...

— Mãe — Davina grunhiu sem paciência.

— Kiara — eu a interrompi, preocupada com o embate entre as duas. — Não se preocupe, não somos assim.

— Mãe, pelo amor de Deus, não é proibido — Davina falou entredentes e bufou, cruzando os braços. O que elas estavam falando? — Não vou me casar com um mafioso, juro por Deus.

— Você vai, querida. Ou seu pai e eu infartaremos. — Kiara sorriu, passando a mão no cabelo da filha.

Nenhuma percebeu o que Davina deixou escapar a uma desconhecida. Ignorei isso.

Quase sorri, mas não tinha certeza se era de bom tom. Nós fomos para o salão onde toda a decoração da festa estava. Havia algumas pessoas ali, reconheci a mãe de Remy. Fiquei rígida olhando ao redor, mas não o encontrei. O que não se estendia aos gêmeos e Nina. Os três estavam juntos, a ruiva entre os dois, como se os garotos fossem os seguranças particulares dela.

— Lua!

Virei-me quando Davina gritou.

E o próprio demônio estava ali, olhando-me. De terno. Foda-se! Isso era real? De preto, ele estava impecável. Odiei como minha mente criou uma cena em que eu afastava o terno e abria os botões da sua camisa, para lamber sua barriga. Meu ventre aqueceu e pude ver em seus olhos que ele soube.

Remy esperou a garota que estava ao seu lado falar com Davina e depois se afastou.

— É irmã dele.

Ignorei a voz de Dante, mesmo que ela tivesse me dado certo conforto. Por que eu estava agindo assim? Droga!

— Davina, você está tão linda. — Uma mulher loira se aproximou e os gêmeos se moveram junto. — Amo e Rhett fizeram questão de estar aqui. E é claro, Alena.

Uma garota loira apareceu. Ela era bem mais jovem que Lua e Davina. A garota apenas sorriu, ficando ao lado da mãe.

Lua se aproximou, agarrando as mãos de Davina.

— Davina, você está linda. Poderíamos ir ao shopping com Nina essa semana.

A irmã de Dante sorriu, mas era tão forçado. Deus, ela quase vomitou em cima da garota.

— Claro, Lua. Vamos marcar.

Poderia apostar um milhão de dólares que ela não iria.

E eu não tinha um milhão de nada, muito menos de dólares.

CAPÍTULO 14

King Trevisan

Ser um homem feito te dava várias regalias, menos desobedecer sua mãe. Tentei muito não ir até a casa dos Conti, mas Lunna bateu o pé dizendo que sua família iria. Então, eu vim. Rhett estava olhando fixo para a parede, sua mandíbula marcada falava muito.

Não queríamos estar ali.

— Que horas isso vai acabar? — Amo grunhiu ao meu lado, olhando para o celular.

Tínhamos algumas idas ao cais hoje. Uma delas envolvia coordenar o envio de drogas para a Kentucky. Era nossa primeira ação importante e eu queria que nos saíssemos bem. Conti era um mal necessário que tio Rocco fez questão de deixar conosco.

— Davina está odiando isso tanto quanto nós. Pobre garota. Lua a chamando para o shopping... Sua irmã olha realmente para as pessoas? — Nina sorriu para mim, mas a ignorei.

Nina revirou os olhos.

— Quê? Até Harleen aceitaria ir ao shopping com ela, mas Davina? — Nossa prima bufou.

— Harleen pega essas roupas na caridade, não é possível! — Amo fez careta, encarando Bird.

Discordava dos dois. Harleen tinha um jeito próprio. Ela era ousada e suas roupas deixavam isso explícito. Bird amava couro e coisas pretas.

Minha punk safada.

— Por favor, convençam Davina a ir comigo ao shopping. Mas ela precisa levar a amiga gótica. Com uma roupa rosa ela vai ficar parecendo um ursinho fofo. Me ajudem! — Lua chegou, sorrindo amplamente, satisfeita com sua sugestão.

— Para de tentar ser estilista dos outros — Rhett falou, ainda focado em qualquer porcaria, menos em nós, seus primos.

— Davina precisa... Tentei dar alguns presentes a ela, mas...

— Davi não gosta de se arrumar, Lua. — Dante surgiu, ficando ao lado da minha irmã, mas Rhett colocou Lua atrás dele.

— Ai, meu Deus, pare com isso! Dante é da nossa família. Vocês são insuportáveis.

Quase vomitei quando a ouvi, mas minha irmã mudou o foco para outra garota que precisava de ajuda com as roupas. Logo, Dante abriu a boca.

— Me encontre às onze horas no Rebel. Não se atrase — eu o interrompi antes que pudesse falar.

Virei-me, deixando todos e fui para a cozinha. O cheiro de morango me dizia onde Harleen estava sem que a visse. Ela estava curvada sobre a pia, lavando o rosto.

— Dante, acho que comi orégano. Você tem algum antialérgico? — Sua voz soou chorosa.

Orégano? De tantas coisas para ser alérgica, Ann Hill tinha de ser a porra de uma erva?

— Dante?

— O imbecil está longe daqui. O que você está sentindo? — perguntei, andando em sua direção.

Harleen ergueu o rosto e eu praguejei. Seus olhos estavam inchados, quase se fechando.

— Vou... — Ela não conseguiu terminar.

Cheguei ao seu lado um segundo depois que caiu, desmaiada. Gritei por ajuda e meus primos surgiram. Amo ficou branco e os outros começaram a falar.

— Antialérgico. Onde a coloco, Davina?

A irmã de Dante me guiou até um quarto de hóspedes. Coloquei Harleen na cama e Nina abriu sua boca, enfiando um comprimido que Dante pegou. Afastei-me até estar contra a parede. Todos ficaram ao redor dela. Lua e Davina eram as mais nervosas.

— Precisamos ir — Rhett resmungou ao meu lado, sem expressar nada em seu rosto.

Às vezes, duvidava que ele sentisse algo.

— Não saio até Harleen acordar — Dante falou de maneira firme.

— Foda-se, leve-a até um hospital. Não sentiremos sua falta. — Rhett o encarou.

Segurei o ombro do meu primo e ele trouxe seu foco para mim. Em segundos, Rhett recuou. Depois de algum tempo, Harleen acordou. Nina já estava ao meu lado, longe dela. Bird respirou fundo, ainda com o rosto um pouco inchado.

— Droga... — Ela se sentou devagar e nos encarou, engolindo em seco. — Sinto muito, eu... Dante? — Sua voz gotejava necessidade.

Harleen o queria ali.

— Ei, Ann. Estou aqui. Tudo bem, agora?

O imbecil andou até se sentar ao seu lado. Suas mãos agarraram as dela e, por reflexo, vi Nina desviar o olhar.

— Sim, sinto muito, Davina. Sou muito alérgica a orégano, sempre sinto o cheiro dele em qualquer coisa, mas hoje passou despercebido. Desculpe estragar sua festa.

Harleen se levantou, seu rosto estava vermelho. Talvez fosse pelo ataque alérgico, ou por vergonha, não sabia.

— Você não estragou nada. Está se sentindo melhor?

Ela disse que sim e Dante colocou o braço sob seus ombros. Sabia que não havia nada entre eles, mas por que diabos parecia que sim?

— Encontro vocês às onze. Vou deixar Harleen em casa. — Ele me encarou, mas meu olhar o fez respirar fundo. — Pode ser, King?

— Nina vai deixar Harleen. Nós estamos indo.

Virei-me sem ver o que estavam fazendo. Dante não respondeu e todos nós descemos a escada. Quando fomos para nossos carros, os gêmeos foram os primeiros a saírem. Lua e Davina foram ao encontro das nossas mães.

— Por que você fez isso? Ela me detesta e é recíproco! — Nina grunhiu assim que entrou em seu carro.

Harleen ainda estava se despedindo dos outros.

— Por quê? Hum, Nina? Por que caralho você não gosta dela? — Minha voz ficou furiosa e minha prima sentiu. Nina apertou o volante e mordeu a boca. — Declan, Nina. Ele é a porra do seu futuro.

Afastei-me dela e andei até Harleen, que vinha em minha direção. Segurei sua coleira e a puxei, inclinando-me até falar contra seu ouvido.

— Não sei o que caralho você quer vindo a lugares que envolvem a minha família, mas saiba, Bird, que se der um passo em falso, vou fazer você esquecer seu próprio nome.

Harleen abriu a boca para retrucar, mas eu a silenciei pressionando minha mão contra seus lábios pintados de marrom.

— Não deixei você falar. Vá para o carro e seja a porra de uma boa garota.

Ela se afastou, porém, quando chegou perto do carro, se virou. Harleen lambeu os lábios e sorriu.

— Ser uma boa menina nunca foi meu forte, Remy.

Algo dentro de mim achou divertido, mas a parte de fora quis torcer seu pescoço.

— Vou ensinar você a ser, mais tarde.

Virei-me e andei a passos rápidos até meu carro.

— Não somos amigos, mas somos a Outfit e, infelizmente, Dante também, então quando estivermos em missão, não quero saber de desordem. — Minha voz alcançou os gêmeos.

Rhett ficou em silêncio e Amo acenou.

— Vamos fazer nosso trabalho e dar o fora. Todos aqui estão com medo da nossa iniciação, mas também duvidam de nós. Não façam merda. Fiquem juntos e em silêncio.

— Ok, cadê o imbecil? — Amo cruzou os braços, jogando o cabelo quase branco para trás.

— Ali.

Rhett viu Dante já estacionado no cais. Seu foco estava no lago congelado. Quando saiu e falou, bolas de fumaça saíram dos seus lábios. O inverno havia chegado oficialmente.

— Metódicos.

Não houve erros. Dante abriu o contêiner e nós tiramos toda a droga armazenada. Em segundos, elas estavam sendo levadas para os carros. Amo foi o primeiro a sair com a carga, seguido de Dante e depois Rhett. Fechei o contêiner e entrei em meu carro.

Quando pisei no acelerador, mergulhei na pista, sentindo todo meu sangue esquentar. Assim que chegamos ao heliponto em nossa propriedade, tinham mais homem já retirando todo o material.

— Está faltando — um dos soldados gritou, vi que era Travis.

— Quanto? — questionei, vendo que o carro estava limpo.

— Cinquenta quilos.

Porra!

— Vou levar de carro.

— O quê? Você enlouqueceu? — Amo perguntou alto, mas eu neguei.

— Temos de entregar tudo. Não vou enviar essa merda faltando. Não somos assim...

— Rocco pode devolver o dinheiro... — Travis começou, mas parou quando o encarei. — Olha, faça como quiser. Estou levando o restante.

Ele subiu no helicóptero e a porcaria voou. Dante, Amo e Rhett me encararam, nervosos. Sendo sincero, eu também estava, mas não faria isso com meu pai. Ele estava confiando em mim. Era nossa primeira tarefa importante dentro da Outfit.

— Vamos com você...

— Não, Rhett. Vai ser ainda mais suspeito — rebati rápido e me virei, andando até o carro.

— E se a polícia parar você? — Dante questionou, mas evitei responder, apenas dando de ombros.

— Leve Nina, vai ser um bom disfarce.

— Você está louco? — Dante se virou para Amo em segundos. — Ela não sai de Chicago.

— Quem diabos é você, seu merda?

— Calem a boca. Uma vez fodida, mantenham a porra da boca fechada! — Meu grito os calou. Meus primos me olharam enquanto Dante andava de um lado para o outro. — Vou chegar lá em cinco horas, no máximo. Vou manter todos avisados.

Entrei em meu carro e respirei fundo, agarrando o volante. Antes de ir, no entanto, passei em casa e peguei uma muda de roupa. Todos estavam dormindo, então optei por apenas deixar um bilhete. Fui para o cais, enchi meu porta-malas e estalei o pescoço.

— Vamos lá, Remy.

Tentei pensar melhor enquanto dirigia pela cidade, porém, quando parei diante da casa dela, não recuei. Abri a porta com minha chave e andei até seu quarto. Harleen estava deitada, de pijama. Era algo quente o suficiente para eu não precisar obrigá-la a trocar de roupa. Puxei seu pé e ela se virou. Sem maquiagem, nada me privando de vê-la. E, porra! Ela ficava ainda mais bonita sem toda a porcaria preta.

— Levanta. Veste um casaco e botas.

Ela abriu a boca para me responder, mas a ignorei e fui para seu guarda-roupa.

— Ei, o que está fazendo? — Seu grito não me fez mandar que ficasse calada.

Peguei uma bolsa e coloquei duas roupas aleatórias. O resto, tinha na minha própria mala.

— Casaco, Harleen. Agora.

Ouvi seus passos e respirei fundo. Quando ela apareceu com um casaco sobre os ombros e capuz felpudo sobre o rosto e usando as botas, agarrei seu pulso e a puxei para fora. Não fazia ideia do motivo dos meus atos, mas parecia certo.

Ir a Kentucky com a Bird parecia a melhor ideia que tive em anos.

Mas eu não poderia estar mais errado.

CAPÍTULO 15

Harleen Ann Hill

Minha cabeça ainda estava lenta quando Remy pisou no acelerador. Ele não disse uma maldita palavra. Nada que pudesse me ajudar a entender o que diabos estava acontecendo.

— Para onde estamos indo?

— Kentucky.

— O quê?! — Meu grito o fez relaxar no banco, o braço apoiado na porta e a mão no cabelo. — Você tem ideia de que são várias horas de viagem? E por que diabos eu estou aqui, Remy?

— Fique em silêncio.

Odiava a forma como ele parecia tão calmo. Isso era normal para ele? Entrar na casa de alguém, obrigar a pessoa a colocar um casaco e entrar em seu carro?

— Tenho aula amanhã.

— Todos nós.

— Você não parece preocupado com isso...

— Nós vamos voltar a tempo. Se quiser, durma. — Remy ligou o rádio e a conversa morreu.

Não sabia por que estava tão chocada. Ele fez coisas horríveis comigo, sequestrar-me era a menor delas.

— Você sabe que somos menores de idade ainda, não é? Se a polícia nos parar...

— Você, sim, mas eu? Faz tempo que não. Aliás, meu aniversário foi dois dias atrás.

A informação recaiu como um baque. No dia da sua iniciação. No dia em que me tocou. Minha bochecha esquentou e o vi me olhar.

— Sua boceta foi meu bolo de aniversário, Bird.

— Você tem de ser tão explícito?

Remy me olhou sem expressão e depois voltou a focar na rua. Olhei para fora, mas estava escuro e, fora as luzes dos postes, não dava para ver muita coisa. Inclinei meu banco para trás e puxei meu cobertor. Não o abandonaria numa noite fria dessa.

Quando o sono estava chegando, uma dúvida surgiu.

— Remy?

— Sim.

— O que vamos fazer em Kentucky? — Bocejei, sonolenta.

E se ele respondeu, meu corpo adormeceu e acabei perdendo.

Acordei depois de algum tempo, mas o carro estava parado. Esfreguei meus olhos, virando-me para perguntar a Remy por que paramos, mas me sentei depressa ao constatar que ele não estava ali.

Olhei ao redor e meu batimento relaxou quando o encontrei enchendo o tanque. Caí sobre o banco e respirei fundo. Por um momento, imaginei que ele houvesse me abandonado no meio do nada, como uma de suas brincadeiras.

Se é que suas sessões de tortura poderiam ser chamadas de brincadeiras.

Ele abriu a porta e entrou, ligando o carro. Enquanto saía do posto de gasolina, esticou-se para trás e pegou um saco pardo. Quando ele pousou no meu colo, olhei para Remy.

— Temos uma hora pela frente. Achei um restaurante e comprei comida.

Estava chocada que ele foi gentil o suficiente para fazer algo assim. Não havia um traço de gentileza nesse homem, nós dois sabíamos disso. Optei por não responder, apenas abrir o saco. Havia pizza e uma Coca-Cola.

Abri a boca para falar do orégano, mas percebi que não tinha. Em nenhuma das seis fatias.

— Sou gorda, mas não é porque como muito, sabe? Você vai ter de comer também.

Minha voz gotejava ironia. Havia pelo menos metade de uma pizza ali.

— Coma quanto quiser, deixe o restante no saco, e foda-se!

Que cavalheiro.

Comi apenas um pedaço de pizza e bebi o refrigerante. Olhei para o painel e percebi que já eram quase três da madrugada. Estávamos na rua há pelo menos três horas.

— Você está dirigindo rápido. Deveríamos estar na metade do caminho. — Olhei para as placas que diziam que estávamos saindo do estado de Indiana.

— Bem, eu estou com pressa, Bird.

Seu humor estava pior três mil vezes. Não sei como chegaríamos a tempo para a escola. Mesmo que voltássemos no segundo em que chegássemos lá, ainda nos atrasaríamos.

— Não vai dar tempo de ir à escola.

— Vai dar tempo até de você dormir, então fica quieta.

Revirei os olhos, decidindo deixá-lo em paz. Se ele estava tão certo disso, que bom.

— Não está com sono? Não quero que nos enfie em um acidente. Posso dirigir...

— Em seus sonhos. Ninguém dirige meu carro — grunhiu, irritado. Abri a boca, mas ele me cortou. — Nem meus primos, então dá para você ficar calada?

Ok, imbecil.

Pela próxima hora, fiquei ouvindo suas músicas, que eram até boas, contrariando tudo. Quando Remy estacionou em frente a uma boate duvidosa, comecei a ficar nervosa. Virei-me e o vi estalar o pescoço.

— Nenhuma palavra. Fique ao meu lado, em silêncio.

— Remy, o que estamos fazendo aqui? — Minha voz tremeu e eu senti suor se concentrar em minhas palmas.

— Trabalho, Bird.

Droga. Droga. Droga.

— Você não fez isso. Você... — Minha voz sumiu quando ele tirou uma arma do porta-luvas e colocou no cós da calça preta, às suas costas. — Remy.

Ele me olhou, sério, e respirou fundo. Pela primeira vez, ele tocou minha mão. Seu dedo apertou meu pulso e seu rosto se inclinou.

— Não tenha medo, ninguém vai machucar você. Eu estou aqui.

Queria não ter sentido confiança nele. Quando passei a confiar em Remy Trevisan, inferno?

— Ok, tudo bem. Estou calma.

Remy fechou meu casaco, que mais parecia um vestido, e puxou meu capuz para cobrir meu rosto. Minhas botas ainda estavam em meus pés, e quando ele abriu as portas, eu saí.

— Quando Travis disse que estava vindo quase não acreditei.

Um homem loiro surgiu da boate e Remy estendeu a mão. Os dois deram um aperto estranho e se soltaram.

— Tudo no porta-malas.

Mais homens surgiram e esses foram para o carro. Em segundos, eles tiraram bolsas pesadas.

O que era aquilo? Não importava.

— Seu pai está me ligando há muito tempo. — O homem andou para mais perto e meu peito acelerou quando o vi me olhar. — E você, princesa...

A mão dele foi estendida, mas antes que pudesse tocar meu rosto, Remy segurou seu braço.

— É bom manter as mãos para si, Jordan.

O homem ficou pálido. Surpreendi-me com seu medo. Remy era tão jovem e o cara tinha muitos homens ao seu lado. Por que ele temia King?

— Sinto muito, cara. — Ele ergueu os braços, rendido. — Obrigado por vir. Nós nos vemos na próxima.

O homem se virou e entrou, então Remy me puxou para o carro. Assim que entramos, respirei fundo, uma, duas e três vezes, para me acalmar. Meu inimigo número um pisou no acelerador e só me encarou quando saímos de Louisville.

— Puxe o ar e conte até dez, solte contando também.

Fiz o que disse três vezes até me acalmar.

Olhei para Remy e mordi meu lábio, sentindo lágrimas encherem meus olhos.

— Você é jovem demais para essa merda!

Remy me encarou, surpreso, mas depois deu um pequeno sorriso e bufou.

— Fui iniciado tarde. Com dezenove anos, Harleen, quando meu pai e tios entraram quando ainda eram crianças.

Isso era tão errado, como eles achavam tudo tão normal?

— Durma, vamos chegar logo.

— Era droga? No porta-malas. — Minhas perguntas não paravam.

Remy respirou fundo enquanto dirigia acima da velocidade permitida.

— Sim, cocaína e heroína.

Deixou-me doente, mas virei o rosto. Nada disso importava para Remy, meu desespero ou como minha mente fez um *slide* de todos os problemas que drogas deixavam na sociedade. Por isso, eu engoli tudo.

— Fala, Bird.

Sua voz era tão zombeteira. Ela me deixou tão irritada.

— Para quê? Para você rir de mim? De como eu me preocupo com o mundo?

Baixei o banco e peguei meu cobertor, mas não consegui me cobrir.

Remy puxou o carro para o meio-fio e estacionou. Em segundos, seu cinto de segurança tinha ido embora e ele estava em cima de mim. Seus quadris empurrando minhas coxas abertas. A pele sendo machucada pelo câmbio de marchas e pela porta.

Seu cheiro me inebriou. Era como se ele tivesse um cheiro próprio, mas havia o perfume. Uma mistura rica de mar e madeira. Era quente, e eu desejei cheirá-lo para sempre.

Sua boca estava tão perto da minha, seus olhos azuis estavam petrificados, não em meus olhos, mas em meus lábios. Especulei se ele queria me beijar. E me assustei quando percebi que queria isso.

Sua boca na minha.

— Matei um homem pela primeira vez há dois dias. Tinha sangue dele nas juntas dos meus dedos quando estiquei os lábios da sua boceta e a comi em seu sofá. — Ele respirou fundo, satisfeito consigo mesmo. — Sou jovem, mas não menos perverso. Não dou a mínima para o mundo, me preocupo apenas com minha família e a Outfit.

Arrepiei-me, vendo seu olhar cheio de maldade.

— Eu disse que ninguém vai machucar você, mas isso não se estende a mim. Eu posso e vou machucar você, na hora que eu quiser.

A gargantilha pesou em meu pescoço. Suas palavras eram só mais uma confirmação do que ela significava.

— Então, Harleen, seja obediente.

— Fiz tudo que pediu, tudo...

— Fez? — Ele sorriu e sua língua saiu, era vermelha, consegui ver até no escuro do carro e na avenida solitária. — Abra mais suas coxas...

Tentei afastar seu peito, mas Remy sorriu, prendendo minhas mãos. Consegui tocar o banco de trás. Era tão apertado, tão desconfortável. Eu sentia Remy em cada parte de mim.

— Obediência, Harleen.

Respirei fundo e forcei minha perna contra os objetos do carro, sabendo que amanhã estaria roxa. King levou sua mão para baixo e ouvi seu zíper. Não conseguia entender como diabos eu estava excitada.

Ele acabou de dizer que me machucaria, caramba!

— Porra! Você é virgem, Bird. Vou guardar seu lacre para outra ocasião. Agora, vou apenas esfregar meu pau em você, até sua boceta gozar. Depois, farei o mesmo.

Senti seu pênis quente contra os lábios e minha boca foi incapaz de prender o gemido. Remy desceu o zíper do meu casaco e puxou minha blusa do pijama para baixo. Em segundos, eu estava com os seios para fora enquanto ele aproximava mais seu pau da minha entrada molhada.

Ouvi o barulho da minha excitação contra sua extensão. Remy deslizou a cabeça contra meu clitóris devagarzinho. Era torturante. Havia tanta tensão em meu ventre que sabia que a explosão estava próxima. Tão perto, que quando ele amassou meu peito com a mão e levou o mamilo à boca, gritei gozando.

— Pode gritar, Bird. Não tem ninguém a quilômetros. Você está sozinha comigo. Isso é bom, certo? Você pode deixar de fingir que não gosta do meu pau.

Minhas bochechas coraram, havia vergonha, mas tanto tesão. Eu realmente estava amando o pau dele. Não fazia ideia de como, talvez, fosse minha inexperiência.

Todos os paus eram assim? Por favor, que fossem.

— Vi seus mamilos a primeira vez no dia que caiu na piscina. Quis lamber aquela merda no mesmo segundo. Olha onde eu estou, Bird.

A boca dele falava enquanto chupava meu seio. Era tão bom. Meus gemidos diziam isso por mim. O pau dele ainda se esfregava conta mim, deixando-me à beira do abismo de novo.

— Vou comer você em sua cama, Harleen, para que pense em mim afundando meu pau em você cada vez que colocar a cabeça no travesseiro.

Sua boca suja me fez gemer, sendo partida ao meio pelo clímax. Todo meu corpo sacudiu, e no mesmo segundo, Remy gozou sobre minha boceta sensível. Senti seu sêmen em minhas dobras, e quando já estava chocada, fiquei mais. Ele levou os dedos para lá e espalhou tudo. Quando seu dedo cheio entrou em minha boceta, gemi, desistindo de lutar contra o desejo. Infelizmente, o paraíso durou pouco. Remy tirou o dedo e saiu de cima de mim. Satisfeito, fechou minhas coxas e puxou meu cobertor.

— Durma, Bird. Nós vamos chegar logo em casa.

Remy tinha poder sobre meu corpo de uma forma que não sabia explicar.

Não me surpreendi quando realmente dormi, ainda suja e satisfeita.

— Acorde, Bird. Vamos. — Remy me sacudiu devagar.

Eu abri meus olhos. Havia um barulho alto em meus ouvidos, e quando olhei para fora, vi o que era.

— Como...

Remy me ignorou. Apenas me tirou do carro e deu as chaves para um homem de terno. Andei em direção ao helicóptero, vendo Remy acenar para o piloto.

— Podemos manter essa parte entre nós? — Sua voz ficou alta.

O moreno que pilotava riu depois de olhar entre nós.

— Nem fodendo, King. Entre, vamos embora. Sabe que horas seu pai me fez sair da cama, ao lado da minha esposa maravilhosa? Você está me devendo e eu vou cobrar.

— Ok, tio. Obrigado pelo companheirismo. — Sua voz gotejava ironia.

— Às ordens.

Remy me ajudou a subir no negócio enorme e depois me prendeu com o cinto. Suas mãos posicionaram um fone de ouvido em mim, e assim consegui ouvir a voz do piloto mais limpa. Enquanto ele se prendia, o homem alçou voo.

— Então, como Jordan te recebeu?

— Bem, com respeito.

— Eu disse a Romeo que ele estava sendo paranoico. Todos o respeitam, você é o herdeiro, pelo amor de Deus! — O homem, com tatuagens no pescoço, continuou.

— Com certeza, foi minha mãe.

— Pode ser.

Ficamos em silêncio até pousar em Chicago. Durante toda a viagem, fiquei admirada pela vista. Era inverno, e a maior parte da vista estava coberta de neve. Era lindo.

— Vou deixar você...

— De jeito nenhum. Vamos para casa. — A mãe dele surgiu assim que colocamos os pés no chão. Ela me encarou e respirou fundo. — Você é a garota daquele dia.

Sim, o dia em que ela me pegou no quarto do filho dela e surtou voltou à minha mente.

— Eu...

— Mãe, Harleen precisa dormir. Temos aula em três horas — Remy falou, mas muito calmo se comparado quando se dirige a mim.

— Ela fica conosco até a escola. É até bom que ela fique, tenho perguntas a fazer.

— Pai.

Remy olhou para um homem moreno que estava sério até agora. Ele não respondeu Remy, apenas encarou a esposa.

— Nada de pai! Vamos logo.

Todos se mexeram. Eu não tive coragem para contrariá-la. Faria qualquer coisa que ela quisesse, não importava o quê.

Assim que chegamos a casa, Remy e seu pai entraram em uma porta que imaginei ser o escritório. Sua mãe me mandou sentar no sofá, avisando que logo voltaria. Fiquei quieta, aguardando, porém me senti deslocada. Estava com sono e cansada da minha própria cabeça.

A conversa não demorou muito, mas quando Remy saiu de lá, não olhou em minha direção, apenas subiu depressa. A porta ficou entreaberta e agora eu conseguia ouvir as vozes.

— Isso foi arriscado, Romeo! Pelo amor de Deus, tanta coisa poderia ter acontecido...

— Lótus, Remy me contou algo. — A voz dele estava baixa e muito grave, seu tom me deu arrepios. — Eu preciso que você fique calma.

— O quê? — Lunna perguntou e a palavra saiu oca.

— No dia da iniciação, o invasor da Bratva falou que ele se parecia com Nikolai.

— Não fale esse nome! — ela gritou, e eu pulei no sofá, assustada.

Ouvi seu soluço e alguns murmúrios que não pude decifrar.

— Ele é nosso filho, sabemos disso. Só quero que saiba o que houve.

— Como ele disse isso? Como, Romeo? — Ela parecia reunir toda sua força. — Ele é seu filho. Seu. Ele...

— Lótus. — A voz dele a fez parar de falar.

— Ele contou como algo banal...

— Deveríamos ter aberto aquele exame. Isso teria nos poupado muita dor ao longo dos anos. Eu vejo você olhando para ele por longos segundos. Diz que você não se questiona? Porque eu faço, Romeo!

— Não faço, mas procuro nossos traços nele. Em personalidade, em tudo.

Meu Deus, meu estômago estava gelado. Todo meu sangue estava drenado. Remy era adotado? Não, era filho de outro homem. De Nikolai. Mas quem era Nikolai?

— Se ele descobrir... Isso... Isso o quebrará. — A voz de Lunna se partiu.

Seu choro fez lágrimas encherem meus olhos. Droga.

Ouvi passos descendo a escada, e quando vi Remy, levantei e corri em sua direção. Ele segurou meus ombros, mas o puxei para subir.

— Preciso ir ao banheiro. Agora.

Seu silêncio continuou até entrarmos em seu quarto. Fui ao banheiro e fiz xixi. Lavei-me o melhor que pude, tirando tudo que ele havia espalhado em mim. Quando saí, ele estava na cama, sem camisa, apenas olhando para o teto.

— Podemos esperar eles irem dormir e você me leva...

— Deite e fique quieta.

Eu o obedeci, não por medo, mas porque estava cansada e preocupada com tudo que tinha ouvido. Droga, isso era algo enorme e dolorido.

— Remy?

— Sim, Bird?

— Meu pai é o diretor da nossa escola.

Ele ficou em silêncio por um longo tempo. Não me virei para o olhar, apenas mirei a porta. Senti-me na obrigação de contar algo íntimo para compensar o que escutei.

Talvez, fosse loucura, mas e daí?

— Sweet nunca falou sobre irmãs além de Brooke. — Sua voz saiu lenta.

Quem era Brooke? Ignorei isso. Talvez, fosse a outra filha dele.

— Você é a bastarda.

Sim, eu era e, talvez, você também fosse.

Agora, nós dois tínhamos algo em comum, King.

CAPÍTULO 16

King Trevisan

Meu pai estava à mesa assim que desci. Harleen estava no banho. Não sabia como, mas minha mãe arrumou roupas limpas para ela. As de Harleen ficaram em meu carro, em Louisville.

— Pai...

Romeo Trevisan levantou o olhar.

Nós discutimos ontem. Meu pai não ficou feliz com o que fiz. Isso tornava tudo ainda mais idiota, já que eu fiz por ele.

— Sobre ontem, não queria brigar. Tentei fazer o melhor para a Outfit.

— A forma como eu e seus tios fomos criados é bem diferente da que você e seus primos são. — Ele passou a mão pelo paletó preto. — Não entendo você, porque nunca estive nessa posição. Nunca quis agradar meu pai, tudo que eu fiz foi obrigado. Sua mãe é parecida com a minha. A diferença é que eu nunca seria como meu pai com você. Não quero que faça coisas estúpidas por causa da Outfit. Quero que seja um homem feito, seja honrado e proteja os seus.

— Eu sei, eu...

— Você colocou essa garota em perigo. Se colocou em perigo.

— Harleen estava protegida. Eu jamais permitiria que a machucassem. Nunca.

Romeo ficou em silêncio e isso deu espaço para mamãe chegar com Lua e Harleen.

— Nossa! O que é isso? — Lua arregalou os olhos ao olhar para Harleen.

Juro por Deus, nunca vi essa garota usando nada além de preto e, agora... Jesus. Minha mãe a transformou na tia Sisi. Com um vestido justo e rosa, seu cabelo estava amarrado no topo da cabeça.

— O quê? — mamãe perguntou, seguindo seu olhar.

A porra da gargantilha.

— Por que ela tem seu nome no pescoço? — Lua me encarou, semicerrando os olhos.

— Que eu saiba, meu nome é Remy — resmunguei, pegando comida e enchendo meu prato.

— Hum, é... Não quero incomodar. Eu posso pedir um Uber...

Meu pai a encarou, ainda de pé e desconfortável.

— Sente-se, Harleen.

Ela fez isso tão rápido que me fez bufar. Bird estava se cagando de medo.

— Então, Harleen, qual sua história?

— Mãe.

— Silêncio, Remy. Quero ouvir ela agora.

Isso me fez manter minha boca fechada.

— Hum, eu sou de Baltimore. Vim para cá depois de ficar órfã. A polícia achou o pai que nunca conheci e ele me trouxe para cá.

— E ele não está preocupado com você agora? Deveríamos ligar. — Mamãe soou preocupada.

— Não, ele... Hum... Está viajando.

Minha mãe me olhou e depois acenou. Devagar, todos foram se servindo e logo eu estava pronto para ir.

— Já fez as malas? Não esqueça — Lunna perguntou quando eu já estava saindo de casa.

Harleen estava se despedindo de Lua, que não queria deixar a outra ir embora.

— Não, mas faço quando chegar.

— Ok, ok! Estou ansiosa. Faz tanto tempo que não vejo Lake. E Prince, obviamente. Será uma viagem boa.

Sim, sempre era. Gostava de ir à Finlândia. Era frio como aqui, então era confortável.

Entrei no meu segundo carro e vi Harleen ser parada por minha mãe. As duas conversaram e, me chocando, Lunna a abraçou.

Bird andou em minha direção, balançando os quadris largos espremidos no vestido, e quando abriu a porta do carro já foi logo grunhindo.

— Cala a boca!

Sentou-se ao meu lado enquanto eu a encarava.

— O rosa cai bem em você, Bird.

— Você pode me deixar em paz? Me deixe no chiqueiro. Preciso do meu fardamento.

— Chiqueiro?

— Apelido do apartamento onde Donald me enfiou.

Ok, ainda estava confuso quanto a paternidade dela, mas não iria questionar. Não gostava quando faziam perguntas a mim, então evitava fazer aos outros.

Assim que chegamos à sua casa, Harleen pulou do carro.

— Nem um obrigado? — gritei, vendo-a andar para longe.

— Você deveria ser o único a me agradecer.

Ergui a sobrancelha. Ela havia ficado louca?

— Você me fez sair da cama, me levou para Kentucky, e ainda gozou em mim. Bem, eu acho que fiz mais que você.

Eu desviei o olhar dela para a rua.

— Temos um acordo, Bird. Eu deixo você em paz, contato que seja minha.

— Ok, ok Eu faço esse sacrifício em nome da minha liberdade.

— Sacrifício? — Abri minha porta e caminhei até ela. Harleen ficou rígida, mas não recuou. — Não acho que foi um sacrifício, já que estava gritando meu nome enquanto gozava, certo?

Suas bochechas pegaram fogo.

— Não use calcinha hoje.

Virei-me, voltando para o carro. Pisei no acelerador e fui para a escola.

— Juro que vou foder essa boceta, escrevam isso! — Amo andou em minha direção, com Rhett ao seu lado.

— Qual? — perguntei para não deixá-lo falando sozinho.

Peguei os livros de Biologia e Química e os encarei. Meus primos estavam apoiados nos armários, olhando para uma garota em específico. Eles tinham essa coisa de compartilhar a mesma boceta, coisa que eu achava muito estranho. Jamais deixaria alguém tocar em Harleen, eu estando com ela ou não.

— Harleen.

— O quê? — Meu foco foi para Rhett tão rápido que ele apertou os olhos. — Cuidado, Rhett.

— Ela está vindo, King — Amo explicou enquanto seu irmão semicerrava os olhos. — Qual é? Por que eu iria querer a boceta dela? Vocês estão nessa putaria fode e não fode.

Amo respondeu pelo irmão, mas conhecia Rhett bem demais para baixar a guarda. Meu primo era um imbecil obscuro, mas jamais jogava palavras em vão.

— Eu preciso pegar meus livros. Se puderem dar licença. — A língua ácida da garota era um problema.

Amo riu devagar e deu um passo para o lado.

— Então, como foi sua noite, Harleen? — Rhett pegou em um fio de cabelo dela.

Juro por Deus que teria socado sua cara, mas me mantive calmo, só esperando.

— Foi horrível. Obrigada por perguntar, Rhett.

Harleen fechou o armário e andou para longe de nós.

— Como diabos ela soube que era você? Ninguém consegue fora nossa família...

Sim, como?

— Na próxima vez que eu vir você tocando nela, vou enfiar minha faca no seu rabo.

— Você está gostando dela? — A pergunta foi tão abrupta que demorei a responder.

— Você sabe que não, imbecil, então para de testar minha paciência.

— Rhett, deixa o cara! — Amo encarou o irmão, nervoso.

— Bom, porque Conti quer a garota. Não vamos nos enfiar em mais uma confusão com ele, principalmente porque você é noivo.

Noivo. Idiotice do caralho!

Meus pais fizeram um acordo com a Cosa Nostra anos atrás, para eu me casar com a filha dos dois. Ela nem tinha nascido, na época.

Tinha nojo dessa porcaria toda.

— Foca na porra do seu caminho. Rhett.

Virei-me, andando para a sala de aula. Quando me sentei, Harleen entrou. Ela correu para a última carteira, vi quando uma das melhores amigas da Sweet foi lá para frente. O professor ainda não havia chegado.

— Calem a boca, palhaços. — Ela riu, seu olhar parou no meu. Sua garganta subiu e desceu, então falou. — Vou dar uma festa a fantasia na próxima sexta. Vai ter bebida e comida grátis. Opray vai passar entregando o convite.

Uma segunda menina espalhou os papéis na carteira de todos, menos da de Harleen.

— Se não ficou claro — Sweet olhou por cima do ombro —, quem não recebeu, não está convidado.

Harleen estava entretida com um desenho ou algo parecido em quem não a conhecesse pensaria que nem tinha percebido a comoção. Mas eu sabia que sim. Seu colo estava vermelho.

— Posso levar alguém? — perguntei alto e em bom tom.

As três me encararam.

— É claro, King.

Bom.

A aula passou rápido, quando acabou, Harleen tentou correr, mas eu a encarei. Com um bufo, ela ficou. Quando ficamos sozinhos, andei para a porta e a tranquei.

— King.

Juro que meu pau saltou.

— Preciso fazer a atividade de casa na biblioteca.

Virei-me, vendo-a se erguer.

— Encontre uma fantasia.

— Eu sei que você é tarado, mas não vou dar uma de puta para te satisfazer.

Cheguei à sua frente e Harleen andou até a parede. Toquei sua coxa e subi devagar, erguendo a saia. Minha Bird engoliu em seco. Encontrei a peça fina e quase sorri.

Claro que tinha de ser uma pentelha teimosa.

— Calcinha, agora.

— Remy, estamos na escola... — Sua voz ficou fraca quando puxei a gargantilha.

— Você é tão desobediente, Bird. O que vou fazer com você?

Seus olhos dilataram, ela gostava disso.

— O isqueiro? Hum, o que acha?

Ela balançou a cabeça.

— Tire a calcinha.

Afastei-me o suficiente e Harleen enfiou as mãos por baixo da saia. Ela desceu a peça e a tirou pelas coxas. Peguei o tecido das suas mãos e guardei em meu bolso.

— Você vai comigo à festa. Procure uma fantasia.

— O quê? — Seus olhos cresceram, assustados.

— Não me teste. Pego você às dez.

Virei-me, saindo da sala e indo atrás dos meus primos. No refeitório, peguei comida e me sentei com eles.

— Meu pai disse que você fez certo em ir a Kentucky — Rhett resmungou enquanto comia um pedaço de pizza.

— Mamãe achou perigoso. — Nina franziu a testa; minha prima se preocupava demais, com tudo.

— Meu pai ficou puto, mas não me arrependo.

— Ele ficou puto porque levou até lá pessoalmente ou porque levou Harleen com você?

Encarei Rhett, rígido.

— As conversas andam.

— Os dois.

— O quê? Por que você a levou? — Minha prima me encarou, em choque.

— Porque ele quis, óbvio!

— Rhett, cuidado. Nina não é uma das suas putas. — Bati na mesa, irritado. — Você está chateado com algo? Fala comigo, não fica descontando nela.

Rhett respirou fundo e me encarou.

— Cala a boca, Rhett — Amo grunhiu, antes que seu gêmeo pudesse falar.

— Nada. — Ele se calou.

Eu vi Sweet e Dwayne andarem até nós.

— Vão para a festa?

Sweet espalhou os convites na mesa. Nina pegou, com os olhos brilhando, mas eu arranquei da sua mão.

— Você pode me deixar viver? — Seu olhar ficou feroz.

— Não sou eu quem decide isso.

Ela pegou a mochila e andou para longe.

— Nos vemos na sexta-feira.

— É sério que vamos viajar de ressaca?

Bem, eu ia.

Na sexta-feira, às dez em ponto, parei meu carro na casa de Harleen e avisei que havia chegado. Buzinei depois que ela viu a mensagem e não apareceu.

Quando estava pronto para sair do carro, Bird surgiu. E, puta que pariu! Eu queria foder Ann Hill bem ali, sobre o capô do carro.

O vestido preto agarrava seu corpo, o corselete que colocou por cima o desenhou bem demais. O decote era grande e os seios com veias aparentes estavam apertados. Ela estava de meia-ca ça, o que não era novidade, mas as luvas eram. Sua boca e seios estavam com gotas de sangue. Os olhos escuros com maquiagem e uma lente vermelha.

— Eu preciso foder você.

— Sério? — Ela revirou os olhos, entrando no carro.

— Sim, mas estamos atrasados.

Harleen colocou o cinto e eu pisei no acelerador. Quando chegamos, andei na frente, abrindo espaço. Vi meus primos e me aproximei.

— Harleen. — Amo e Rhett ergueram o copo vermelho e ela acenou, sem responder.

— Vou pegar bebida.

Ela abriu a boca para falar algo, mas a fechou. Saí em busca, e quando enchi nossos copos, voltei para o lugar que a deixei.

Mas ela não estava mais lá.

— Aonde ela foi? — perguntei aos meus primos, que deram de ombros.

Porra!

Quando achei Harleen, Sweet e suas amigas estavam com ela. Aproximei-me rápido e coloquei minha mão na cintura de Bird. Ela ficou rígida e as meninas quase estouraram os olhos.

— Está tendo algum problema aqui?

— Você a trouxe? — a dona da festa perguntou.

— Sim, algum problema?

— Não, é que... Nenhum. — Oprah foi a primeira a encontrar a língua.

— E Trinity, King? — Sweet perguntou, recompondo-se.

— Ela pode chupar meu pau outro dia.

Guiei Harleen para meus primos e enfiei a bebida em suas mãos.

— Você devia ter vindo com essa Trinity. Eu não queria vir.

— Bem, eu queria você aqui.

— Por quê? Hum? Quer me humilhar na frente dos seus amigos? Ou me foder num desses quartos nojentos?

— Você quer isso? — Agarrei seu queixo, fazendo-a me encarar.

— Eu sou virgem, Remy. A última coisa que quero é perder minha virgindade numa festa idiota.

Quando me lembrava disso era melhor ainda. Eu seria o primeiro a foder a boceta da Bird.

— Bom, porque eu não achei meu pau no lixo para fazer isso aqui.

A música aumentou e a conversa encerrou. Harleen sorriu para alguém e eu procurei a pessoa. Era uma garota que nunca vi.

— Venho já.

Eu a deixei ir e observei quando a garota a abraçou. As duas conversaram por um tempo, depois foram para a pista com as bebidas nas mãos.

— Você está pegando? Porque se não tiver, vou tentar. — Ouvi a voz de alguém perto, referindo-se à Bird, e me virei vendo um dos jogadores de basquete da escola.

— Vem cá.

Eu o levei para o corredor e lá, sorri.

— Você vai ficar sem jogar um tempo.

CAPÍTULO 17

Harleen Ann Hill

Bonnie agitou os quadris e eu sorri, rebolando os meus. Ela havia salvado a noite caótica. Remy me obrigou a vir, depois me deixou sozinha e, então, as vadias chegaram.

Vá embora. Você não foi convidada.

Orquinha, esse vestido está quase se rasgando.

Senti-me tão mal, não ligava para elas, mas e se Remy tivesse pensado isso quando me viu? Que o vestido estava apertado demais? Fiquei com vergonha de mim por me importar com o que ele achava.

King não era importante.

— Você está tão linda! — Bonnie gritou alto, parecendo ler meus pensamentos.

— Sério? Eu...

— Está sim! Todos os caras estão olhando para você.

Era mentira, óbvio, mas me virei para procurar quem estivesse. E, bem, não eram todos, mas havia alguns.

— Devem estar rindo de mim.

— Claro que não! Eles querem ser a pessoa que vai levar você para casa.

Bonnie riu, erguendo as sobrancelhas. E eu suspirei, sabendo quem. Procurei-o onde o deixei, mas ele havia sumido. Será que achou Trinity?

Quem diabos era essa garota? E por que eu me importava?!

Uma menina se aproximou de Bonnie e falou algo ao seu ouvido. Ela ficou branca.

— Ei, tudo bem? — Toquei seu braço e ela me encarou.

— King machucou um amigo. Preciso ir. — Seus olhos se desviaram dos meus e, depressa, ela sumiu entre as pessoas.

Virei-me, caçando Remy e o encontrei chegando ao local de antes. Aproximei-me e o assisti virar um copo vermelho inteiro. Quando baixou, sua boca estava molhada.

Ele havia se fantasiado de caveira, tinham pintado o rosto dele e uma capa estava sobre seus ombros, com um capuz. Juro que, por um segundo, me imaginei beijando-o. Imaginei nós lá em cima, em alguma cama suja, enquanto ele falava as palavras que me deixavam em êxtase.

— Cansou de rebolar, Bird? De atiçar cada desgraçado dessa sala?

O quê? Remy agarrou meu pulso e me puxou até a parede escura, onde ninguém podia nos ver. Colidi com seu peito e arfei ao ver seu olhar.

— Meu nome em seu pescoço não está sendo suficiente. Preciso deixar algumas marcas em você...

Sua cabeça afundou e seus lábios se abriram contra meu colo.

Oh, meu Deus! Remy chupou minha pele com força, ele parecia tão irritado.

— Remy, o que houve? — perguntei, sem fôlego.

Ele estava no segundo chupão, bem no meu decote. Droga!

Sua mão agarrou a parte de baixo do meu cabelo e seus lábios deslizaram até meu pescoço. Ele mordiscou devagar e depois voltou para meu colo. Dessa vez, não houve chupão.

O filho da puta me mordeu.

— Remy! Oh, meu Deus!

Lágrimas encheram meus olhos quando senti a dor. Ele não se abalou, mordeu em mais dois lugares, bem à vista de todos.

Quando ele se afastou, seu olhar era bêbado. Satisfeito demais. Eu diria que ele havia gozado. Remy virou o copo de novo, bebendo a cerveja.

— Será que agora eles entendem? Hum? Ou vou precisar quebrar a mão de todos?

Quebrar? O olhar de pânico de Bonnie voltou à minha mente. Não, não.

— Você quebrou a mão de alguém?

— Um filho da puta falou alguma merda e precisei enviar um alerta. Não só para ele, para todos.

— Um alerta?

— Sim, Bird, um alerta.

— Alerta de quê?

Minha garganta estava seca. O que ele havia feito, meu Deus?

— De que você me pertence.

Ele segurou meu rosto e, droga, eu não quis esperar algo, mas esperei. Devia correr, mostrar à polícia ou aos seus pais a merda que ele fez em mim, porém, fiquei parada, ansiosa.

E aconteceu.

Sua boca colidiu com a minha. Seus lábios macios me fizeram estremecer, meu estômago estava turbulento como uma chuva forte, tão frio. Tão nervoso. Abri meus lábios, querendo sentir o toque da sua língua. Remy afundou em minha boca, sua língua tinha gosto de ruína, sua boca foi meu precipício. Joguei-me sem pensar, sem medir minhas ações, e quando a parede se abriu atrás de mim, nem me preocupei. Eu sabia.

Sabia que Remy me seguraria.

Nós entramos juntos e ele bateu a porta com força. Suas mãos agarraram meus quadris e segurei seu pescoço. Não sabia como, ou por quê, mas precisava dele contra mim.

— Não vou foder você aqui. — Sua voz rouca me deixou bêbada. Suas mãos subiram meu vestido, contrariando o que disse. — Só preciso... Um pouco...

Suas palavras estavam apressadas, umas sobre as outras, desconexas.

Eu o vi se ajoelhar diante de mim, ouvi quando ele rasgou minha calcinha. Minha boceta implorou pela sua boca ou seu pau, não importava. Talvez um toque fosse suficiente.

— Você está pingando, Bird.

Ele abriu os lábios com uma das mãos só e se inclinou. Remy me lambeu de baixo para cima lentamente, castigando-me.

— Remy!

— King, Bird. Se lembre...

Sua voz rouca enviava ondas de choque até meu clítoris. Minhas pernas mal se sustentavam, eu queria me deitar para aproveitar mais, porém, não deu tempo.

Remy chupou meu clítoris, lambeu os lábios grandes, e depois enfiou dois dedos em mim. Era bom, mas tão apertado.

— Goze, Harleen.

Quando ele falava meu nome, quebrava-me em duas. Gozei forte, gritando e gemendo.

— Oh, meu... King!

A música lá fora abafou meus gritos. Graças a Deus.

Remy lambeu os lábios molhados e se ergueu. Tão bonito, meu Deus. Como podia existir alguém tão perfeito?

O cabelo escuro à vista, já que o capuz caiu para suas costas, os olhos azuis. Tudo nele era lindo. Remy abriu o botão da calça e a baixou, puxando o pau para fora. Minhas pernas cederam e me ajoelhei sem ele dizer uma única palavra.

A única coisa em minha cabeça era: como seria ter Remy em minha boca?

— Abra os lábios, Harleen. Sem dentes. Língua para fora.

Acenei, nervosa. Remy se aproximou de novo e colocou a cabeça do pau em minha língua. Era quente, vermelho e bonito. Chupei sua ponta, gemendo.

— Olhos em mim.

Obedeci. Eu o encarava enquanto seu pau entrava devagar em minha boca. Segurei seus quadris, sentindo-o pulsar contra minha língua. Abri bem os lábios e ele foi mais fundo. Assisti a vídeos sobre isso tantas vezes, achava que era assim. Esperava que fosse. Não queria mais ninguém o chupando, apenas eu.

— Porra! Chupa, Bird. Igual o pirulito que estava chupando.

Não me lembrava da última vez que chupei um pirulito, mas o chupei. Lambi devagar e suguei, amando ver seu olhar perdido. O azul estava límpido, diferente do nublado.

— Vou gozar. Poderia ser na sua boca, mas seus peitos estão bem aí.

Gemi o ouvindo. Puxei o topo do meu vestido para baixo e meus seios pularam para fora, ansiosos.

— Ok, merda!

Ele puxou o pau dos meus lábios e mirou em meus seios. Remy gozou bastante, até em meu vestido caiu. Quando terminou, ele sorriu.

— Limpe a ponta.

Suguei seu pau, enfiando a língua no buraco salgado e limpando. Quando terminei, ele ainda estava duro.

— Vem cá.

Ele me colocou de pé e nós fomos para o banheiro. King pegou toalhas e as molhou. Ele limpou meus seios e depois se inclinou, lambendo o mamilo.

— Você foi uma boa garota.

Remy se inclinou e sua boca pousou nas mordidas. Ele lambeu cada uma e se afastou.

— Me dê o resto da sua calcinha.

Desci o tecido rasgado no fundo e o entreguei. Remy enfiou no bolso e ajustou meus seios dentro do vestido.

— Quem você machucou?

Odiei-me assim que as palavras saíram. Remy me encarou, semicerrou os olhos e inclinou a cabeça.

— Por quê?

— Bonnie disse que um amigo foi machucado por você. Foi dele que você quebrou a mão? Por que você fez isso?

Remy avançou contra mim, tive de inclinar a cabeça para olhá-lo. Sua mão traçou minha gargantilha.

— Porque ele cobiçou algo que não era dele.

— O que era?

Ele brigou por causa de alguma garota? Ou pela Outfit?

— Você. E ele precisava saber que você é minha.

— Me submeti a você, eu sei disso. — Respirei fundo, nervosa. — Porém, por favor, não machuque ninguém por mim. Ninguém.

— Não machuquei por você, Harleen. Machuquei por mim. Para satisfazer o monstro dentro de mim.

Ele jogou a toalha no chão e saiu do banheiro.

— Vai me levar agora? Eu acho que essa festa já deu... — gritei do banheiro, olhando para o espelho.

— Não, preciso achar os gêmeos.

Ok, tudo bem.

Meu reflexo era uma confusão. As marcas em meu colo e seios, o cabelo desgrenhado e a boca manchada.

Tentei me organizar e fui para o quarto. Remy estava no celular.

— Eles não respondem. Vamos...

— Pode ir, eu fico aqui.

King se ergueu e me encarou, o foco descendo para meus seios.

— Você vai comigo. Fiz isso para todos verem, não para você esconder.

Fiquei calada e fui com ele. Nós saímos do quarto, aos poucos, as pessoas foram se virando. Seus olhos diziam o bastante. Eles sabiam o que Remy havia feito. Nós achamos os gêmeos num quarto.

— Vamos, porra! — Remy bateu, impaciente.

A porta foi aberta e uma menina pequena saiu de dentro. Seu cabelo estava desgrenhado e a roupa fora do lugar. Atrás dela, os dois meninos saíram.

— Puta que pariu! Eles... dividem?

Remy me olhou e semicerrou as pálpebras por um segundo.

— Sim, eles fazem essa merda.

Choque varreu meu corpo, mas tentei ficar normal quando eles pararam na nossa frente.

— Vamos embora.

Eles acenaram para Remy antes do olhar de Rhett deslizar para meu peito. Em segundos, ele encarou seu primo. Os três não falaram nada. Não precisava.

Entrei no carro do Remy e Amo no seu. Rhett conversou com um cara, só depois foi para o seu. Nós saímos da festa um carro atrás do outro.

Queria que estivesse deixando o peso da noite para trás também, mas não estava. Pelo contrário, ele estava afundando dentro de mim, enjoando-me.

Como fui parar no banco do carona do garoto que fez *bullying* comigo desde que me viu? Como o deixei me tocar em tantos lugares e devolvi os gestos, quando ele me marcava como um bicho para exibir?

O telefone tocou, dispersando meus pensamentos, e Remy atendeu.

— Nina está no Rebel. Onde vocês estão? — A voz do Dante ecoou pelos fones do carro.

— Festa a fantasia. — Remy apertou o volante. — Ela está bebendo?

— Não sei. Não estou lá.

— E como soube que ela estava?

— Tenho meus contatos, King.

Então, a ligação caiu. Remy avisou aos primos sobre Nina e todos mudaram a direção. Droga!

O silêncio foi longo até a boate. Quando chegamos, King jogou a capa no banco de trás e abriu os botões da camisa preta, após arregaçar as mangas.

Havia uma fila enorme do lado de fora, porém, Remy ergueu uma corda e o segurança acenou para ele. Nós entramos sem ninguém pedir documento ou ingresso. O lugar tinha cheiro de suor e uísque. As luzes vermelhas piscavam, o lugar estava tão obscuro. Não conseguia imaginar a prima de Remy ali.

— Tio Rocco está aqui. — Nina surgiu na lateral de um corredor, gritando.

Nós nos viramos juntos. Ela estava escondida só esperando pela gente? Talvez, ela fosse o contato que Dante falou. A princesa precisava ser salva.

— Merda. O que você está fazendo aqui? — Amo gritou sobre a música, nervoso.

— Vocês não me deixaram ir à festa a fantasia! — Ela até bateu o pé. Seus olhos vieram para mim e semicerraram. — O que ela está fazendo com vocês?

— Ela é a cachorrinha do King.

Evitei olhar para Rhett, fingindo que não ouvi o veneno, mas consegui escutar. E doeu. Porém, não deixou de ser verdade.

— Coloca isso. — Rhett enfiou a cabeça de palhaço assustador que usava na cabeça de Nina.

— Já quebrei a mão de um hoje, você quer que eu quebre a porra da sua cara? — King gritou, e não o reconheci. Ele parecia fora de si. — Me respeite, Rhett. Somos família, mas há um limite e você está ultrapassando.

— Bom, porra, então respeite nossa família! Esfregar a garota que você está fodendo na cara de todos não diz que é poderoso, só que é influenciável.

Remy deu um passo em sua direção, mas me enfiei entre os dois e coloquei as mãos no peito dele. Senti seu coração contra minha palma, cada batida irregular.

— Não faça isso. Vamos tirar Nina daqui...

— Harleen está certa. Se meu pai vir Nina, fodeu. — Amo tocou os ombros do primo.

Remy segurou o olhar do Rhett, sem recuar. Seu primo fez isso, no entanto. Andou para trás e sumiu entre as pessoas. Nós levamos Nina para fora e ela entrou no carro de Amo.

— Conversamos amanhã — Remy avisou, rígido.

Ela acenou, engolindo em seco. O carro saiu e eu vi King andar para o próprio veículo. Assim que ele abriu a porta, entrei depressa. Remy ficou em silêncio. Era estranho estarmos tão calados. O que Rhett falou mexeu com King.

— Você me deseja tanto a ponto de continuar com isso? — Minha voz ecoou nervosa.

Ele agarrou o volante, sem responder.

— Não quero estar perto dos seus primos de novo. Rhett me odeia, e se você não percebeu, já sou odiada por gente demais.

Agarrei o tecido rendado do meu corselete, olhando para a janela.

— Rhett não odeia você.

— Sério? — Revirei os olhos e olhei para seu rosto.

King estava focado na rua. Odiava sentir que ele era bonito demais para ser tão perverso.

— Me deixe fora das brigas familiares.

Em minutos, ele estacionou diante do apartamento. Tirei o cinto e abri a porta, pronta para sair.

— Bird?

Virei-me depois de colocar os pés no chão. Remy deslizou o dedão pelos lábios enquanto seu braço descansava na porta.

— Sim?

— Você é um assunto meu. Rhett vai entender isso.

Acenei, fechando os olhos por um segundo.

— Nunca mais se coloque entre mim e alguém que quero machucar. É um conselho.

— O quê? Vai me bater? As mordidas não foram suficientes? — grunhi, nervosa.

— Quando eu bater em você... — Olhou para meus seios. — Vai sentir tanto prazer, que depois vai me agradecer pela dor.

Imbecil presunçoso.

CAPÍTULO 18

King Trevisan

Estacionei o carro ao lado de Rhett. Ele saiu já andando na direção da casa, mas fiquei esperando chegar à porta. Meu primo tentou correr, mas entrei rápido e subi a escada. Quando cheguei ao último degrau, Amo estava ao meu lado.

— Esfria a cabeça, King. Rhett é essa merda fodida...

— Ele me questionou na frente dos outros. Isso não vai ficar assim!

— Só éramos nós quatro e Harleen. Ela não é importante, nós somos!

Parei de andar e me virei. Amo passou a mão pelo cabelo e abriu os braços.

— Cara, essa garota fodeu sua cabeça. Para com isso! Rhett está preocupado.

Tentei pensar como ele, entender as merdas que Rhett estava passando e até me questionar sobre Harleen. O que tinha de errado comigo?

— Vou estar no cais. Leve-o.

Saí sem esperar por resposta. Quando cruzei meus braços, olhando para o lago Michigan, ouvi passos. Rhett ficou atrás de mim com seu irmão.

— Somos sangue e honra, vamos herdar essa porra toda, nós três seremos os chefes da Outfit um dia.

Virei-me e os dois me olharam. Rhett com o rosto sem expressão, e Amo, acenando.

— Se você tem algum problema comigo saindo com Harleen, fale de uma vez! Não me desrespeite na frente dos outros. Fale comigo direito, da mesma forma que eu sempre falei com vocês.

— Nós sabemos, King. — Amo apertou o ombro do irmão.

— Rhett não sabe. — Balancei a cabeça. — Você quer Harleen? É isso?

Rhett semicerrou os olhos e ficou em silêncio. Isso me acertou.

— Você a quer. Porra! Faz sentido.

— Não, não a quero. Estou em silêncio apreciando como é ver você cair por uma garota idiota.

— Não estou caindo. Não gosto dela, imbecil!

— Sério? Então a deixe para lá. Agora. Sem explicações, nada.

Que diabos?

— Por que eu faria isso? Gosto de tê-la, ela é gostosa...

E algo mais que eu não queria admitir.

— Porque é necessário.

Inferno! Rhett se aproximou e me encarou.

— Ela era seu brinquedo na escola. Hoje, você nem a olha lá. Qual foi?

— Temos um acordo.

— Você está fodendo-a em troca da liberdade dela. — Amo foi o primeiro a esclarecer. — Cara, isso é nojento! Ela faz obrigada?

— Claro que não, porra!

— Olha, respeito você. É meu primo, meu irmão, e será meu Don, só quero que veja que isso está indo longe demais. — Rhett enfiou as mãos no moletom.

— Podem ir. O que eu tinha para dizer, já foi dito.

— Vejo você amanhã, no aeroporto.

Porra, minhas malas.

Fui para a casa, e quando cheguei, fiz minha mala rapidamente. Tomei banho e, depois de uma década, consegui tirar toda a maquiagem que o cara que minha mãe contratou fez.

Minha cama mal fez barulho quando caí nela, exausto. Meu celular brilhou na mesa, então o peguei.

"Eu lembrei que disse que a gargantilha deveria sair quando você me tocasse."

Bird. Esfreguei meu rosto e digitei.

"Você não gosta dela?"

Esperei por sua resposta, com o braço atrás da cabeça.

"Gosto das minhas."

Eu sabia disso.

"Tire. A senha do cadeado é 2473."
"O que esses números significam?"
"Bird. No teclado de telefone antigo."

Harleen não respondeu mais, então guardei o celular e me forcei a adormecer. Mesmo com minha mente furiosa, pensando mil maneiras de ficar com ela e amansar Rhett.

Em nenhum pensamento isso deu certo.

A Finlândia era fria, mas estava bem mais do que eu me lembrava. Tio Prince apareceu à porta, vestindo um casaco enorme, enquanto True correu em direção a Nina.

As duas rodopiaram juntas.

— Você precisa ver o lago. Podemos patinar lá!

Amo pegou True nos braços e correu, fazendo a garota gritar. Nesse segundo, Ruslan surgiu com seu pai, Yerik.

O garoto era grande para os anos que tinha. Ele e True tinham a mesma idade, uma diferença de alguns meses.

— Me coloca no chão, Amo! — ela gritou, rindo, e ele obedeceu.

— Meu Deus, vocês estão enormes. Entrem. Lake arrumou os quartos. — Tio Prince sorriu, tocando em meu ombro.

A casa dos dois sofreu algumas reformas ao longo dos anos. Agora, era mais uma mansão. Vários quartos, onde ficávamos sempre que vínhamos para o país.

— Preciso de um chá. — Tia Sisi entrou junto à minha mãe, Alena e Lua.

— Vamos, Nina! — Tia Blue seguiu as duas.

Fiquei para trás, com os gêmeos e meu tio. Yerik se aproximou com Ruslan. Nina e True estavam em uma espécie de balanço.

— Então, esse é o herdeiro da Cosa Nostra. — Yerik me olhou sem sorrir, apenas sondando.

Nós nos conhecemos, mas ele sempre optava por ficar longe quando estávamos ali.

— Sim, nosso King. — Meu tio sorriu, colocando o braço em meus ombros. — Seu pai disse que fez um estrago na iniciação. Os três, na verdade.

— Rhett arrancou a cabeça do cara.

Amo riu e então nossa conversa foi para isso. Tia Lake gritou por nós, mas Nina pediu para ver o lago.

— Eu as levo.

Eles acenaram e foram para dentro. Ruslan veio conosco e as meninas.

— Então, ela está bem? — perguntei ao garoto.

Ele e True eram inseparáveis, melhores amigos desde bebês.

— Sim. Estava ansiosa para que chegassem.

Ruslan ficou em silêncio por todo caminho, os olhos presos em True.

— Olha! Rus e eu vimos aqui o tempo todo! — True gritou para Nina e as duas pisaram no gelo.

— Cuidado, True...

— Eu sei.

Ruslan não deu atenção e foi rápido até as duas. Nina sorria enquanto sentia o vento frio castigar seu rosto.

— Onde está Zuri? E Sarah?

— Zuri está na África. Foi visitar com a tia Adu — True gritou, enquanto andava pelo gelo, com Ruslan por perto.

— Sarah foi embora — Ruslan respondeu.

— Embora? — Arqueei as sobrancelhas; ela morava com a irmã, Dasha, mãe de Ruslan.

— Ela estava noiva. O casamento estava próximo — o filho de Yerik continuou a falar.

— Ela não queria ir. Tia Dash está triste desde que ela foi.

Não sabia que ela havia voltado para a Rússia. Sarah e Dasha eram da Bratva, isso foi dito por minha mãe uma vez.

Yerik e Dasha se conheceram, então vieram para cá. Sarah veio junto. Eu não sabia direito a história.

Sarah era legal. Nós nos dávamos bem quando eu vinha para cá.

— Está nevando. Vamos! — Rhett berrou, no mesmo segundo True e Nina se mexeram.

Nós voltamos para a casa e encontramos nossa família na cozinha. Todos os filhos estavam comendo, enquanto os adultos sumiram. Deixei meus primos com os outros e andei pela casa devagar.

— Não gostei disso, Lake, mas você conhece seu irmão! — Tia Sisi lamentou.

— Ele deveria ter avisado, mandávamos mais gente...

— Vocês estão se preocupando à toa. Rocco, Romeo e Matteo dão conta. Travis e Giulio estão lá, pelo amor de Deus — Prince grunhiu, elevando a voz.

— Parem com essa conversa. — A voz da minha mãe sobressaiu. — Rocco faz as coisas do modo dele, e Romeo com Matteo o seguem, nem Blue, Sienna ou eu podemos mudar a cabeça dos nossos maridos.

Ouvi passos e me afastei, sentindo o coração nos ouvidos. Subi a escada e fui para o quarto onde eu ficava. Fechei a porta e andei até a varanda.

Disquei o número, e quando ele me atendeu, sua voz soou cansada.

— Por que estamos aqui?

— Remy. Oi, filho!

— Por que estamos aqui e não aí? Essa viagem foi tão abrupta. O que houve?

Meu pai respirou fundo e seu silêncio chegou a me sufocar.

— Nós encontramos quatro homens infiltrados na Outfit.

— Como assim?

— O segurança do Enzo era um homem da Bratva. Ouve traição, Remy. Rocco está no modo matança.

— Deveria estar aí, pai. Sou um homem feito e mais velho que os meninos. Entendo a proteção com eles, mas comigo?

— Sua mãe preferiu assim.

— Estou voltando.

— King.

— Pai, sou um homem feito. Vou liderar a Outfit um dia. Ficar me escondendo não é uma opção. Seus soldados se perguntarão, será motivo de conversa.

Ouvi barulho ao fundo e meu pai pediu que esperassem.

— Não posso permitir. Se divirta com seus primos. Isso vai acabar em dois dias, no máximo.

Apertei o celular, nervoso. Ele desligou sem esperar por minha resposta.

Assim que a porta foi aberta, ouvi os passos.

— Ei, você sumiu. — Me virei e vi minha mãe parada. — O que houve?

— Eu deveria estar em Chicago.

Lunna desviou os olhos de mim e cruzou os braços.

— Você não confia em mim?

— Essa não é a questão, Remy! Quero proteger você e sua irmã...

— Já entrei na Outfit, já faço parte da máfia. Eu não preciso da sua proteção, mãe!

Ela andou até mim com o olhar preso ao meu. Lunna estava fervendo de ódio.

— Esse é meu trabalho. Proteger você, meu filho, é meu trabalho. Não preciso da sua permissão! — Lunna esbravejou, nervosa, então recuei.

— Meu pai me queria lá.

— Sim, ele queria. Mas quando o assunto é meus filhos, só ele querer não significa nada. Nós dois precisamos estar alinhados e, quando não estamos, a pessoa sensata vence. E, ah, sou eu!

Minha mãe era calma, mas agora eu nem a reconhecia.

— Vou voltar para Chicago.

— Não se atreva, Remy Trevisan!

Passei por ela e peguei minha mochila. A porta foi aberta e meus tios entraram. Prince observou com calma, enquanto Lake corria para a irmã.

— O que está acontecendo, Remy?

— Minha mãe explica.

— Remy Trevisan, estou dizendo, você não vai sair daqui!

— Mãe, eu vou! Meu pai precisa de mim. Se algo acontecer a ele ou aos meus tios enquanto estou na Finlândia, nunca vou me perdoar! Jamais!

Isso a calou. Lake a abraçou e Prince se aproximou dela.

— King será um grande homem se você deixar que tome as próprias decisões, Lunna.

Minha mãe se soltou da irmã e foi para a varanda. Optei por entender isso como um sim, então saí da casa dos meus tios sem me despedir.

Os gêmeos me viram subindo no carro. Amo correu e Rhett também.

— O que houve?

— Estou voltando.

— O quê? Por quê? — Amo segurou a porta do carro quando dei partida.

— Explico quando chegar.

Pisei no acelerador e deixei meus primos para trás. Odiava ter deixado minha mãe sem estarmos bem, mas podia fazer isso depois.

O jato ainda estava na pista quando cheguei. Mandei o piloto subir e, confuso, me obedeceu. Passei o voo inteiro tentando entender como era possível alguém trair a Outfit.

Homens feitos sabiam o que encontrar em uma máfia, não era uma colônia de férias com amigos. Eram homens querendo lucrar com o crime, passando por cima de quem fosse. Eles sabiam o que um traidor receberia. E eu ia ter prazer em dar.

Dirigi para o Village assim que coloquei os pés em Chicago. Os soldados acenaram para mim e indicaram onde minha família estava.

— Você é teimoso feito uma mula. — Tio Matteo me encarou do outro lado da sala.

— Entre. Venha e mostre o homem feito que disse que é — meu pai falou diante de um homem.

Eu o vi poucas vezes quando ia à casa de Travis. Enzo era legal. Saímos juntos algumas vezes, mas ele tinha seus próprios amigos.

— Admiro Remy. Vamos lá, Romeo, você rasgaria o diabo se te impedissem de estar aqui. — Tio Rocco bateu em minhas costas. — Nós vamos sair, façam a coisa pai e filho.

Meus tios saíram e eu tirei meu casaco. Subi minhas mangas e fiquei ao lado do meu pai.

— Então, o que você quer fazer? — Romeo me olhou enquanto o homem grunhia, com a boca fechada por uma bola de golfe.

— Arrancar os dentes dele.

O homem arregalou os olhos.

— Bom, vamos lá.

Andei até a mesa onde estavam os utensílios e peguei o alicate. Um soco inglês chamou minha atenção, peguei-o também.

— Mas antes... — Andei até o homem e reuni força, socando bem no meio do seu estômago.

— Bom, bom. Vamos começar.

Meu pai tirou a bola da boca dele. Depois de enfiar uma arma em sua boca para manter aberta, me inclinei.

— Sou King Trevisan e prometo que seu sangue vai escorrer pelos ralos dessa sala.

O homem sorriu, negando.

O alicate parecia leve em minha mão. Pincei o primeiro dente, e quando puxei, sorri com o grito estridente.

— Por favor! — Seu grito ecoou quando coloquei o terceiro dente na sua coxa.

— Pronto?

— Sim! Não sei muito, mas...

O homem derramou várias informações, e quando parou, pediu para que a gente o matasse rápido.

— Rápido? — Sorri, e meu pai também. — O sangue não chegou ao ralo ainda.

Ele gritou, então peguei o alicate. Um por um, todos os dentes foram arrancados. E quando terminei, o sangue descia da sua boca pelo queixo até o peito já ferido.

— Quando chegar ao inferno avise que foi um Trevisan que te enviou.

CAPÍTULO 19

Harleen Ann Hill

— Onde está ela?

Dante colocou o prato com massa fumegante diante de mim depois de um silêncio longo enquanto cozinhava. Havíamos marcado de correr juntos hoje, depois viemos para meu chiqueiro comer algo. Dante descobriu que teríamos de cozinhar.

— O quê? — Peguei os talheres e levei até o prato.

Dante nos serviu refrigerante e se sentou, com seu próprio prato. Sua mão foi para o pescoço, então percebi do que falava. A gargantilha com o nome de Remy.

— Ele me libertou. — Observei Dante erguer as sobrancelhas.

— King te libertou? Por quê?

A pergunta me fez olhar para minha comida. Não queria dizer a ele o motivo. Quando pensava muito sobre isso, sentia-me suja. Dizer em voz alta tornaria tudo pior. Como ele me olharia?

— Não sei e não quero saber. Só preciso que ele me deixe em paz.

— Você foi a uma festa com ele... — Dante falava baixo, sem alteração na voz, mas senti o julgamento.

— Estou tentando manter uma relação saudável? — Respirei fundo ao perceber que respondi com uma pergunta. — Não quero ser a inimiga do cara mais importante da escola, de um herdeiro da máfia. Jesus! Você entende?

Dante tocou minha mão e acenou devagar.

— Já está tarde. Vou comer e deixarei você dormir em paz.

Sorri, balançando a cabeça. Era bem tarde, mas não importava muito. Se ele quisesse, poderia ficar.

— Tenho cobertas e um sofá, caso queira.

Nós comemos falando sobre a escola e como o sistema acadêmico fechava os olhos para os herdeiros de Illinois.

— Remy deveria estar preso pelo que fez, mas o Sr. Quinn preferiu tirar você da escola.

Sim, era verdade. Porém, eu entendia. Quem não temeria a Outfit?

Nós lavamos os pratos juntos, e quando terminamos, fomos para o sofá. Dante colocou um filme de terror, e a cada segundo, eu o odiava mais. Quando enfim acabou, dei graças a Deus.

Quando o celular dele tremeu, olhei e vi uma mensagem. Na parte superior tinha o nome da prima de Remy.

— Então — comecei a falar enquanto o via calçar os sapatos, alheio ao celular —, Nina precisava de uma fuga, você deu uma a ela ligando para Remy. Certo?

Dante parou de se mover. Ele respirou fundo e ficou ereto.

— Você é sempre tão perspicaz?

— Só quando envolve meus amigos. Ah, só tenho você! — Sorri, abraçando meu próprio corpo.

Tomei banho quando cheguei e coloquei um pijama. Dante se molhou e trocou de roupa. Ele tinha uma troca no carro, o que me surpreendeu bastante.

— Nina se mete em muito problema.

Arqueei as sobrancelhas.

— As garotas da Outfit não são convencionais. Precisam se comportar. É o que é esperado e ensinado.

Achei o papo tão retrógrado. Pensei em rebater, mas Dante falou que precisava ir.

— Boa noite!

Fechei a porta quando ele sumiu e fui para meu quarto.

— Passei dois minutos ponderando se eu deveria ir até a sala e arrancar a cabeça do Conti.

— Meu Deus! — Meu grito ecoou quando a voz de Remy me fez pular à porta.

Arregalei os olhos, vendo Remy em minha cama. Sentado, olhando-me tão irritado que causou medo em mim. Porém, não foi nada disso que me assustou. Foi seu estado. Ele usava um casaco branco manchado de sangue.

— O que aconteceu com você? — Aproximei-me rápido, olhando para cada pedaço dele, procurando o ferimento. — Onde você está ferido? Fala!

Seu silêncio estava me deixando maluca. Tentei me afastar para ir ao banheiro, mas ele agarrou minha cintura e me puxou até que eu caísse na cama, com ele sobre mim.

O rosto de Remy ficou diante do meu, sua boca tão perto. Eu podia sentir sua pele fria e sua respiração quente. Um contraste enorme.

Senti meu coração pular me lembrando do seu beijo, e implorei para que ele não fizesse isso. Nunca mais.

— O que Dante fazia aqui?

Ele estava preocupado com Dante?

— Somos a-amigos.

Tudo dentro de mim virou geleia. Seu cheiro era tão bom, imaginei-me lambendo sua pele.

— Amigos? — Ele se inclinou, cheirando meu pescoço. — E você estava usando esse pijama com seu amigo na sala?

Franzi as sobrancelhas. Eu estava com um conjunto de seda preto. Tinha renda no decote, mas era isso. Achava ele simples.

— Eu não...

— Sim ou não, Bird.

— Sim, mas... — Sua mão agarrou minha cintura e ele me virou.

Ofeguei, ficando contra o colchão.

— Não quero ninguém aqui. A partir de hoje, você vê aquele pedaço de merda na escola. Sua casa, não.

A voz dele estava tão irritada. Ele sabia que Dante era apenas um amigo.

— Você está com ciúme? — perguntei, com a voz baixa.

Era isso, não era?

— Não, Harleen, só estou mostrando a você como é pertencer a mim.

Fechei os olhos.

Pertencer a ele.

Como diabos eu aceitei isso? *Você tinha escolha?*

Minha mente foi sagaz. Não, não tinha. Era isso ou ser afundada por sua mão impiedosa. Mas dentro de mim havia mais que isso. Aceitei porque eu quis. Desejei Remy, e seu toque me rendeu. Eu o queria, desejava-o, e minhas ações tinham consequências.

Desejar o rei de Heirs Prep e futuro Don da Outfit tinha consequências.

Só esperava que elas não me destruíssem.

— Pensei que tinha viajado. — Mudei de assunto, sentindo a ponta dos seus dedos deslizarem pela minha coxa.

Remy apertou minha cintura, marcando-me. Já perdi a conta de quantas marcas havia pelo meu corpo. Algumas sumindo, outras aparecendo.

E, contrariando tudo, eu gostava delas.

— Viajei, voltei... Precisei lidar com coisas da Outfit.

O sangue.

— Você está bem?

— Não, Bird.

Meu coração pulou, preocupado, antes das próximas palavras.

— Estou tão duro que posso furar uma parede com meu pau.

Eu ri, foi tão natural. Meu peito sacudiu e Remy me virou. Tapei meus lábios, querendo parar, mas continuei. Quando os olhos dele brilharam no quarto mal iluminado, senti meu coração perder uma batida.

— Você é um idiota. — Minhas palavras saíram cortadas pela risada.

— Sou, hum? — Remy se inclinou e sua boca ficou sobre meu pescoço, parei de rir depressa.

Sua língua lambeu meu lóbulo e ele sugou lentamente.

Seu movimento enviou uma pontada à minha boceta. Droga!

— Remy... — gemi, tocando seus ombros.

— Oh, agora está gemendo? — Sua mão foi para meu seio e ele amassou a carne, apertando meu mamilo. — É melhor você gemendo. Gosto do som.

Ergui meus quadris e meu clítoris foi pressionado pelo seu pau duro. Levei minhas mãos para a barra da sua blusa e puxei. Remy deixou, sem fazer nenhum barulho. Quando sua pele estava nua, pela primeira vez, explorei. Toquei seu peito, sua barriga lisa e abri sua calça.

— É bom você abrir isso se estiver disposta a perder sua virgindade agora.

Eu tirei o botão da casa e desci o zíper. Remy mordeu o lábio e eu desci sua cueca, pegando em seu pau.

— Bom, Bird... Eu precisava da sua boceta hoje, mesmo.

Gemi, ansiosa.

Remy se afastou, descendo o resto da roupa. Aceitei isso como incentivo, então peguei a barra da minha blusa e tirei. Depois, fui para meu short. Minha calcinha era um fio-dental em renda, Remy apreciou quando a tirei.

— Abra suas coxas.

Deus! Foi tão bom ouvir essa frase. Respirei fundo e abri minhas pernas. Minha boceta estava úmida e ansiosa. Quando os dedos dele tocaram os lábios, corei ouvindo o suco.

— Como sua boceta me ama tanto, porra? — King sorriu.

Eu queria ter o celular na mão. Queria uma imagem que registrasse isso. Ele era perfeito sorrindo.

Remy avançou, com um pacote laminado na mão. Ele tirou uma camisinha e desenrolou até sua base. Respirei fundo, assistindo-o.

— Vou rápido. Será menos doloroso.

Acenei, entendendo. Pesquisei sobre isso, e a maioria dos sites dizia que quanto mais rápido, menos dor.

— Mas antes você precisa de uma coisa.

Gritei ao sentir a palmada. Que diabos? Minha boceta já dolorida ficou ardendo.

— Não quero Dante aqui. Você entendeu?

— Remy...

Mais uma. Bem em cima do meu clítoris. A dor enviou uma onda de lubrificação ao meu canal, que deslizou para fora. Como eu gostava disso?

— Sim ou não, Harleen.

Seu rosto estava escuro. De novo, irritado.

— Você vai tirar minha virgindade com raiva? Remy!

Outro tapa, agora mais forte.

— Harleen.

— Ok! Eu entendi!

Seus lábios se esticaram e ele sorriu. Filho de uma puta doente. Ele pressionou meu clítoris com o dedão e esfregou. Minhas pernas tremeram e eu senti meu orgasmo chegar.

— Amo espancar sua boceta, porque ela ama essa merda.

Fiquei em silêncio, porque o desgraçado estava certo.

— Segure suas coxas.

Assim que ele posicionou minhas mãos atrás dos meus joelhos, abri-me ainda mais. Remy se ajoelhou entre minhas coxas e colocou o pau entre os lábios doloridos.

— Me morda se quiser.

Eu iria, ah, como iria.

Seus quadris abaixaram e o senti entrar. Era apertado demais. Não havia como isso ser sem dor. Minhas paredes vaginais se esticaram, tentando abrigá-lo. Gemi, porque era uma dor boa. Porém, quando Remy empurrou de uma vez, senti minha alma ser rasgada.

Soltei minhas coxas e segurei seus ombros. Minha boca se abriu e eu o mordi bem no peito, com força. Senti o gosto metálico em minha língua, só aí percebi o que havia feito.

— Desculpa... Ah!

Remy mal me ouviu. Focado demais em empurrar para fora e depois de novo para dentro.

A marca da mordida me fez gemer. Era grande, tinha todos os meus dentes bem-posicionados e estava sangrando. Mas ele não ligou. Senti seu pau grande e grosso me preencher. A dor estava me matando por dentro, mas quando Remy jogou a cabeça para trás, em toda sua glória nua, gemi e apertei minha boceta apaixonada por ele.

— Faça de novo.

Apertei mais forte, sentindo dor, mas com o prazer ali na borda. Remy me encarou, o peito tatuado e o olhar bêbado.

— Sem calcinha na escola.

Abri a boca para rebater, mas ele se inclinou. Seus lábios ficaram sobre os meus. Odiei por ter sido eu a me esticar, mas fiz isso. Sua mão direita agarrou minha coxa enquanto a outra segurava minha nuca, mantendo-me contra ele.

Sua língua era faminta, impiedosa. Sentia todo seu desespero no nosso beijo. Fechei minhas pernas em suas costas e Remy me ergueu. Gemi, quando ele se sentou e eu fiquei em seu colo, com ele ainda dentro de mim.

Doeu, mas não dei a mínima. Eu queria beijá-lo.

Remy segurou meus quadris, levantando-me e depois descendo, então peguei o ritmo, querendo agradá-lo.

— Isso, Bird. Me foda.

Fui uma aluna dedicada e muito obediente. Eu o fodi devagar, segurando em seus ombros, tocando sua nuca. Sua boca ainda estava contra a minha. E, droga, era bom. Eu sentia e ouvia cada gemido dele.

— Remy! — Meu grito foi de susto, porque ele me colocou deitada de novo, rapidamente.

— Coxas abertas.

Quando Remy desceu por mim, gritei ao sentir sua boca. Ele me chupou faminto e, o que estava dolorido, se apertou, gozando.

— Agora, posso gozar em você.

Mal entendi o que falou antes de sentir o jato em minha boceta.

— Você me fez gozar duas vezes. — Sua voz era apreciativa, enquanto seus dedos espalhavam seu sêmen em minhas dobras.

Vi a camisinha cheia descartada ao lado.

Remy terminou de me sujar e caiu ao meu lado. Sua mão ainda entre minhas pernas.

— Você precisa ir ao ginecologista.

— O quê? — A nuvem do prazer me deixou tonta.

— Quero gozar dentro de você.

Deus!

— Eu... Preciso ver isso. Não tenho idade para ir sozinha, tenho?

Remy afastou a mão e me olhou. Odiei que a minha vulnerabilidade ficou evidente. Isso era algo que se fazia com uma mãe. E eu não tinha uma.

— Vou dar um jeito nisso.

Acenei, porque eu realmente não queria ir sozinha a um lugar assim.

Remy foi para a cozinha depois de vestir a cueca e calça, para pegar algo para beber, enquanto eu fui para o banheiro. Tomei um banho rápido, sem molhar o cabelo, quando saí ele ainda não estava no quarto.

Peguei uma blusa grande minha e vesti. Quando encontrei Remy, ele estava na cozinha. De costas, curvado sobre a pia. De alguma maneira, eu soube que algo estava errado. Meu peito apertou e tentei me aproximar.

— Remy? — chamei devagar e o vi ficar ereto. — Está tudo bem?

— Sim, claro. — Ele se virou e guardou o celular. — Eu preciso ir.

Essa frase deixou um vazio em mim. Não sei o que pensei.

Que ele dormiria ali? Que me arrastaria até seu peito e dormiríamos abraçados?

— Ok Hum, nós nos vemos na escola.

Ele foi até o quarto e pegou sua roupa, quando saiu, estava sem a camisa com sangue. Peito liso, só minha mordida ali.

— Aliás, desculpa pela... — Apontei para meu próprio peito.

— Por que está pedindo desculpa? — Ele estava parado diante da porta. — Fiz pior em você e sem explicação.

Ok, ele estava certo.

Engoli em seco e desviei o olhar. Vergonha se instalou dentro de mim.

— Até quando? — Minha voz soou baixa.

— O quê, Bird?

— Até quando... Você vai com isso? Com esse lance?

Remy andou até mim, tive de erguer o rosto para conseguir o encará-lo.

— Você quer parar?

Sim! *Não!*

— Eu não sei, Remy. Não sei muito sobre nada quando estou com você.

Doeu falar isso, foi como se tivesse dado munição a ele. Arrependi-me logo em seguida.

— Nem eu, então calma. Isso vai até o dia que eu quiser. E esse dia não é hoje. — Remy disse e se virou, deixando-me sozinha.

CAPÍTULO 20

Harleen Ann Hill

Nos próximos dias, vi Remy na escola com seus primos. Ele não falou comigo, nem foi à minha casa depois da nossa noite juntos. Tentei ficar aliviada por isso, mas... era estranho. Ele deveria querer ficar comigo mais e mais agora, não? Estava cansada de ponderar isso, porque depois minha mente me recriminava. Como eu podia sentir falta *dele*?

— Você nasceu para isso. — Bonnie me encorajou quando tentei respirar fundo.

Hoje era a abertura dos jogos. Estava animada, porém nervosa. Era a primeira vez que tocava para um público tão grande como aquele.

— Vamos repassar o hino? — pedi, nervosa.

Bonnie riu, mas acenou.

Nós repassamos juntas, e quando foi a hora de subir ao palco, vi Remy parado à saída da escola. Estava longe, mas reconheceria aquele garoto em qualquer lugar.

Tive vontade de pegar meu celular e mandar uma mensagem, porém me detive. Isso não importava.

— Feche os olhos e manda ver! — Dante gritou na lateral do palco.

Sorri, agradecendo. Nós nos posicionamos, e quando uma menina loira subiu ao palco, com o microfone, Bonnie disse que ela era uma cantora famosa.

Quando nos apresentaram, apertei a flauta entre meus dedos e respirei fundo. A melodia encheu o campo e meu coração bateu mais forte a cada nota. Nós tocamos o hino de forma perfeita. Quando a última nota saiu, a multidão explodiu em palmas e gritos.

Senti-me tão feliz, orgulhosa de mim.

— Isso! — Bonnie sorriu e eu a abracei.

Nós descemos do palco e todos foram para as arquibancadas torcer. Optei por ficar apenas para ver Dante jogar. Sentei-me e, quando ouvi chamarem meu nome, me virei.

Donald estava de pé a alguns passos.

— Srta. Ann Hill, venha até minha sala.

Fazia um tempo que não nos falávamos. Não faltava nada em casa, mas ele não falou ou ligou para mim. Aqui na escola não havia proximidade.

Ergui-me e o segui em silêncio.

— Como você está? — Ele entrou na sala pomposa e se virou para me encarar.

Como estou? Que piada!

— Ótima.

— Você vai voltar para os dormitórios.

Meu estômago esfriou.

— O quê? Por quê? — Minha voz aumentou. — Os pais dos alunos não me queriam aqui...

— Sim, mas as investigações descartam qualquer participação sua. Foi um suicídio, Resley deixou uma carta com a irmã, que escondeu todo esse tempo. Ninguém vai interferir.

Meu pai andou até sua mesa e se sentou.

Suicídio? Meu peito se partiu, não conseguia acreditar nisso. Resley... Tão nova.

Segurei a cadeira, tentando ficar ereta.

— Ainda hoje eu a quero de volta.

A voz de Donald me fez semicerrar os olhos. O que ele...? Por que ele estava preocupado com isso? Neguei, havia algo mais, sabia disso.

— Não quero voltar...

— Você ainda não tem idade para morar sozinha...

Andei até a cadeira e me sentei. Donald respirou fundo.

— Consideramos que isso é o melhor.

— Consideramos? Você e quem?

Achava pouco provável que Donald se importasse comigo para ter tal atitude.

— Fui notificado.

Meu Deus! Donald foi contatado de novo.

— Eles descobriram que você me enfiou em um apartamento, sozinha, e vieram atrás de você — murmurei, ligando os pontos.

Donald pigarreou.

— Faça sua mudança hoje. — Ele passou a mão pelo cabelo.

— Você pode me emancipar.

A pitada na minha voz era desesperada.

— Não, não vou fazer isso... agora. — Sua mente trabalhou, apostava que ele realmente estava pensando nisso. — Obedeça, Harleen. É o melhor para nós dois agora.

Saí do seu escritório, enojada. Não sabia como Donald ainda podia me surpreender.

Voltei para o campo e assisti ao jogo do Dante. Descobri que Amo também jogava e ele era incrível no campo. Fiquei bem chocada com isso.

À noite, eu estava mordendo meu lábio, nervosa.

— Você deveria estar relaxada. Foi para isso que eu trouxe você.

Sabia disso.

— Não sei se gosto desse lugar. — Olhei para Dante, respirando fundo.

Estávamos no Navy Píer. Era uma espécie de ponto turístico de Chicago, onde, na madrugada, havia corridas de carros e motos. Dante me trouxe depois de me ajudar com a mudança.

— Ele não anda aqui.

Droga!

— Não estou preocupada de ele me ver aqui. Não somos nada.

Dante ficou sabendo que Remy estava na minha casa, de madrugada. O meu amigo me ligou por chamada de vídeo e foi difícil negar o que estávamos fazendo, quando eu estava com cabelo desgrenhado e lábios inchados.

— Você corre? — Mudei de assunto, puxando minha saia para baixo.

Estava com moletom e meia arrastão. Hoje, deixei as botas no armário e optei pelo Vans.

— Sim, às vezes. Rhett não gosta muito de dividir a pista comigo.

Rhett não gostava de nada. O primo de King estava lá adiante e havia uma garota rebolando na frente dele. Ele não parecia tão atento a ela, mas sorria.

— Ainda odeio o jeito como eles te tratam. Você não tem culpa de nada.

Dante riu e colocou o braço sobre meus ombros. Gostava dele, sua amizade era a coisa mais leve que eu tinha.

— Os babacas são presunçosos demais para admitir que sabem disso.

Virei-me de volta para Rhett e fiquei rígida ao ver seus olhos em mim. Ele pegou o celular do bolso e tirou uma foto, sem se importar com o flash ou com o fato de que sabia o que ele estava fazendo.

— Imbecil.

Dante me encarou e eu desconversei, ele não viu Rhett tirar uma foto nossa. E eu sabia muito bem para quem o idiota havia a enviado.

— A gente pode ir a um bar.

Um carro derrapou na pista lotada e as pessoas abriram espaço. Duas pernas lindas e magras saíram do carro rebaixado. Já andei tanto naquele veículo que não precisava ver a placa.

— Vamos. — Aceitei a oferta dele depressa.

Virei-me e Dante me seguiu. Saí da multidão sentindo meu peito apertado. Não tinha como eu estar com ciúme, Remy não era meu. Pelo contrário.

— Você é mais bonita.

— Hum? — Fingi não escutar direito.

Meu amigo me puxou para uma porta. Era o bar.

— Ok, o que vai querer?

Amava Dante, e o principal motivo era esse. Ele nunca me pressionava a nada.

— Shots?

Nem eu acreditei na minha indicação, mas, ei? Eu merecia.

— Shots!

Dante virou o seu rápido e nem mesmo fez uma careta. Peguei o copinho e aproximei dos meus lábios. O gosto era horrível, mas me deu algum tipo de satisfação.

— Uhul! — gritei ao virar o segundo.

A música do bar era boa. Fui dançando até a pista e gritei a letra de *Sweet Child O' Mine* de *Guns N' Roses* quando começou a tocar.

Dante se sentou no bar e cantou junto, enquanto me olhava.

Fazia muito tempo que não me sentia tão bem. Cada pequeno espaço dentro de mim ficou leve e feliz. Eu sorria e cantava:

— *Oh, oh, oh, sweet child of mine... Oh, oh, oh, sweet child of mine...*

Um garoto se aproximou e cantou comigo até a música terminar. Ele se inclinou para falar ao meu ouvido, mas, antes que pudesse pronunciar uma palavra, se afastou.

— Deixa a garota, cara. — Dante segurou o ombro do cara e eu toquei nele.

— Está tudo bem.

— Não. Não está. — Meu amigo ficou sério e o rapaz se afastou.

— Ei! O que foi?

Dante me guiou de volta ao bar, e quando ele não respondeu logo, peguei um dos shots. Levei aos meus lábios, mas uma grande mão agarrou meu pulso antes.

— Que porra você está fazendo aqui?

Remy.

Virei-me com as pernas bambas. Droga! Por isso Dante foi me buscar na pista.

King estava com uma blusa preta de manga longa e uma touca de frio. Sua boca estava vermelha, parecia que ele havia caído da cama. Mas era mentira. Ele estava com a garota de pernas bonitas.

— Me divertindo com meu amigo! — afirmei, sorrindo ao olhar para Dante. Ele não estava feliz. — Ei, o que...?

— Você a deixou beber?

— Ela é bem grandinha, King. — Dante jogou notas no balcão. — Já vou levá-la para casa.

— Ei, a gente acabou de chegar!

— E já estão indo.

Remy grunhiu ao meu ouvido. Respirei fundo e o encarei.

— O que você está fazendo aqui? Hum? A garota de pernas longas está no seu bolso?

— Harleen, não teste a minha paciência!

— Não vou sair daqui, *King* — sibilei seu apelido devagar. — A menos que me amarre e leve.

Minha coragem era somente da tequila.

— Não. Conti vai levar você, depois lido com sua língua ácida.

Remy agarrou meu pulso e me puxou para a saída. Dante não mexeu um pauzinho para me ajudar, só nos seguiu em completo silêncio.

— Você é aliado dele agora? Hum? — gritei para o meu amigo e ele franziu as sobrancelhas.

— Não, você é, já que estão juntos.

Remy parou em frente ao carro do Dante. Quando girou, ainda estava focada em meu amigo.

— Não estamos juntos!

— É quase como se estivessem.

Não estávamos nem perto. Dormir juntos não queria dizer nada. Nem para mim e muito menos para Remy.

Dante entrou no carro e Remy segurou meu rosto, empurrando-me contra a lataria com seu peito.

— É melhor ser uma boa garota, Harleen.

Sua boca se aproximou e quase tocou a minha. Implorei para que não o fizesse, porque aí, sim, Dante saberia o quanto eu era uma idiota.

— E não beba novamente.

Ele me colocou dentro do carro e bateu a porta. Dante pisou no acelerador e nós deixamos Remy para trás.

— Você deve me achar uma idiota. — Fechei meus olhos, descansando a cabeça contra o vidro.

— Não, não acho.

Seu silêncio era tão agonizante. Virei-me e vi Dante focado na rua.

— Ele me beijou. E tirou minha virgindade. — Respirei fundo, sentindo lágrimas encherem meus olhos. — Odeio ser a garota que gosta disso. Odeio a garota que sou quando ele está por perto.

Meu amigo agarrou minha mão e parou em um sinal vermelho.

— Isso não vai acabar bem.

— Eu sei! Ele só não me deixa, entende? Remy tem de fazer isso, eu não posso. Jamais conseguiria.

— Mas ele não vai, Harleen. King gosta de poder e ele tem bastante sobre você.

Limpei meu rosto e olhei para frente. Dante voltou a acelerar enquanto minha mente me levava ao fundo do poço.

Nós chegamos aos dormitórios e a imagem do corpo de Resley flutuou em minha cabeça.

— Você soube que foi suicídio? — perguntei, sentindo frio.

— O quê? Não.

— Donald disse para mim. O caso foi encerrado. Acharam uma carta. Mas por que ninguém sabe?

Minhas sobrancelhas franziram.

— A polícia e a escola não estão interessadas nisso.

— O quê? Por quê?

Virei-me, chocada.

— A escola paga uma fortuna para que eles encubram todas as imbecilidades dos alunos. Isso deve fazer parte. Divulgar que foi suicídio só traria atenção negativa.

Era tão nojento imaginar que isso era real.

— Vá dormir, Harleen.

Saí do seu carro depois de agradecer. Subi para meu quarto e parei à porta, respirando fundo. Odiava esse lugar. O chiqueiro era simples, mas era melhor.

Entrei de uma vez e fui tomar banho. Fiquei um tempo lavando o cabelo e depois secando, então me deitei e esperei pelo sono. Ele veio assim que parei de pensar muito.

Por vários minutos meu professor falou sobre as universidades que estávamos em dúvida. Meu foco era Harvard, mas Yale também era uma ótima opção. Amava a flauta, mas queria estabilidade financeira. Cursar Engenharia me daria isso.

Meu pescoço se arrepiou e senti dedos em minha pele. Remy. Ele se sentou atrás de mim e eu tentei a todo custo esquecer que ele estava lá.

— Biblioteca.

— Da última vez que fez isso, no seu lugar encontrei Dwayne.

Minha resposta o calou. Remy não falou mais nada até o professor nos liberar.

— O que Dwayne fez? — Remy prendeu meu pulso antes que eu saísse da sala com os outros.

— Nada. Ele estava com raiva pelo lance com Sweet.

Remy olhou para a porta e depois para mim. Ele parecia irritado.

O que eu fiz agora?

— Biblioteca.

Então, saiu depressa.

Não. Eu não o obedeceria como uma menina tola. Se Remy queria algo, ele faria do jeito antigo. Obrigando-me.

Fui para o refeitório, comi meu almoço e depois fui para a sala de música. Quando entrei na sala escura, acendi a luz. Não havia ninguém ali, como sempre. Peguei a flauta e toquei uma música. Quando comecei a segunda, a porta foi aberta. Fiquei rígida ao ver quem estava lá.

— Esperei por sua bunda doce na biblioteca.

Remy passou a chave na porta. Respirei fundo, levantando-me enquanto o assistia se aproximar. Devagar, como um lobo perigoso.

— Você me desobedeceu. Porém vou relevar. Se... você tiver me obedecido sobre outra coisa.

A calcinha.

— Você está com calcinha?

— Remy. — Minha voz aumentou e ele chegou a mim rapidamente.

Ofeguei quando ergueu minha saia. Minha calcinha estava lá. Sua mão agarrou minha bunda e ele me puxou contra seu peito.

— Você merece uma surra nessa boceta, Bird.

Meu ventre se apertou.

— Com meu cinto dessa vez. O que acha?

— Não, não... Eu...

— Não? Mas você gosta tanto. — Ele agarrou minha cintura e me ergueu no ar.

Em segundos, estava contra a mesa. Remy me fez virar enquanto segurava meus quadris. Eu o encarei sobre meu ombro, Remy estava focado em minha bunda. Sua mão afastou o tecido da minha saia curta e deslizou o dedo em minha boceta molhada.

Perdi-me ali. Completamente.

CAPÍTULO 21

King Trevisan

A bunda dela era grande, linda. Eu amava essa porra. A calcinha úmida estava enfiada em sua bunda, e Harleen ainda estava me encarando sobre o ombro. Afastei suas pernas, empurrando meu pé contra os seus. Deslizei meus dedos em sua bunda e depois em sua boceta. Harleen pingava, sedenta pelo meu pau, como ele era pela boceta dela.

Foder essa garota me levou a um patamar de obsessão até então desconhecido.

Precisei focar em coisas da Outfit, por isso não consegui ir até sua casa mais vezes.

— Você vai ficar caladinha enquanto tomo o que me pertence.

Harleen gemeu baixo. Esfreguei seu clítoris e tirei meu pau da calça. Afastei sua calcinha e sua boceta me engoliu. Joguei a cabeça para trás, Bird era tão apertada. Sua boceta parecia me sugar, ela mamava meu pau de uma forma injusta.

Puxei seus quadris com mais força e Harleen gritou, então me curvei e coloquei a mão em sua boca.

— Você não quer que seu pai descubra que está deixando a ovelha negra da escola foder você, quer?

Harleen rebolou, gemendo e negando.

Bateram à porta nesse segundo maldito. Meu pau estava duro como pedra, meu saco inchado, louco para gozar.

— Remy! — Harleen falou baixo quando continuei fodendo-a.

Empurrei mais fundo e mais rápido, e quando gozei, senti Harleen fazer o mesmo. Ela tapou a boca, gritando contra a mão.

— Boa garota!

Inclinei-me depois de guardar meu pau e mordi sua bunda.

Coloquei sua calcinha no lugar e empurrei o tecido contra sua boceta encharcada com minha porra.

— Quero que isso deslize pelas suas coxas durante o resto do dia.

Harleen desceu a saia, ficou ereta e se virou para mim. Seus mamilos estavam marcando na blusa. Apertei um e me inclinei, beijando o pescoço de Harleen.

— Va lá e diga que está ensaiando.

Minha Bird respirou fundo, mas acenou obedientemente. Escondi-me atrás de um armário e ouvi a voz da colega dela.

As duas falaram rapidamente e, depois, ela se foi. Saí do meu esconderijo e andei até Harleen.

— Preciso ir.

— Remy, preciso ir ao ginecologista. Você não usou camisinha hoje e antes colocou... nela. É perigoso.

Sim, ela estava certa.

— Ok. Amanhã.

Harleen acenou e respirei fundo. Sempre a deixava sem dizer nada, mas isso estava ficando estranho. Pensei em falar alguma coisa, mas nada saiu. Então, só saí da sala.

Depois das aulas, fui para a casa. Assim que estacionei o carro, encontrei minha mãe no jardim. Fui até ela, nervoso.

— O castigo do silêncio vai até quando? — Enfiei minhas mãos nos bolsos da calça.

Ouvi sua longa respiração, mas ela não se virou.

— Estou acostumada à Outfit... ou a Cosa Nostra mandando e desmandando na minha vida.

— Mãe...

Lunna se ergueu. O cabelo preto e longo estava em um rabo de cavalo baixo.

— Você cresceu, Remy. Espero que você tenha aprendido coisas que te ensinei, não apenas as que o privilegiam.

Ela tirou as luvas e guardou na maleta que usava para cuidar das flores. Lembro que papai deu a ela de presente num dia normal. Ele estava cansado de vê-la andar para lá e para cá, procurando tudo.

— Mãe, quero ser digno do que tenho. De você, da Lua e do pai. Porém, da Outfit também. Não quero que se ressinta de mim por isso. Sou um homem feito, e não era o que queria, sei disso. — Passei a mão pelo cabelo, nervoso. — Não sou mais uma criança, mãe, mas o garotinho que ama você ainda está aqui.

Lunna me encarou e seus olhos se encheram de lágrimas. Aproximei-me e a abracei, apertando-a para que ela entendesse que meu amor por ela jamais ia mudar.

— Você aprendeu.

Sim, aprendi.

Amo estava brilhando, como uma bola de Natal. Ele ganhou os dois primeiros jogos. Todos diziam que ele era o prodígio do futebol. O quarterback da Heirs Prep poderia jogar no profissional. No entanto, isso era algo da escola.

Não iríamos para a faculdade.

— Você viu? Mano, parecia um foguete. — Rhett ria, orgulhoso do irmão.

— Parabéns, cara! — Bati nas costas do meu primo.

Estávamos no Rebel, tomando cerveja.

— Está tendo uma festa na casa da Sweet hoje. Querem ir? — Amo leu uma mensagem.

— Nem fodendo — Rhett grunhiu, mas toquei seu ombro.

— Vamos. — Olhei para ele.

Queria saber mais sobre Donald e como ele lida com sua imagem de família perfeita, tendo Harleen fora do casamento. Brooke era a mais velha, acabou de se formar. E tinha Sweet. Ela foi adotada pela esposa dele quando ainda era um bebê.

— O que... Oh! — Sweet arregalou os olhos quando nos viu entrando.

— Não sabíamos que teria uma festa. — Minha voz saiu sonolenta e firme.

Sweet pigarreou e engoliu em seco.

— Foi uma festa de última hora, não pensei que quisessem vir. — Então colocou um sorriso no rosto e terminou de abrir a porta. — Entrem, por favor.

A casa estava cheia de gente. Todos da nossa escola. Nós entramos e fomos para o bar. Deixei meus primos sozinhos e subi a escada, tentando passar despercebido. No corredor, havia várias fotos. Brooke e Sweet juntas, com os pais ou só com a mãe.

— Calma. Harleen, o que houve? — A voz masculina chegou a mim, mas ela não importava, sim, o nome que pronunciou.

Andei para frente e percebi que a voz vinha do banheiro. Bati à porta e houve uma comoção do outro lado, então esperei. Quando enfim abriram, vi Harleen e Dante. Ela estava com o rosto molhado e nariz vermelho, enquanto ele parecia preocupado.

— Harleen não está bem. — Dante respirou fundo.

Bird ficou em silêncio, seus olhos no chão.

— Pode descer.

Dante esperou que ela permitisse. Quando ele sumiu, entrei no banheiro e fechei a porta.

— O que você está fazendo aqui?

— Fiquei curiosa... — Sem me encarar, Harleen traçou a coxa nua com os dedos.

— Sobre o quê?

— Como era a casa dele? A esposa? A vida...

Harleen piscou, mas não escondeu as novas lágrimas. Porra, Donald!

— Você viu as fotos? Eles... Eles são felizes. — Ela fungou, olhando para a porta, como se pudesse ver as fotos. — Experimentei felicidade, Remy. Quando mamãe estava aqui, eu flutuava. Ela era surreal... Sentia falta de um pai, óbvio, mas ela preenchia cada lacuna.

Harleen tentava falar, mas os soluços a interrompiam. Seu rosto estava cheio de lágrimas e, pela primeira vez, eu a vi quebrar. Não foi quando ela afundou numa piscina sem saber nadar. Não foi quando fiz uma garota aleatória acusá-la de assassinato. Não, foi bem ali, pelo pai.

Pelo idiota desprezível que não cuidou dela.

— Minha vida degringolou em menos de um ano. Toda a solidez que eu tinha, tudo foi enterrado com ela. Aurora levou tudo. Odeio que ela não esteja mais aqui. Odeio ser sozinha no mundo.

Toquei seus ombros devagar e puxei seu corpo contra o meu. Harleen chorou em meu peito, agarrada à minha camisa.

— Me leva embora. Por favor!

A dor na voz dela, eu quis ouvir na dele quando socasse sua cara.

— Ok.

Desci com Harleen, as pessoas estavam mais envolvidas com o álcool do que com a gente. Enfiei Bird em meu carro e liguei para Amo.

— Estou indo embora.

— Quê? Você quem quis vir!

— Surgiu um problema.

— Qual?

— Conto amanhã. De olho em Rhett.

Desliguei o celular e fui para o carro. Vidrada, Harleen olhou para a casa enorme. Mesmo quando acelerei, seu pescoço foi girando para conseguir ver.

— Estou nos dormitórios, agora.

— Eu sei.

Sabia de tudo que envolvia essa garota. Não sabia como ou por quê, mas a minha vida estava se entrelaçando com a de Harleen.

O caminho foi feito em silêncio e, agora, ela não chorava mais.

— Eu vou ficar bem.

Ela abriu a porta do carro sem esperar por mim quando estacionei perto dos dormitórios. Eu a segui, tentando ficar em silêncio e deixar para conversar em seu quarto, porém, Harleen não se mexeu.

— Eu... quero ficar sozinha.

— Não costumo fazer o que você quer.

E não ia começar hoje, porra!

— Por que você está fazendo isso?

— Por que o quê, Harleen? Só quero ajudar!

— Isso não faz parte do acordo! — ela gritou no meio da noite.

Senti o primeiro pingo bem na ponta do meu nariz. Choveria logo.

— Nunca tivemos um acordo. Nunca houve uma lista do que podia e do que não podia — grunhi, irritado, mas tentando me acalmar.

Harleen estava chorosa, não queria piorar essa merda.

— Por favor, Remy, só quero... Eu só quero chorar sem ser na frente da única pessoa no mundo que tem poder sobre mim!

O grito foi feito assim que a chuva começou. Harleen balançou a cabeça e vi a água molhar sua maquiagem preta e sua roupa.

— Se eu tivesse poder sobre você, não estaria chorando por aquele pedaço de lixo! Seu pai não merece você ou suas lágrimas!

Isso a fez chorar mais. Seu peito sacudiu e ela soluçou. Aproximei-me, tentando não enfurecer mais ainda a fera. Toquei seu rosto e a fiz me encarar.

— Não quero ser seu inimigo hoje, Bird.

Ela segurou minha jaqueta e me puxou para si. Nossas bocas colidiram e, como todas as vezes, meu pau ganhou vida e meu coração bateu rápido.

Seus lábios eram grossos, mas macios. Sua língua tinha gosto de cereja e estava me deixando faminto. Segurei sua nuca, não a deixando escapar, enquanto a chuva ainda caía sobre nós dois.

— Você deveria ter uma placa de aviso — falei contra sua boca, com os olhos fechados.

— Por quê? — disse em um fio de voz, enquanto eu chupava seu lábio.

— Viciante como a porra da heroína.

Ela quase sorriu, vi isso como incentivo. Faria Bird sorrir.

— Vamos.

Subimos para seu novo quarto e tirei sua roupa molhada. Suas mãos tiraram minha camisa e nós entramos no chuveiro quente. Despejei sabonete líquido na mão e passei pelas costas de Harleen. Minhas mãos passearam por sua pele, até parar em seus seios grandes.

Ela gemeu quando me inclinei e grudei meus lábios em seu pescoço. Lambi sua pele enquanto massageava seus peitos. A água quente batia em nossos corpos, incendiando ainda mais o desejo que havia no ar.

— Se segure. — Foi meu único aviso antes de ir para sua frente e agarrar suas coxas.

Ergui sua perna e fechei a boca sobre seu clitóris. Bird agarrou meu cabelo, gritando. Gozei no chão molhado enquanto apertava sua coxa, marcando sua pele. Meu pau não amoleceu, ele só queria estar dentro dela.

Harleen gemeu, balançando o quadril quando afundei minha língua em seu canal, pressionando seu clitóris com meu nariz. Naquele segundo, Bird gozou.

Porra, seu gosto era tão bom!

Ergui-me levantando-a junto e empurrei suas costas contra a parede. Capturei seu mamilo rosado. Chupei devagar e depois firme. Harleen gritou, então aproveitei para entrar em sua boceta. A água ainda maltratava nossa pele, mas estava focado demais em comer Harleen para me importar. Nossos gemidos encheram o banheiro, e quando gozei, ela amoleceu, esgotada.

Eu a limpei e, depois, levei-a para o quarto. Nós nos deitamos e, enquanto eu usava só uma cueca, Bird estava com uma blusa grande do *Guns N' Roses.*

— Axel pagaria uma fortuna para ver você usando isso — falei, sem rir. Ela semicerrou os olhos cansados. Capturei seu mamilo, rodando em meus dedos. — Dois milhões de dólares só para chupar seus mamilos.

— Você só pensa nisso?

— Você é gostosa demais para eu pensar em qualquer coisa além de foder você.

CAPÍTULO 22

Harleen Ann Hill

Não conseguia respirar. E não era apenas porque meu maior inimigo e único cara a tocar em meu corpo estava com o braço em volta de mim, quase me sufocando. Não estávamos apenas deitados, estávamos embolados um no outro. Remy tinha os dois braços ao meu redor, minha cabeça em seu peito e nossas pernas entrelaçadas. Eu jamais dormi assim.

Com *ninguém*.

Como conseguimos dormir?

Como ele ficou aqui?

Remy jamais ficou depois do sexo. Isso era estranho e um dos motivos que me fazia não querer respirar ou me mexer. Não queria que esse momento acabasse. Estava frio, mas Remy era quente. Sentia-me sozinha, mas agora ele estava comigo.

Minha cabeça estava uma bagunça.

— Droga — Remy praguejou, soltando-me e correndo para o banheiro.

Sentei-me, confusa, e o ouvi fazendo xixi. Demorou vários segundos para ele esvaziar a bexiga, então continuei onde estava, preparando-me para o vê-lo indo embora.

— Você está nua aí. — Sua voz chegou antes que eu o visse.

Remy saiu do banheiro e eu olhei para baixo. Estava apenas com uma camisa grande, que subiu pelas minhas coxas, e ele conseguia ver tudo. Baixei o tecido, mas Remy segurou meu pulso.

— Você é difícil, mas com ela tudo se torna tão fácil.

— O quê?

Fiquei rígida. Ele estava falando de outra garota?

— Sua boceta. Ela faz tudo valer a pena.

Filho da puta.

Remy subiu em mim e fez a única coisa que sabia fazer com excelência; foder comigo.

— Como vai sair daqui? — Peguei a xícara de café que fiz enquanto ele estava no banho.

Virei-me e mal pude respirar. Eu o vi nu várias e várias vezes, mas havia algo sexy na maneira como a calça preta caía em seus quadris, mostrando a linha da cueca e o V em sua barriga. O cabelo molhado fez minha calcinha ficar no mesmo estado. Jesus Cristo!

— Andando. Meu carro está aí fora, esqueceu? — Remy jogou o cabelo para trás com a mão e eu apertei minhas coxas.

— E se alguém disser a Donald que estava aqui? — Lembrei-me da minha preocupação e deixei o desejo de lado.

— Até hoje você ainda não entendeu.

Franzi minhas sobrancelhas e Remy se moveu até mim. Coloquei o café na bancada e senti sua mão em volta do meu pescoço. Inclinei-me, presa em seus olhos azuis que me hipnotizavam enquanto seu polegar acariciava minha pele.

— Ninguém me dedura, Bird. — Seu olhar ficou feroz, então lembrei nosso começo. — Ninguém.

Oh, meu Deus!

— Eu fui a primeira.

Remy mordeu o lábio inferior e tirou as mãos de mim. Senti-me só no mesmo segundo.

— Sim, e isso explica nossa história fodida.

Ele se afastou e pegou sua camisa e casaco. Quando estava pronto, apenas saiu, sem dizer mais nada.

Respirei fundo e voltei para meu café. Lembrei meu primeiro dia ali. O dia em que vi Remy a primeira vez e quando de fato senti medo dele. A gargantilha com o nome dele que não consegui tirar sem a sua permissão. O toque, o beijo. Como ele disse, nossa história fodida estava mexendo comigo mais do que eu conseguia admitir.

Não deveria ter cruzado o caminho de Remy Trevisan.

Troquei de roupa e fui fazer minhas atividades. Eu teria ensaio com a banda às dezessete horas.

Fiz minhas unhas, lavei e hidratei o cabelo. Depois fiz chapinha. Quase nunca o usava liso, mas hoje era o dia. Quando terminei, vesti um conjunto de moletom preto e fiz meu delineado.

Ainda pela manhã, fui correr e quando estava voltando, recebi uma mensagem de Dante.

"Você está melhor? Queria ter ajudado mais, porém, não sabia como. Quando Remy chegou, achei melhor deixar você com ele. Fiz certo?"

Sorri para Dante. Sério, como tive tanta sorte?

"Oi! Estou melhor. Não se preocupe, ele me ajudou."

"Fico aliviado. Tenho uma viagem curta para fazer hoje. Quer ir comigo?"

"Curta? É algo do seu trabalho?"

"Sim. E aí?"

Mordi meu lábio, nervosa. Não me sentia bem com isso, com Remy já me senti tão exposta, com Dante seria pior.

"Acho melhor não."
"Se mudar de ideia, saio às seis."

Guardei o celular e fui para o meu dormitório. Assim que entrei, percebi que não estava sozinha.

— Quem lhe deu permissão de ir até minha casa?

Donald estava sentado no sofá, encarando-me, irritado.

— Estava curiosa. Aliás, sua esposa é linda. — Sarcasmo gotejava.

E ele viu isso.

Fui até a cozinha, mas parei quando vi minhas malas no canto do corredor.

— O que...?

— Você vai passar uma temporada na Califórnia, na casa da minha irmã.

O que ele estava falando?

— Você... Você acha que sou um saco de lixo que joga onde quer? Ou a porra da mobília que muda conforme sua vontade?

Meu peito estava apertado, lágrimas queriam surgir, mas não deixei.

Donald não me veria chorar. Nunca mais.

— Você foi à minha casa, Harley! — Ele se ergueu e andou até mim.

— Pela última vez, é Harleen, seu imbecil!

Meu grito foi cortado pelo tapa.

Donald baixou a mão e deixou meu rosto ardendo.

Não pude acreditar. Ninguém havia me tocado por toda minha vida. Minha mãe jamais me machucou. Aurora sempre optou pela conversa.

— Não gosto, mas sou seu pai. Então, tenha respeito!

Meu pai.

Não. Ele nunca foi meu pai.

Donald nem sabia o que significava ser um pai.

Por que eles tinham tanta dificuldade em fazer o mínimo?

— Você nem sabe o que significa essa palavra. Aposto que nem as suas duas garotas sentem que você é isso para elas.

Ele ignorou, pegando as malas.

— Vamos embora.

Ele andou para a porta, e eu peguei meu celular. Antes que pudesse digitar qualquer coisa para Dante ou Remy, Donald tirou o aparelho das minhas mãos.

— Ande, Harley.

Apertei minha mandíbula. Odiava Donald mais que tudo. Como diabos ele tinha a coragem de fazer uma nova mudança abrupta na minha vida.

Não fazia ideia de como ele era capaz disso quando, nas fotos da sua casa, tudo indicava perfeição. Ontem, senti inveja e tristeza por não ter aquilo, hoje, sentia pena de quem tinha.

Fotos não registram sentimentos. Apenas expressões faciais que podemos moldar conforme queremos.

Saí da escola naquele momento. Não havia alunos pelos corredores, porque era final de semana e a maioria voltava para casa.

— Sua mulher descobriu?

Já estávamos no aeroporto. Donald inquieto, batendo o pé no chão e os dedos no encosto para braços.

— Não, Harley. Não tem como minha esposa descobrir essa merda. Ela ficou sabendo do apartamento e acha que mantenho uma amante lá. Queria que fosse isso, porra. Uma amante seria mais fácil de mandar sumir.

Doeu, mas fingi que não. Aos poucos, nada que ele dizia ou fazia me atingia mais.

— Você contou para sua irmã?

— Só hoje. — Ele passou a mão pelo rosto, agoniado. — Ela não está feliz, então fique quieta.

Eu não ficaria.

— Meu celular, cadê? — pedi, nervosa, mas Donald balançou a cabeça.

— Ela vai dar outro a você.

— Preciso do meu.

Era nele onde todas as minhas fotos com mamãe estavam. Tudo!

— Não quero que tenha contato com seus amigos daqui. É o melhor.

Para ele, obviamente.

— Você conhece o Instagram?

Ele fez uma careta, mas não me devolveu. Eu o ignorei até dar o horário do voo. Donald me mandou ir e ficou olhando todo o processo para ir até os portões. Depois de passar, não olhei para trás.

Apenas senti que estava deixando meu coração em Chicago.

Assim que cheguei, encontrei minha suposta tia. Morena, olhos azuis e magra. Ela estava com uma placa com meu nome. Era... estranho.

— Ei, você! — Seu sorriso era grande e afetivo, isso me desnorteou por um momento. — Sou Candice Quinn Colleman, sua tia. Como foi o voo?

Olhei para os lados, nervosa, e ela tocou meu ombro. Esquivei-me, mas me arrependi quando seu rosto caiu. Candice engoliu em seco, baixando a placa e olhando ao redor.

Quando me olhou, seus olhos estavam úmidos.

— Donald é um idiota, Harleen. — Ela piscou rápido e respirou fundo. — Estávamos sem nos falar há dez anos. Então, hoje...

Ouvi a mágoa em sua voz.

— Ele ligou depois de dez anos só para pedir que ficasse com a bastarda dele.

Candice fez uma careta.

— Não fale assim de si mesma. Você é mais que isso. — Brava, ela deu um passo em minha direção. — Conversaremos mais em casa.

Candice me ajudou com as malas e logo estávamos em seu carro. Ela colocou música e eu agradeci, não queria conversar. Nós chegamos à sua casa depois de vinte minutos. Minha boca estava aberta para a paisagem.

Ela morava na praia. Uma mansão na praia. Meu Deus!

— Essa é minha casa. — Ela abriu a porta enorme e alguns funcionários surgiram.

Um homem pegou minhas malas e sumiu em segundos. Entramos mais na casa e Candice parou em uma varanda. O mar estava logo ali. As ondas eram furiosas, enormes.

— Ele nem contou para a esposa sobre mim. — Minhas palavras saíram devagar.

— Meu irmão sempre foi difícil. — Candice segurou minha mão. — Os dez anos sem falar com ele têm motivos.

Uma empregada surgiu com uma jarra de suco, então nos sentamos. O sol estava se pondo e era lindo.

— Você está em casa, Harleen. Prometo que vai gostar daqui. Farei disso meu maior objetivo.

Quis sorrir do seu entusiasmo, mas não consegui. Pensei em Dante, Bonnie e no menino escuro e perverso que deixei em Chicago. Queria voltar.

— Você vai me dar um celular?

— Sim! Meu marido está trazendo na segunda.

O quê? Droga!

— Tudo bem.

Não quis questionar e nem pedir o dela. Era demais e não havia intimidade entre nós para isso.

Candice tocou seu suco e depois me levou para conhecer meu quarto. Lá, fui inundada por mais riqueza ainda. Jamais tive um quarto assim. Era grande, iluminado e com uma cama com dossel. Era perfeito.

— Não sei se a decoração combina com você, mas podemos mudar.

Não combinava em nada, mas havia gostado.

Assim que minha tia me deixou sozinha, sentei-me na cama. Era macia e me lembrou da cama de Remy. Meu estômago ficou frio, havia insetos batendo as asas dentro dele a cada vez que Remy entrava em minha mente.

Odiei isso. *Parem*.

Fui até a varanda do quarto e olhei para o mar, as ondas estavam mais calmas e o sol estava quase se pondo. Ouvi gritos, e quando olhei para areia, encontrei um grupo de quatro pessoas brincando com uma bola. Havia um *cooler* ao lado e uma garota estava deitada numa toalha, bronzeando-se. Os dois garotos estavam brincando com a bola, e o terceiro estava ao lado dela, olhando como se ela fosse preciosa.

A praia não era tão longe da casa. Havia um caminho do quintal da tia Candice até lá.

Eles pareciam se divertir.

Senti saudade dos meus próprios amigos. Imaginei o que eles estariam pensando. Bonnie, quando não cheguei para o ensaio, e Dante, quando não liguei para dizer que ia com ele à pequena viagem.

Precisava de um celular para conseguir me comunicar com eles.

Na segunda, eu explicaria tudo.

Candice era legal. Jantamos juntas e descobri que seu marido era do exército e quase nunca estava em casa. Ela vivia com os empregados. Fiquei triste quando vi seu semblante ao falar isso. Devia ser difícil.

— Não vá muito longe.

No dia seguinte, ela estava no quarto enquanto eu tirava um biquíni da minha mala. Não deixei ninguém desfazer, ainda não estava pronta.

— Vou ficar só aqui em frente.

— Ok, sempre tem jovens aí. Faça amizade.

Não mesmo.

— Aliás, queria sua ajuda com uma coisa.

Virei-me, curiosa.

— Com o quê?

— Sua escola nova. Trabalho em uma, e uma das minhas metas é que goste de lá.

De novo, não.

Era exaustivo trocar de escola. Odiava isso mais que tudo, e depois da minha última experiência, não queria mais ter de fazer isso.

— Sei que é mais uma mudança chata, mas você precisa estudar.

Sim, sabia disso. Só não queria.

— A gente pode conversar quando eu voltar?

— É claro. — Ela sorriu e saiu do quarto.

Respirei fundo e me olhei no espelho. Meu cabelo ainda estava alisado, mas estava sem a maquiagem. Era melhor. O sol estava forte, protetor solar era o mais indicado.

Saí da casa de Candice com um livro, toalha e uma bolsa com comida — que ela enfiou à força — e água.

Assim que cheguei à praia, curvei meus dedos na areia. Era bom, muito bom.

Procurei um lugar perto da água e coloquei minhas coisas de lado. Não havia ninguém no lugar, o que agradeci. Tirei meu short e depois joguei para o lado. Só de biquíni, andei até o mar.

Não usava apenas biquíni havia muito tempo, mas como tudo estava deserto, não tinha problema.

— Isso, Harleen.

A água estava confortável na minha pele. As ondas estavam menos furiosas em comparação com as de ontem, mas evitei ir muito para o fundo.

Mergulhei, e quando submergi, sorri. Não me lembrava da última vez que entrei no mar. Mamãe odiava a areia, e quase nunca vínhamos. Era engraçado como se limpava de poucos em poucos segundos. Eu ria demais e ela me fazia cócegas, murmurando para si mesma: "o que não faço por essa menina".

Oh, mãe, sinto sua falta.

Meu peito apertou e eu soube quando as lágrimas chegaram. Porém não deu tempo de chorar. Ouvi vozes, quando me virei, havia quatro pessoas na areia. Os mesmos de ontem, talvez.

Olhei para meu biquíni e praguejei. Pensei em esperar eles irem embora, mas estava claro que viviam ali.

Mergulhei de novo e saí do mar. Os quatro me encararam enquanto eu saía.

— Ei! Você é a menina que chegou à casa dos Colleman.

A garota sorriu, colocando a mão na testa para proteger os olhos do sol.

— Talvez, hum.

— Candice e Conrad. — O garoto acenou para a casa, e o terceiro o olhou. — Pai dele.

Quê? Os quatro viram minha confusão.

— Somos Joel, Ellie, Maxxie e Javon.

Maxxie era o que contou que o marido de Candice era pai do Javon. Todos eles eram loiros e versões do desenho da Barbie. Não sabia que isso era possível.

Ellie era a única garota e Joel estava tocando nela, o que me dizia bastante coisa.

— Entendi. Sim, cheguei lá. Candice é minha tia.

Os quatro acenaram, mas o assunto morreu. Joel e Maxxie foram para o mar, enquanto Ellie foi se bronzear — ainda mais — e Javon, ficou.

— Não me disseram que Conrad era pai.

— Adolescentes estúpidos fazem filhos indesejados.

Ok! Assunto delicado.

Sentei-me na minha toalha, vendo os dois amigos pegando ondas. Fiquei sem fôlego quando eles caíram.

— Então, de onde você é?

— Deixa a garota em paz, Jav... — Ellie cantarolou e ele revirou os olhos.

— Morava em Chicago.

— Porra, como você aguenta aquele frio?

— Gosto de frio.

— Percebe-se. Tão branca. — A menina riu, sem nos olhar.

— Cala a boca, Ellie.

— Está tudo bem. Eu sou mesmo.

Juntei minhas coisas e me ergui, puxando meu short por minhas pernas.

— Preciso ir. Tchau para vocês.

Antes de me virar, vi os dois acenarem. Os do mar, nem viram.

Assim que cheguei a casa, vi tia Candice na varanda olhando para os meninos.

— Conheceu Jav?

Seu sorriso era bonito e ela parecia em paz.

— Sim, ele e os amigos.

— Conrad é pai dele. Já tentamos trazê-lo para cá, mas Javon é complicado.

Isso fez seu semblante mudar. Candice era jovem, talvez uns vinte e nove. O pai de Jav deveria ser mais velho.

— E a mãe?

— Ela faleceu em um acidente há cinco anos.

Meu coração doeu pelo garoto. A dor que carregamos pela perda da nossa mãe é irreparável.

— Você vai estudar na escola onde ele estuda.

Okay.

— Podemos adiar essa entrada? De verdade, não estou bem para ir à escola agora.

Candice suspirou, mas acenou.

Depois de deixá-la sozinha, fui tomar banho e esperar pelo almoço no quarto.

Ainda era difícil acreditar que, de novo, minha vida tinha sido toda mudada por causa de Donald.

CAPÍTULO 23

King Trevisan

Harleen não estava respondendo a porra do celular há três dias. Odiava ter que ir até lá para saber dela, mas quer saber? Foda-se! Conti podia chupar meu pau.

— Você falou com ela? — Assim que parei diante dele, quando cheguei à escola pela manhã, Dante se ergueu.

— Ia fazer a mesma pergunta.

Porra!

Passei os últimos dias ocupado com cobranças da Outfit, não consegui ir até seu quarto, por isso enviei mensagens. Harleen não respondeu nenhuma.

Virei-me, andando rápido para fora do refeitório. Meus primos estavam a nossa mesa habitual, olhando-me, confusos. Não tinha tempo para lidar com eles.

Quando cheguei ao quarto dela, chutei a porta depois de bater duas vezes. A fechadura se abriu e andei para dentro. Tudo estava igual quando saí dali pela manhã, dias atrás. Fui até seu quarto, e antes de colocar os pés dentro, soube que algo estava errado. Harleen sempre deixava a jaqueta preta pendurada e ela não estava lá.

Olhei ao redor, a cama estava arrumada e tudo estava limpo. Assim que abri as portas do armário, fúria encheu meu peito. Não havia nada. Nenhuma peça de roupa.

Filho da puta!

Saí do quarto e do dormitório a passos largos. Donald estava na escola, mas ali não era o lugar que eu pegaria o maldito.

— Alguma novidade? — Dante surgiu assim que saí do elevador.

— As coisas dela sumiram.

— Aquele pedaço de lixo a mandou para algum lugar — ele falou o que eu pensava.

Donald deve ter visto Harleen em sua casa, apavorou-se e sumiu com ela. Mas eu ia encontrá-la. E, porra, ele pagaria por isso.

— Se precisar de ajuda, liga para mim.

Ignorei Dante.

— É sério. Ela pode ser sua... alguma coisa, mas Harleen é minha amiga. Estou preocupado.

Olhei para seus olhos quando abri a porta da saída do prédio.

— Avisarei a você.

Assisti às minhas aulas. Quando encerrou, fui para o corredor da direção. Vi quando Donald saiu carregando sua pasta e o acompanhei de longe. Entrei em meu carro e o segui devagar, sem pressa. Teria bastante tempo com ele.

O pai de Harleen parou em um prédio e uma garota entrou em seu carro. Ela era jovem e não era nenhuma das suas filhas. Amante, eu podia apostar. Eles foram para o motel, e enquanto Donald melava seu pau, esperei por ele do lado de fora.

Quando enfim ele saiu, foi deixar a garota e se direcionou para a casa. Eu o segui e estacionei em uma de suas vagas depois que ele entrou.

Não queria pegá-lo em nenhum lugar a não ser ali.

— Remy! — Brooke me saudou e inclinou a cabeça.

— Seu pai está? E sua mãe?

— Sim, sim. Sweet está bem?

— Sim. Ela deve estar com Dwayne.

Brooke se aliviou e chamou pelos pais. Na hora que me viu, Donald apertou a mandíbula.

— Sr. Trevisan. Vamos ao meu escritório. — Sua voz soou forçada.

— Sra. Quinn, bonita como sempre — cumprimentei assim que sua esposa surgiu.

Amanda era loira, tinha olhos azuis como Brooke, e um coração bom.

Ela não fazia ideia do marido que tinha.

— São seus olhos, pequeno. Entre, entre. Vou pedir para prepararem um suco. — Seu sorriso era enorme, totalmente alheia aos olhos do marido.

— Eu adoraria.

Nós entramos no escritório e Brooke nos seguiu.

— Nos deixe sozinhos, Brooke. Agora!

— É claro... — Sua fala mansa me pegou.

Aquele idiota fazia o que queria com as filhas.

Andei pelo seu escritório enquanto ela saía. Toquei em um quadro e ouvi a respiração de Donald.

— O que veio fazer aqui, Sr. Trevisan?

Com um sorriso aberto, eu o encarei.

— Para onde levou Harleen?

Isso o fez ficar branco. Donald olhou para a porta, depois para mim. O nervosismo era grande.

— Não entendo. Por que eu saberia onde...

— Não me faça de idiota. Eu sei de tudo.

Tirei minha pistola da calça e coloquei em cima da mesa, em sua direção.

— Não tem necessidade disso, Remy... O que ela falou? — Seus olhos estavam neuróticos, o homem estava a um passo de surtar.

— Que você é pai dela.

Suas mãos se fecharam e ele bateu o punho na mesa.

— Putinha fofoqueira.

Não levou um segundo. A porra de um segundo, para eu estar em cima dele, empurrando meu antebraço em seu pescoço.

— Fale dela assim de novo e vou enfiar minha faca no seu rabo, filho da puta.

— Desculpe! Desculpe!

— Onde está Harleen?

Donald tossiu quando me afastei o suficiente.

— Eu conto, mas você tem de me prometer que não vai dizer nada para Amanda.

— Prometo.

Afastei-me dele, peguei minha arma e esperei. Donald anotou um endereço num papel e segurou.

— Ela está na Califórnia, com minha irmã. — Donald me encarou. — Candice é incrível e vai cuidar dela bem. Eu jamais conseguiria. Harleen está bem, Remy. Você devia deixá-la fora da sua vida suja.

— Desculpem a demora. — Amanda surgiu no mesmo segundo.

Estendi a mão e ele me entregou o papel.

— Você devia ter dito a verdade para Amanda. Deveria ter trazido Harleen para cá, para ela ter pelo menos um vislumbre do que é ter uma família e irmãs.

— O quê? — Amanda olhou entre nós.

— Harleen Ann Hill. Ela é filha do Donald. Tem dezessete anos, e quando a mãe dela morreu, ele a trouxe para Chicago.

Contei tudo sem encará-la, na verdade, eu estava focado no rosto torturado de Donald.

— Vou trazer Harleen de volta. Se você se aproximar dela de novo, vou arrancar seus olhos.

Virei-me, deixando uma bomba para explodir bem na sua cara.

Conversar com meus pais e meu tio sobre ir até a Califórnia seria uma merda, mas não tão enorme quanto essa.

— Deixe-me ver se entendi. Você quer pegar o jato da Outfit para ir até a Califórnia buscar uma garota do colégio?

— No meu tempo, a gente impressionava com bem menos que isso — tio Matteo cantarolou no fundo, enquanto tio Rocco esperava por uma resposta.

— Não. Ela está sozinha em um lugar que não quer estar. Estou indo ajudar.

— Remy, não! — Minha mãe estava andando de um lado para o outro.

— Lunna, o que você está fazendo aqui? Sério, Romeo, que porra é essa? — Meu Don olhou para minha mãe e meu pai.

— Rocco, Lunna é mãe do Remy. — O rosto do meu pai estava vermelho; ele odiava quando qualquer um se dirigia à minha mãe.

— Remy é um homem feito! Maior de idade e a porra de um mafioso. Pelo amor de Deus! Parem de tratar esse garoto como se ele fosse de porcelana! — Ele se ergueu e encarou minha mãe e depois a mim. — Pegue o jato, leve seus primos e não faça merda. Pousou, pega a garota e volta para casa.

— Rocco... — A voz da minha mãe era baixa, magoada.

— Saiam da minha sala. Você também, Romeo.

Todos nós começamos a nos mexer. Minha mãe não me olhou ao sair, apenas sumiu entre os corredores do Village.

— Você vai se sair bem, King. Não faça merda e tudo vai ficar bem.

Esse era o grande problema.

Com Harleen na equação era muito provável que eu fizesse merda.

Amo e Rhett chegaram ao jato depois de dez minutos da minha mensagem. Nenhum deles fez pergunta, porém, quando pousamos, isso mudou.

— O que estamos fazendo aqui? — Amo grunhiu assim que entramos no carro que estava nos esperando.

— Buscar Harleen.

— O quê?! — em uníssono os gêmeos berraram, olhando-me como se tivesse crescido um chifre na minha testa.

— Vamos lá, porra! — Curvei-me, encarando os dois. — Harleen está na minha vida fodida. Não queria, mas... Foda-se! Aquela demônia está, então parem de infernizar minha cabeça. Ela já faz um trabalho bom *pra cacete*.

— Essa garota é problema.

— Desde quando uma boceta não é? A gente come e vaza, essa é a lei da vida — Amo respondeu ao seu irmão, enquanto eu tentava respirar fundo.

— Não estou pedindo opinião, estou falando para não encherem meu saco.

Ambos olharam para a paisagem. Em segundos, começamos a tirar as camadas de roupa.

Calor dos infernos!

Quando o carro parou em frente a uma casa grande, semicerrei os olhos.

— Calem a boca — grunhi para meus primos, que estavam jogando.

— Ok! O que vamos fazer?

Precisava pensar nisso com calma, porém, quando vi a praia e um vulto preto, entendi que não precisava.

Desci do carro e meus primos me seguiram. Assim que cheguei à praia, vi Harleen sentada com um cara. Só podia ser sacanagem.

— Tem muita coisa boa lá.

— O quê, por exemplo? — O cara a olhava de lado, enquanto Bird mirava o mar.

— As pessoas.

O cara começou a se aproximar e levou um segundo para a minha bota colidir com suas costas. O cara gritou e Harleen se virou.

— É melhor manter sua boca longe.

Quando me viu, os olhos dela triplicaram. O seu amigo se ergueu, o semblante cheio de raiva.

— Pega suas coisas agora e, você, seu merda, é melhor ir embora, se não quiser que eu exploda sua cara.

Harleen se aproximou depressa, vi o pânico em seus olhos.

— Javon, é melhor você ir. — A voz dela estava firme, nem parecia a mesma menina que chorou por causa do pai.

— Harleen...

— Não fala a porra do nome dela! — Meu grito o fez ir para trás.

— Javon! Vai embora!

Só assim o imbecil correu. Virei-me, vendo meus primos sorrindo. Os idiotas.

— Remy... — Harleen falou, sem fôlego. — Como...?

— Pega suas coisas! — gritei, sentindo um peso em meu peito.

Que porra estava acontecendo comigo?

Quem era aquele cara? Que porra ela estava fazendo com um desconhecido, dias depois de vir para um lugar que mal conhecia?

— Calma! Caramba, como você me achou?

Ela andava ao meu lado, atrapalhando-se com as pernas pequenas.

— De Chicago até aqui para ver a garota com outro. — Rhett balançou a cabeça, indo para o carro.

— Não, não estou com Javon. Remy, olha para mim! — Sua voz estava ficando desesperada.

— Pega suas coisas, nósnos falamos em casa! — berrei sob um sol dos infernos.

Ela me encarou, chocada.

— Não tenho casa, Remy... Você esqueceu? Meu pai me mandou para cá. — Harleen parou de andar, derrotada, e se voltou para as ondas. Devagar, seus olhos se encheram de lágrimas. — Esta é minha casa agora.

Um inferno que era.

— Você vai voltar para Chicago comigo. Não tenho tempo para discutir. Não posso estar aqui, a porra da Cosa Nostra comanda a Califórnia.

Harleen engoliu com força.

— Se me pegarem aqui, eles vão me matar. Eu não saio sem você, então mexa sua bunda.

— O que vou falar para minha tia?

— Nada. Pegue suas coisas e venha.

— Não é assim! Ela... Ela é boa para mim, Remy.

Sua voz ficou suave, vi como Harleen se sentiu segura ao dizer isso. Ela gostava da tia.

— Então, converse com ela. Estou no carro.

Meus primos não falaram nada quando entrei, o foco nos telefones. Esperei por Harleen por um tempo, e quando ela surgiu, com as duas malas pretas, mandei o motorista colocar no carro.

— A garota vai chupar o pau do diabo se você pedir.

— Ela já chupa, o do King — Rhett respondeu, sério.

— Por que vocês não ficam calados?

Abri a porta e Harleen deslizou para dentro. Com uma blusa grande e calça preta, ela estava de roupa limpa.

— Não consegui me despedir, mas deixei um bilhete.

Bird levou a mão à boca, mordendo a unha.

— Bom.

Ninguém mais falou, logo entramos na rota para sair de Los Angeles.

Meu tio ligou e eu respirei fundo antes de atendê-lo.

— O jato precisa estar aqui.

— Estamos indo. Aconteceu algo?

— Houve um roubo com nossa carga há uma semana. Identificamos o autor, mas ele está em Nova Iorque.

— Merda!

— Matteo vai resolver isso.

— Posso ir com ele. Os gêmeos também.

— Não, é apenas um homem.

Desliguei o celular depois que ele se despediu.

— Então, Harleen, como é ter King correndo atrás de você como um insano?

Nem previ meus movimentos, apenas avancei sobre Rhett e soquei sua cara.

— Você a quer, porra? Hein? Está ressentido por ela estar comigo? Estou cansado dessa sua boca que só diz coisas estúpidas.

— King, solte-o. — Amo respirou fundo, mas não me afastei. Rhett me empurrou, mas não me mexi. — Rhett, fica calmo, porra!

— Remy... — Harleen puxou meu braço, sua voz era chorosa. — Remy, por favor, solte-o.

— Escute sua garota. — Rhett sorria ao falar, imbecil do caralho.

— Responde minha pergunta.

— Não, está legal? Não quero e nunca quis Harleen. — Ele olhou para ela e depois para mim. — Você só está diferente e isso está me irritando. Agora, sai.

Soltei sua blusa e me afastei. Harleen tocou minhas costas e eu senti sua mão tremer.

— Nunca mais brigue com sua família. Não por mim.

Não respondi, porque senti que brigaria.

Harleen não tinha ninguém. E, quando chegasse a hora, eu a protegeria até de mim.

CAPÍTULO 24

Harleen Ann Hill

Rhett realmente me odiava e achava que isso não cessaria. O garoto mal me olhou durante todo o trajeto até o aeroporto. Remy estava inquieto e rígido sob meu toque. Não queria que ele brigasse com sua família, mas estava vendo que isso era inútil.

— Remy... A gente pode conversar? — pedi assim que entramos no jato.

Seus primos foram para as primeiras poltronas e estavam no celular.

— Sobre o quê? O cara na praia? Fala aí, Harleen.

Não era isso, mas Remy estava bastante incomodado com Javon. Estremeci ao me lembrar do seu chute no garoto. Não pensei que ele queria algo comigo, de maneira nenhuma, então quando acordei hoje e ele estava na casa, só fiquei aliviada. Ele parecia legal e eu precisava me distrair.

Nós fomos à praia, depois de pouco tempo, King chegou.

— Não estava acontecendo nada. Javon é filho do marido da minha tia.

— Não quero você com outros homens. Na próxima vez, tenha certeza de que não vou apenas chutá-lo.

Droga. Eu era maluca por achar essa merda atraente? *Pare, Harleen.*

— Não temos nada. Posso...

Gritei quando sua mão fechou em meu pescoço e ele me empurrou contra a poltrona. Meu coração batia com força e os olhos dele queimavam de raiva.

— Pode o quê? Hum, Bird? — Sua boca desceu em meu pescoço e ele mordeu meu ombro. — Você me pertence, Ann Hill. Eu não cruzaria o país se não fosse.

— Remy...

— Sente-se e durma. Temos um caminho longo.

As mais de quatro horas dentro do avião não me deram nenhuma chance de conversar com Remy. Eu não tinha para onde ir, onde diabos ele me enfiaria?

Chicago estava tão frio que meus lábios se batiam. Andei até o carro de Remy, enquanto seus primos foram para os seus. Assim que me sentei ao seu lado, virei-me para encará-lo.

— Então, para onde você vai me levar agora?

— Você vai ver.

O carro cantou pneu e eu corri para pôr o cinto de segurança. Remy dirigia rápido, totalmente focado na pista, ultrapassando os carros.

— Você vai nos matar — grunhi, irritada, mas ele me ignorou.

Quando o carro deslizou na entrada da casa da Sweet, fiquei gelada.

— Que brincadeira é essa?

Virei-me, mas Remy já estava descendo do carro.

— Não vai ficar aqui, calma.

Isso me deixou menos em pânico, mas não tanto. Ainda estávamos ali.

Uma mulher loira saiu sem esperar que a gente tocasse a campainha.

— É ela? — A esposa de Donald deu dois passos.

Eu fiquei rígida quando ela me abraçou. A esposa do pai que me negligenciou todo esse tempo me apertou dentro dos seus braços.

— Sinto muito pelo que houve, Harleen. Espero poder recompensar todo o mal que Donald fez.

Não tinha palavras. Minha garganta estava seca, não havia nenhuma reação.

— Amanda, ela está cansada da viagem — Remy murmurou, sem nos encarar.

— Eu sei, sei. Sei que é estranho, mas se quiser, minha casa está de portas abertas para você.

— Não. Remy — chamei, desesperada, como se apenas ele fosse capaz de me salvar.

— Calma. Donald não está mais aqui. Eu só quero ajudar. — Amanda tirou as mãos de mim, nervosa. — Brooke quer conhecer você. Sweet, bem, vocês já se conhecem.

Sim, e eu não gostava dela.

— Obrigada, Amanda, mas não posso ficar na sua casa.

Seus ombros cederam.

— Mas fico grata pela oferta.

— Vamos marcar algo? Você conhece Brooke...

— Pode ser.

Virei-me, saindo de perto dos dois, e entrei no carro depressa. Remy ainda levou alguns minutos com ela, depois entrou no veículo.

— Você não devia ter me trazido aqui...

— Amanda é tão vítima do Donald quanto você.

Foda-se, não era uma decisão dele.

Fiquei em silêncio o resto do caminho, então ele parou no prédio onde dormi na vez que Dante estava bêbado e eu o trouxe.

— Sério?

— Sério. Vamos lá.

Nós entramos no prédio, quando Remy me deixou na cobertura da sua família, olhei para cada canto, respirando fundo.

— Seu quarto é o da direita. Suas malas estão lá.

— Isso é loucura. — Sentei-me no sofá, esfregando meus olhos.

— Preciso ir, mas tem comida na geladeira.

— Obrigada!

Olhei em sua direção e perdi o fôlego. Ele tinha colocado a touca preta.

— Por que você não avisou a ninguém?

A mudança súbita de assunto fez minha cabeça girar.

— Donald pegou meu celular. Ganharia um da minha tia.

Ele acenou, andando para fora. Sem dizer nada ou me tocar. Só foi.

King Trevlyan

Demorei a assimilar que Dwayne estava roubando da Outfit junto ao pai. Eles não eram da máfia, mal se envolviam. Porém meu tio descobriu quem estava por trás. E era o filho da puta que chamei de amigo.

— Você vai arrumar essa merda. Faça com que seja lembrado. Seu amigo, sua responsabilidade.

Tio Rocco estava puto, com razão.

— Já pegamos o pai dele, o garoto é por sua conta. Mate, machuque ou torture. Faça algo que doa — meu pai resmungou no fundo do escritório.

Odiava que Dwayne tivesse causado essa merda. Como ele ousava?

Desde que o conheci, soube que Sweet era seu ponto fraco. Ele lambia o chão que a garota pisava, então, para atingir e ferir, usá-la era o mais importante.

— Vou dar um jeito.

Saí do escritório dele andando a passos rápidos. Quando cheguei do lado de fora, recebi uma ligação de Nina.

— Shopping. Agora.

Nem deu tempo de responder, a pirralha desligou na minha cara. Só havia um shopping aonde minha prima ia, então mudei minha rota.

— Declan vai jantar lá em casa. — Essa foi a primeira coisa que ela falou quando a encontrei no banheiro, escondida em uma cabine.

— É só um jantar.

Nina balançou a cabeça, fechando os olhos. Minha prima nunca pareceu tão desnorteada.

— Você não entende? Não é assim que quero me casar... Remy.

Seus olhos se encheram de lágrimas quando me ajoelhei na sua frente.

— Você acha que eu quero esperar pela criança? Isso me dá arrepios.

Ela riu, porque esse assunto sempre era motivo de piada entre nós.

— Quero me apaixonar. É idiota, mas preciso disso. Ser uma garota normal pelo menos nisso.

— Não somos normais, Nina.

— Remy. — Nina fungou.

— Sinto muito.

Ela me abraçou e eu a ajudei a se colocar de pé. Naquele segundo, meu celular tocou.

Nina me deixou atender, então levei o celular ao ouvido.

— Remy? — A voz era desconhecida e o número também. — Aqui é Candice Colleman. Tia da Harleen.

Merda!

— O lugar dela é em Chicago.

Nina semicerrou os olhos quando grunhi e eu pedi para esperar.

— Talvez, mas... fiz planos para ela. Harleen os merece. Ser uma garota normal, em uma escola normal. Ir à faculdade... — A mulher respirou fundo. — Você a buscou aqui, é justo que seja você a pessoa que a traga de volta.

— Ela não vai voltar.

— Harleen tem muita bagagem. Donald machucou o que já estava quebrado pela morte da mãe dela. Ela merece ser feliz, Remy. E aqui posso dar isso a ela.

Não respondi, porque a mulher só se despediu depois disso. Quando guardei o telefone, inclinei-me sobre a porta e respirei fundo.

— Você foi até a Califórnia buscar Harleen. Rhett me contou. O que está acontecendo, Remy?

Não fazia a mínima ideia.

— A tia quer que eu a leve de volta.

— Harleen passou por muita coisa? — Nina parecia preocupada.

Eu sabia que minha prima ficaria triste por Bird.

— A mãe dela morreu ano passado. Ela veio para Chicago ficar com o pai, mas ele é um filho da puta.

— Diretor Quinn. — Nina ouviu a maior parte da conversa.

— Isso, mas o lugar dela é aqui.

Nina tocou meu braço e sorriu.

— Harleen tem dezessete anos. Seu lugar é com alguém que cuide dela, Remy.

Odiava ouvir sensatez na voz da minha prima. Nina estava certa, mesmo que eu não aceitasse isso.

— Deixe-a voltar para casa. Faça com que ela vá.

O que eu falaria? *Harleen, volte para a casa da sua tia, fique com o caralho do Jabuti e finja que nunca tivemos nada.*

Não conseguiria fazer isso.

Mas conseguia fazer isso se a machucasse.

Eu era especialista nisso.

— Vamos, Nina.

Harleen Ann Hill

Remy não voltou à cobertura durante toda a semana. Meu celular e notebook foram entregues a mim. Fiquei aliviada e chorei pela tarde toda, vendo as fotos com mamãe.

No dia seguinte, chegou um e-mail com minhas aulas on-line. Não queria assistir aulas pelo computador, mas não tinha saída.

— Você está bem? — Dante questionou, sentado no sofá enquanto jogava.

Ele chegou há alguns minutos. Remy devia ter contado a ele onde estava ficando.

— Sim, só não curto ficar direto dentro desse apartamento.

Dante gritou, quando ganhou a besteira que jogava.

— Podemos sair. Hoje tem festa na casa da Bonnie.

O quê?

— Na Bonnie? Ela não tem cara de que faz festa. — Fiz uma careta.

— Bem, ela faz e são surreais. Vai comigo.

Não sabia se era legal. Remy ficaria puto se chegasse aqui e eu não estivesse.

Foda-se Remy. Ele me deixou sozinha a semana toda.

— Vamos!

Arrumei-me com meu habitual corselete de couro que agarrava meus seios e uma saia também preta. Minha meia-calça veio em seguida. Coloquei uma das minhas antigas gargantilhas e meu batom vermelho.

Assim que terminei meu delineado, Dante gritou dizendo que eu estava demorando demais.

— Sou uma mulher, Dante. Demoramos a nos arrumar.

Ele revirou os olhos.

Nós saímos do prédio e fomos para Bonnie no carro dele.

Ao entrar no local, muitos me encararam. Ninguém ali parecia minimamente comigo. As garotas estavam de biquíni e jeans.

Dante pegou uma cerveja para mim e nós dançamos juntos por um tempo. Uma menina apareceu quando estávamos no quarto copo e eu perdi meu amigo. Não a conhecia, mas apostava que Dante sim.

— Puta merda. — Bonnie surgiu na minha frente e eu franzi as sobrancelhas.

Já tínhamos nos cumprimentado antes. O que houve?

— O que foi?

— Não quero ser a amiga idiota aqui, ok? Mas me responde, você está saindo com King?

Bonnie estava tão assustada. O que estava acontecendo?

— Sim... Acho que sim. O que foi?

— Dwayne pegou Sweet com ele. Disseram para Dwayne, ele subiu agora, insano. Quis te avisar, porque...

Meu estômago foi para meus pés. Do que ela estava falando?

— Calma, o quê?

Bonnie voltou a falar, e dessa vez veio o local onde eles estavam. Eu mal controlei minhas pernas quando subi a escada em direção ao quarto.

Minhas mãos tremiam, meu coração estava na minha boca, não sabia que podia surtar assim por ninguém.

Mas esse era o problema, Remy me fazia sentir tudo que jamais fiz.

Abri a porta que Bonnie indicou e fiquei onde estava, temendo desabar. Ele estava na cama. O meu inimigo número um, o cara que me humilhou de mil maneiras diferentes e tirou minha virgindade.

O garoto que estava fazendo meu coração se render, na cama com minha irmã adotiva.

Remy nem se mexeu quando entrei, Sweet ainda em seu colo, nua. Dwayne parado, como um imbecil à entrada do quarto.

— Meu pai está esperando por você — Remy murmurou enquanto a boca de Sweet se aproximou da dele.

Ela sorria, mexendo os quadris, como a boa vagabunda que era.

— Cara... Que porra você está fazendo? — A voz de Dwayne quebrou.

Remy colocou Sweet para o lado e se aproximou, dando passos calculados, mal me vendo.

Ele havia me visto? Não parecia. Ele não parecia com ele mesmo.

Seus olhos estavam escuros, tão nublados quanto o céu de Chicago. Havia uma áurea nele, uma que me fez estremecer enquanto tentava segurar as lágrimas.

— Seu pai fodeu com a Outfit, você sabe por que está aqui. Sabe o que acontece agora.

Dwayne engoliu com força.

— Você me traiu, não sou bom em percoar traições.

— Cara, calma, eu posso...

Meus olhos triplicaram de tamanho quando vi Remy puxar a arma da calça e apontar para um dos seus amigos. O único, pelo que me lembrava. Em pânico, eu o vi atirar. Uma vez. Na cabeça. Dwayne caiu.

Atrapalhei-me indo para trás no susto e Remy me olhou. Frio, distante, diferente, mas tão igual a tudo que conheci dele.

Virei-me, desnorteada e enojada. Ele matou o amigo. Oh, meu Deus!

Desci a escada correndo enquanto os jovens ainda estavam dançando. Não houve barulho no tiro, eles nem sabiam o que tinha acontecido. Passei pela porta e respirei fundo, ainda vendo Dwayne caindo e me lembrando de Sweet no colo de Remy.

Se ele queria Sweet, por que diabos me trouxe de Los Angeles? Por que ele fez isso?

Lágrimas grossas começaram a se formar enquanto minha barriga girava. O vômito chegou tão cruel. Curvei-me no jardim e tudo saiu. Toda a comida que preparei hoje.

Queria que junto do vômito saísse essa dor em meu peito. Mas achava pouco provável que isso um dia fosse acontecer.

— Harleen! — O grito foi ecoado pela noite.

Fiquei parada, rígida. Com o coração na boca e lágrimas não derramadas.

Virei-me, limpando meus lábios e vendo Remy de pé, bem perto. Olhar para ele me fez lembrar tudo que vivemos. Cada maldita coisa. Isso tudo foi um jogo.

O maldito doente ainda estava jogando.

— Você me tirou da Califórnia para isso? Hum? Para que eu assistisse a essa merda?

Nada. Nenhuma resposta.

— Você acabou de tirar a vida de alguém! Seu amigo, Remy!

Ele mal reconheceu o que falei.

— Não sinto muito, ele me envergonhou e me traiu.

Meu Deus!

Flashs de Sweet sobre ele de novo machucaram meu coração. Mas pensar nisso me dava vergonha. Um homem acabou de perder a vida. Mas, foda-se, Remy tinha de me explicar essa merda.

— Enquanto me apaixonei, você ainda estava jogando comigo, King? — Semicerrei os olhos. — Esse é seu nome certo? King! O rei de Chicago. O dono de Illinois. O herdeiro da Outfit!

Remy não se mexeu. Totalmente parado.

— Me apaixonei por você. Isso mesmo, imbecil! Eu me apaixonei. — Pela primeira vez, admiti para mim mesma. — Como diabos você causou amor em mim? Olha para você, seu doente de merda!

Ele enfiou as mãos no casaco, todo relaxado. Nem parecia meu Remy.

Ele nunca foi seu, Harleen.

— Você me tirou do único lugar onde me senti bem pela primeira vez! Você tirou isso de mim. Está me punindo ainda? É isso? Essa é a punição final?

As pessoas correram para dentro, temendo-o. Todos morriam de medo dele. E depois de hoje, eles ficariam apavorados com a menção do nome dele.

Nós ficamos sozinhos, um de frente para o outro, no embate final.

— Termina. Fala de uma vez e termina de me punir para que eu possa sumir da sua vida! — Meu grito o fez estremecer, mas também o fez abrir a boca de uma vez.

— Foi fácil. Você é tão... Merda! Tão idiota e carente. Essa porra de perder a mãe e ser bastarda mexeu mesmo com você.

— O que... — Um buraco se abriu em meu peito.

— Aceita de uma vez, você está só. Sozinha no mundo. Nem o merda do seu pai te quer, e sua mãe... ela morreu, Harleen. Morreu. Não volta mais.

— Oh, meu Deus! — Meu coração explodiu de dor.

Como ele podia fazer isso comigo? Depois de tudo, como Remy conseguia me ferir daquela maneira?

Quando estava ansiando seu toque, sua presença, seu sorriso de merda, ele estava tramando isso? Enquanto eu me apaixonava por meu carrasco, ele planejava me destruir.

Como caí nisso?

Reuni forças, empurrei meus ombros para trás e o encarei com todo o ódio do mundo. As lágrimas à beira de cair, meu corpo a um passo de desabar, mas fingi que não.

— Eu sei que ela está morta e sei que meu pai não me quer. Você, pelo menos, sabe que é tão bastardo quanto eu? Hum?

Ele semicerrou os olhos, não me importei quando sua mão apertou meu pescoço ou quando seus dedos agarraram meu cabelo. Não senti nada. Estava totalmente dormente.

— Que porra você está falando, Ann Hill?

Estalada, fria e dura. Ele estava tentando se controlar.

— Sim, bastardinho. No dia que fui até sua casa, ouvi seus pais conversando sobre você não ser filho do Romeo. — Sorri, fingindo pensar. — Aliás, o nome do seu pai é Nikolai. Com esse nome, eu diria que ele é russo, e você?

Remy apertou meu cabelo, o rosto tomado por fúria.

— É bom, King? Ser o último a saber das coisas, é bom? — Lambi meus lábios.

Ele se afastou, balançando a cabeça.

— Eu vou matar você por mentir para mim! Pare de falar merda, Harleen!

— Pergunte a eles. Vai ver que não estou mentindo.

Empurrei seu peito, libertando-me do seu toque brusco.

— Vá embora! Ou vou matar você. Se isso for mentira, você vai se arrepender por brincar comigo.

— Você sabe onde me achar, King... Ops, talvez não. — Dei um passo para trás. — Se você for realmente filho desse Nikolai, o trono será ocupado por outro.

Ele gritou e o barulho nunca sairia da minha mente. Porém apenas me virei e fui embora.

Dessa vez, para sempre.

CAPÍTULO 25

King Trevisan

A luz da estrada estava me cegando, na verdade, não vi nada no caminho até minha casa. Todos os sinais foram ultrapassados, andei como um louco costurando pelo trânsito. Só queria chegar à minha casa e ouvir dos meus pais que tudo que Harleen disse era mentira.

No dia que fui até sua casa, ouvi seus pais conversando sobre você não ser filho do Romeo.

A voz dela estava em minha mente. Uma e outra vez, ela me torturando com a porra das suas palavras. Como diabos isso era possível?

Freei rápido e saí do carro sem nem estacionar. Corri para dentro de casa e a primeira pessoa que vi foi Lua.

— O que houve? — minha irmã gritou quando a tirei do meu caminho. — Remy!

— Onde eles estão?

Entrei no escritório, mas não havia ninguém. Subi para a sala de vídeo e encontrei os dois assistindo a alguma porcaria na TV. Minha mãe foi a primeira a me ver e correu em minha direção, porém, eu a afastei de mim.

— Remy? O que houve?

Andei de um lado para o outro por alguns segundos e passei a mão no cabelo.

— Quem é Nikolai?

Você pertence à Bratva.

A fala do homem que matei no dia na minha iniciação ecoou. Não, não.

Você parece com ele.

— Quem é Nikolai? — gritei mais alto quando vi os dois sem reação.

Meu pai... ou não, foda-se, deu um passo em minha direção.

— Ela ouviu. Vocês dois falando dele... De mim... Mãe, fala! Quem é Nikolai?

Lunna começou a chorar. As lágrimas desciam sem pedir permissão.

— Remy, você precisa se acalmar. — Romeo tocou meus ombros, mas afastei suas mãos.

— Não me toque! Fala a verdade. Não mintam, só falem de uma vez!

— Ok, tudo bem. Lótus. — Meu pai segurou minha mãe contra ele. — A máfia é complicada, mas vou explicar. O pai da sua mãe fez arranjos para que ela se casasse comigo, porém, antes disso, ele fez com o pai do Nikolai também. Felizmente, ela não se casou com ele, se casou comigo. Um dia, ele a sequestrou e a levou para a Rússia, onde ele comandava a Bratva. — Ele parou de falar quando mamãe se afastou dele e foi para a poltrona. Os olhos na lareira, perdida. — Ele teve tempo o suficiente para machucá-la. Remy, ele tocou nela.

Estuprada. Nikolai estuprou minha mãe.

— Eu o matei no mesmo dia. Não havia motivo para não fazê-lo. Ele tocou na única pessoa que amei na vida. — Romeo fechou o rosto, a escuridão rondando seus olhos. — Sua mãe descobriu que tinha engravidado logo após.

— Meu Deus! — Minha cabeça estava girando.

Nasci disso? Do momento mais doloroso dela?

Ouvi seu soluço, mas não consegui encará-la.

Como fazer isso, quando fui o resultado do seu estupro?

— Fizemos teste de paternidade, mas Romeo nunca quis saber. No dia que chegou, o papel foi queimado.

— Você é meu filho, meu herdeiro, herdeiro da Outfit! Ninguém, nem a porra de um papel vai dizer o contrário.

— Então, foda-se a verdade! — Passei as costas da mão pelo canto da minha boca e encarei meu pai. — Que Remy Trevisan não saiba nunca que nasceu da porra de um estupro, que na verdade herdou a Bratva, não a Outfit!

— Remy! — Lunna se ergueu quando Romeo deu um passo para trás, como se eu o tivesse socado. — Não faça isso, seu pai, *seu pai* é Romeo. Ele é seu pai, você sabe disso. Nós sabemos.

Não, eu não sabia de mais nada.

Virei-me para sair e ouvi os dois me seguindo.

— Não saia assim, filho. Por favor, não faça isso comigo. — Minha mãe soluçou quando entrei no carro.

— King! — meu pai gritou, quando acelerei quase machucando mamãe. — Vou socar sua cara se Lunna se machucar, porra!

— Vai, Romeo, me bate! Vai ser um favor, pelo menos vou sentir algo por vocês.

Saí da casa pisando no acelerador. Passei na frente da casa do meu tio, mas não parei. Continuei, porque precisava descontar minha raiva e tinha uma saída perfeita para isso.

Cheguei a Blood em dez minutos. Não troquei de roupa, apenas avisei que seria o próximo. Ninguém se opôs. Quando entrei no ringue, tirei meu casaco e blusa. De calça, rondei meu oponente.

— Você está bem, cara? — ele perguntou, semicerrando os olhos.

Mal pude me concentrar quando corri. Soquei sua garganta e ele foi para trás, agarrando o pescoço. Naquele momento, meus socos foram direcionados para seu abdômen.

Isso não me deu satisfação, então o derrubei no chão e puxei minha faca. Cada vez que a lâmina entrava em seu peito, meu corpo se enchia de sangue dele. Mesmo quando seus olhos ficaram opacos, meus golpes continuaram.

Nem sei como saí de cima do corpo morto, apenas vi meus primos ao meu redor. Amo segurava meu braço esquerdo, Rhett o direito.

— Me soltem! — Meu grito fez as pessoas se afastarem.

— O que aconteceu? Me fala! — Amo gritou, agarrando meu rosto para que o encarasse.

— Eu quero matar Harleen. Eu a quero morta.

Os dois franziram a testa. Ninguém entenderia. Nem eu estava entendendo. Jamais a quereria morta. Aquela demônia machucada e perversa era a única coisa que me manteria calmo agora.

A mesma que causou o furacão me daria a calmaria.

Eu a odiava. Odiava sua boca esperta, seu corpo feito para o sexo e seus olhos pretos que me engoliam. Odiava Harleen Ann Hill, e mais ainda desejá-la tanto.

— Me deixem. Preciso... ficar sozinho.

Eles me escoltaram para fora. Quando entrei em meu carro, deixei os dois para trás.

Não sabia o que fazer, nem para onde ir.

Era assim que ela se sentia? Sozinha, sem saber a onde pertence?

O meu celular já tinha mais de vinte ligações da minha mãe e outras dez do meu pai. Não estava pronto para conversar, nem sabia quando estaria. Por isso, quando abri o site de viagens, não me preocupei com a passagem de volta.

Harleen Ann Hill

Minhas malas estavam desfeitas, fiquei irritada comigo mesma por ter feito isso. Ali não era minha casa, Remy Trevisan não era meu lar.

Enfiei mais peças dentro da mala, e quando enfim a fechei, ouvi vozes no apartamento. Sabia que só pessoas da família dele entravam ali. Fui lentamente saindo do quarto, quando vi a sala, meu coração se partiu.

— Ele não está aqui, também. Onde ele se meteu? — Lunna chorava enquanto Romeo fechava os olhos, parecendo cansado.

— Não sei, Lótus. Não... — Ele pegou um abajur e jogou contra a parede ao meu lado. Gritei e os dois me viram. — O que...

Lunna se ergueu me encarando e andou até mim. Ela parecia furiosa em segundos.

— Como você ousou? — Sua mão se ergueu para me bater, mas Romeo a segurou segundos antes de ela me atingir. Arregalei os olhos, chocada. — Você sabe o que causou? Você faz alguma ideia do que fez?

Não, não sabia. E nem eles sabiam o que o filho deles fez a mim.

— Remy foi quem causou isso... Seu filho me fez coisas horríveis, mas a última me quebrou...

— Você usou o que descobriu para machucar de volta. Isso não a faz melhor, só igual. — Lunna chorava, encarando-me como se eu fosse a pior pessoa do mundo.

E nós duas sabíamos que não era eu, era o filho dela.

— Deixe que eu conte, Harleen, a história por trás da pequena parte que você jogou na cara do meu filho.

Lunna sorriu, o marido ainda a segurando.

— Nikolai era o chefe da Bratva. Ele me sequestrou e no seu território me estuprou. Isso mesmo, Harleen, ele me violou! Tomou de mim algo que não pertencia a ele! — Seu grito e confissão queimaram meu peito. Doeu ouvir sua voz tão quebrada. Ela parecia sem vida. — Quando voltei, descobri que estava grávida, não sabia se era do meu marido ou daquele demônio... Você sabe como me senti, Harleen? Como foi, para mim, descobrir que meu filho poderia ser do único homem que me destruiu?

— Lunna, eu... Desculpa...

— Não, não fala comigo. Você destruiu minha vida com Remy, nossa família! Não sei onde meu filho está, como ele está, e tudo porque você se sentiu magoada.

Sentia-me pior a cada segundo. Não fazia ideia de tudo isso. Odiava a dor que estava causando nela.

— Rocco está ligando.

— Viva-voz — ela ordenou, virando-se para o marido e me esquecendo.

— Ele acabou de entrar em um avião.

— Não. — Lunna deu um passo para trás, depois outro, até ficar contra a parede e deslizar.

— Ele está a caminho da Rússia, Romeo.

Não. Oh, meu Deus!

— Vamos manter isso entre nós três. Se souberem que Remy saiu daqui para ir até a Bratva, vão nos obrigar a seguir as regras. Você sabe o que isso quer dizer, certo?

— Porra! Porra! Porra!

— Não posso proteger Remy lá, você sabe como a Bratva está hoje em dia. Ninguém entra ou sai de lá sem passar despercebido.

Romeo se apoiou num aparador com bebidas e respirou fundo.

— Eu preciso ir buscar meu filho, Rocco. Você sabe disso, aquele cara... Aquele garoto é meu. Você disse isso, você me disse... — O pai de Remy parecia a um passo de quebrar.

— Eu sei, e tem meu apoio, mas, Romeo... Akim comanda aquele lugar com a mesma força que nós. Não vai ser fácil entrar, sair será mil vezes mais difícil.

Lunna soluçou, levando as mãos ao rosto.

— Ele não conhece Remy, mas você, sim. Todos nós...

— Ele não me conhece. — Minha voz saiu, interrompendo Rocco. Os pais de Remy me olharam. Lunna inclinou o rosto e Romeo semicerrou os olhos. — Eu vou. Posso trazer Remy de volta. Nós brigamos, mas eu consigo.

— Do que você está falando?

— Quem está aí? — A voz no telefone gritou, em alerta.

— A amiga dele. Ela disse que pode ir. — Romeo ainda me encarava, confuso.

— Ótimo! O jato sai em quinze minutos.

Ele desligou.

— Você está brincando comigo? Você tem ideia do perigo que está entrando?

— É perigoso para Remy? — perguntei, com o peito dolorido.

— Sim, se descobrirem...

— Então eu vou — interrompi Romeo, erguendo meu queixo. — Vou pegar uma mochila.

Virei-me, voltando para o quarto com a sensação de que essa viagem mudaria para sempre nossas vidas.

Rocco estava no aeroporto quando chegamos. Romeo e Lunna ficaram calados a maior parte do tempo, mas chegando ela disse que era loucura.

— Ela é uma criança! Como podemos enviá-la para aquele lugar?

Naquele momento, eu me senti pior. Lunna se preocupou comigo, quando fui eu a causadora de tudo isso.

— Ela vai chegar como uma visitante. Temos documentos novos para ela, Lunna, Harleen é nossa única chance.

Ela me olhou e depois para ele.

— Se a machucarem... Como a mim?

Aproximei-me, ajoelhando-me na frente dela. Peguei suas mãos e sorri devagar.

— Vou ficar bem. E trarei seu filho de volta, prometo.

— Desculpa pelo que disse. Só estou com medo. — Ela me puxou para seu peito e eu a abracei. — Seja esperta e forte. Remy vai precisar disso.

— Serei.

Não falei com Rocco, apenas o ouvi dar instruções a um homem de terno. Depois disso, subi no jato e vi Lunna ser abraçada por seu marido.

Sentei-me na poltrona macia e fechei meus olhos.

O que você está fazendo, Harleen?

Nada me preparou para voz que falou isso.

Mamãe.

— Estou seguindo meu coração. Você me disse isso.

Siga seu coração. Ele é uma ótima bússola.

Durante as muitas horas de voo, repassei as frases que falaria para Remy, a maneira que lidaria com sua raiva, também pensei em uma forma de me despedir dele para sempre.

Estava decidida a voltar para a Califórnia. Tia Candice foi a primeira pessoa, depois de Remy, que me trouxe uma sensação de pertencer a algum lugar; de um lar.

Era contraditório pensar em Remy nesse sentido, quando tudo que vivemos foi uma guerra sem fim, com várias batalhas onde quase nunca saí vencedora. Não sabia como meu coração foi capaz de se apaixonar por ele, mas aconteceu.

Eu amava Remy Trevisan, o herdeiro da Outfit e o homem mais perturbador que conheci.

A Rússia era fria, e muito diferente. Graças a Deus muita gente falava inglês. O homem que Rocco falou ainda em Chicago me deixou em um hotel no centro de Moscou. Ele disse que Remy estava hospedado nele, mas não me deu mais detalhes.

— Ok, Harleen, vamos lá. — Respirei fundo, de frente para o espelho.

Tomei um banho e me ajeitei o mais rápido possível. O casaco que vesti era enorme, mesmo acostumada ao frio de Chicago, ele não era páreo para o daqui.

Desci para o hall e andei diretamente para uma atendente. Sorri, tentando soar o mais simpática possível.

— Olá! Você poderia me informar se Remy Trevisan já retornou? Viemos juntos, mas não quis incomodar no quarto, caso ele esteja lá. — Bati meus dedos no balcão e ela me devolveu o sorriso.

— Ele saiu tem algumas horas. O quarto dele fica no sétimo andar.

Com a numeração do quarto, subi. Sentei-me contra a porta e esperei. Por muito tempo, fiquei ali, sozinha. Quando ouvi passos, eu me ergui.

Fingi andar, mas parei quando vi um homem alto vindo em minha direção.

— Akim Volkov. Qual o seu nome?

Fiquei sem fala. Era ele.

Seu cabelo loiro e os olhos de um verde celeste me avaliaram.

— Vi que chegou hoje. De onde é?

— Oi! Sou dos Estados Unidos. Você é daqui? — Tentei soar calma e sorri.

— Sim, seja bem-vinda! Seu nome?

— Anne Hill, é um prazer conhecer você. Eu me perdi um pouco no hotel. É enorme.

— De fato, muito grande.

Akim deu duas batidas à porta de Remy e depois abriu sem esforço.

— Vou indo. — Acenei, virando-me, mas parei quando meu tormento surgiu no final do corredor.

Remy andava como se fosse o dono do lugar. Touca, um sobretudo preto e sofisticado, com sapatos que brilhavam sob a iluminação do corredor.

Quando me viu, seu rosto ficou branco, mas logo se recuperou. Corri o mais rápido que pude para o elevador. Não era agora que o confrontaria. Precisava de tempo.

Respirei fundo, fui para o meu quarto e andei de um lado para o outro, nervosa. O que ele estava fazendo com o chefe da Bratva? E se já o descobriram?

Se Akim estiver machucando-o naquele momento?

Não, não era isso. Pare de pensar o pior.

Meia hora se passou até que minha porta fosse atacada por batidas. Gritei, assustada, mas levei a mão aos lábios antes que ecoasse por todo o hotel. Aproximei-me, e quando olhei pelo olho mágico, estava tapado.

— Quem é?

— Quem você acha? Abre essa merda, Harleen!

Meu estômago se revirou, as borboletas malditas alçaram voo. Odiei a reação do meu corpo a ele. Abri a porta, e em segundos, estava contra a parede com Remy segurando meu pescoço.

— Que porra você está fazendo aqui?

Seus olhos azuis estavam escuros, fúria saindo por cada poro dele, pelos dedos fincados em minha cintura e o aperto em meu pescoço. Ele poderia me queimar viva só com seu olhar.

— O que você acha?

— Você vai para a Califórnia. Agora.

— Se você for comigo, com certeza.

O aperto ficou mais forte, e dessa vez, eu revidei. Finquei minhas unhas em seu pescoço e encarei Remy como jamais fiz.

— Vou deixar a Rússia. Hoje. Agora. Mas se estiver comigo.

— Pare de testar minha paciência, Harleen.

Soltei sua pele e agarrei seu casaco, puxando para mim, sentindo o tecido grosso tocar minha pele.

— Me diz o que está fazendo aqui. Por que você viajou?

— Vim conhecer minha família. Não era isso que você queria? — Remy me tirou da parede e me fez andar até a cama.

Com um empurrão, caí na cama.

Remy ficou de pé, olhando para mim como se eu fosse insignificante.

— Não era isso, Harleen?

— Não, não, mas você queria me machucar falando aquilo tudo, ficando com Sweet!

— Sim, sim, fodi Sweet. E porra, foi bom *pra caralho*. — Ele lambeu os lábios, sorrindo, enquanto eu sentia nojo. — A cara de Dwayne antes de morrer foi foda e a sua...

Ele se inclinou, passando o dedão em meu rosto.

— A sua foi impagável.

Tentei ignorar a dor que sua fala me causou, pensei no que vim fazer aqui e no que prometi a Lunna.

— Com certeza foi. — Sentei-me, lambendo meus lábios e o encarando de baixo. — É uma surpresa você flagrar o homem que dias antes estava dentro de mim, me chamando de sua, com outra vadia no colo.

O olhar dele escureceu.

— Está pronto para viajar?

CAPÍTULO 26

King Trevisan

Nunca entendi o significado de que tudo pode mudar em um segundo. Bem, agora eu entendia. Em um segundo, toda minha vida se modificou.

— Só quero conhecer Akim, ele está no comando agora — falei devagar e apertei a pistola entre meus dedos.

Billie praguejou baixo. Ele era filho de velhos amigos da família Trevisan. O casal que achou meu tio quando foi sequestrado e mantido preso por anos.

— Você entende que caralho está me pedindo? Seu pai vai me matar...

Quase rebati dizendo que Romeo não era meu pai, mas não podia. Ainda não.

— Faça acontecer. Vou mandar o endereço do hotel.

— Se você fizer alguma merda, isso vai respingar em mim. Entendeu?

— Entendi, Billie.

Desliguei o celular e coloquei o aparelho na cama. Andei até a janela e respirei fundo. Moscou estava gelada e coberta de neve, tinha sua beleza, mas castigava bem mais que Chicago.

Deixar minha casa, meus pais e minha cidade, foi difícil. Sempre estive com eles, nunca cogitei deixar tudo para trás só para saber quem era a Bratva.

Mas ali estava eu, aguardando Akim, o novo chefe da máfia russa. Para quê? Nem sabia de fato.

Mas de uma coisa sabia, não sairia dali sem respostas.

Horas depois, estava andando em direção a um quarto onde Billie falou que Akim estaria. Minhas armas estavam no quarto, não tinha por que trazê-las se eles me revistariam.

— Não faça merda — Billie grunhiu pela última vez antes de eu desligar a chamada.

Assim que surgi no corredor, eu a vi. Não sabia se era uma miragem, mas com a sorte que tinha, só podia ser real. Andei rápido, mas a demônia correu para o elevador.

Eu ia matar essa garota.

Calma, Remy.

Precisava focar em uma coisa de cada vez. Podia lidar com Harleen depois.

— Você deve ser o amigo do Billie.

Akim abriu a porta assim que bati. Acenei e ele me deixou entrar. Andei até a janela e depois me virei. Não havia ninguém com ele, pelo menos, não ali no quarto.

— Sim, obrigado por vir até aqui. Sei que é ocupado.

Akim serviu uísque em dois copos e me entregou um. Sorveu a bebida e eu o encarei.

— Sim, na verdade, estou. Meu casamento está se aproximando.

— Parabéns! — Ergui o copo antes de colocá-lo numa mesa pequena que ficava na frente da cama.

— Sim, sim. O que você quer? — Ele terminou a bebida e me encarou.

— Você conheceu Nikolai?

Akim semicerrou os olhos e ponderou por um tempo.

— Ele foi nosso Don por um tempo. Eu tinha acabado de ser inserido, na época. — Akim se sentou e eu fiz o mesmo. — Ele morreu quando a Outfit Chicago entrou em sua mansão. Nick era lunático. Não andava com soldados ou tinha alguns em casa.

Obriguei-me a não expressar nada, mas apertei meus punhos.

— Você é novo demais para tê-lo conhecido. — O Don da Bratva semicerrou os olhos, mas algo fez com que tivesse um estalo. — Puta que pariu! Você é filho dele.

Akim me olhou, o semblante pálido e surpreso.

— Minha mãe tem dúvidas.

— Não tem mais ninguém da família vivo, todos foram mortos em algum momento. O último, filho do Mikhail, morreu antes de eu assumir.

Fazia sentido. Ergui-me e andei até Akim. Ele se ergueu, agora cauteloso.

— O que você quer, Richard?

Billie me perguntou qual nome eu gostaria de dar, o meu daria muito na cara. Precisava de um disfarce.

— Ter certeza de onde vim, mas não se preocupe. O poder não é meu foco.

Akim semicerrou os olhos.

— Nem se fosse. Herdei o lugar por mérito, você jamais comandaria a Bratva.

Akim pegou o celular da mesa e ficou ereto.

— Se eu vir você de novo, vou arrancar sua cabeça. Volte para a sua casa.

Onde era minha casa?

Harleen surgiu com sua voz doce e curvas perigosas. Minha Bird. Enfureci-me pelo pensamento. Harleen não era minha, não a queria.

E a faria pagar por estar ali.

— Obrigado por vir, senhor.

Akim se virou e foi embora. Eu me virei, olhando ao redor. A cama estava atrás de mim, a TV na lateral, e a janela diante dos meus olhos. Respirei fundo, enfiando as mãos no casaco. Agora, precisava lidar com minha demônia de delineado.

Liguei para a recepção e perguntei qual o quarto dela. Não demorou até eu saber.

Olhei para fora e prendi a respiração quando percebi algo. Um vulto preto, no telhado do prédio da frente. Quando vi o rifle, percebi que era um atirador. Abaixei-me rápido e ouvi o som da bala explodir a janela de vidro.

Rastejei afastando os cacos até a porta. Praguejei quando vi que estava fechada. Filho da puta! Puxei a arma que escondi no quarto assim que Billie me disse onde seria nosso encontro e atirei na fechadura.

Abri a porta e corri até o elevador. Antes que as portas se fechassem, vi dois homens de terno com armas em punho. Porra! As balas choveram, mas antes que pegassem em mim, as portas se fecharam.

Ao chegar ao andar de Harleen, bati à sua porta até ela abrir. Assim que entrei, esqueci que estava sendo perseguido e agarrei a garota que estava fodendo minha cabeça e minha vida.

Como diabos ela detinha tanto poder, era a questão.

— Está pronto para viajar?

Deus, ela era a única pessoa que tirava toda a minha paciência. Harleen Ann Hill nasceu para enlouquecer Remy Trevisan.

— Se eu tivesse tempo, açoitaria sua boceta para me obedecer. Você vai embora agora, e isso não é discutível.

Sons de disparos soaram e eu me lembrei do que estava fugindo. Agarrei seu braço e peguei sua mochila.

— O que está acontecendo? — A voz dela me quebrou.

O medo em seus olhos quando a olhei... Droga, eu me odiei por isso.

Quem a ajudou a entrar na Rússia?

— Família — falei.

Porque era óbvio.

— O que eles têm a ver com tiros aqui? — Bird ficou junto de mim enquanto abria a porta e olhava para fora.

Fui a passos lentos até o elevador, e assim que entrei, atirei na câmera.

— Oh, meu Deus! — Bird gritou, mas a empurrei para minhas costas. — Me diz o que está acontecendo!

— Eles acham que quero tomar o poder.

— Como assim?

— Sendo herdeiro do antigo chefe, o lugar dele deveria ser meu.

— Eles... Eles querem te... matar? — A voz dela quebrou e ouvi um soluço.

Porra!

Me vi—rei, socando o painel. Harleen chorava, assustada. Segurei seu rosto, fazendo com que encarasse.

— Querem e odeio que você esteja aqui, porque meu foco está em proteger sua bunda, não a minha.

— Remy...

— Você é forte, Harleen. Nós dois sabemos disso, então não surte. Vamos até meu quarto pegar minhas armas e mochila, depois daremos o fora.

Bird respirou fundo e acenou.

Voltei a olhar para o elevador. Assim que ele abriu, não havia ninguém no corredor. Certeza de que meu quarto foi o primeiro lugar que procuraram por mim. Imbecis.

Abri a porta e tudo estava revirado. Mandei Harleen juntar as minhas coisas e pôr na mochila. Fui até o banheiro e puxei a tampa do reservatório de água do vaso. Tirei cinco sacolas de dentro, depois de secar bem, rasguei o plástico, tirando minhas armas e algumas bombas.

— Pronto! — Harleen chegou ao banheiro, com a minha mochila no ombro.

Seus olhos foram para as armas, peguei uma delas e coloquei na sua mão.

— Você vai usar uma.

— Mas eu não sei...

— Você vai aprender.

Ensinei o básico a ela, e depois de colocar um silenciador na ponta, eu a fiz atirar. Graças a Deus a mira dela não era a das piores.

— Remy, como vamos sair daqui?

Harleen baixou a arma e a travou. Ela estava mais calma, porém, preocupada ainda.

— Ele não sabe que está comigo. Então, você vai sair como qualquer um. — Enfiei minhas pistolas pelo corpo e guardei as bombas no casaco. — Vai até a garagem pegar o carro que aluguei e me espera no beco ao lado.

Bird mordeu o lábio, nervosa. Aproximei-me, tirei a carne rosa dos seus dentes e segurei seu queixo.

— Quero matar você por ter vindo até aqui, mas isso requer coragem. Você é corajosa, Bird. Você vai conseguir.

Harleen engoliu em seco e tocou meu peito. Senti uma vibração estranha em meu estômago com sua aproximação.

— Como você vai chegar até lá?

— Vou dar um jeito.

Bird respirou fundo.

— Se eu demorar mais que meia hora, quero que vá para casa.

Ela abriu a boca, mas voltou a fechá-la.

— Procure minha família e avise.

— Remy, não... Eu não... — Bird começou a tremer. Segurei seu rosto, aproximando-me dela. — Não me beije.

— Por que não?

— Porque é fácil esquecer tudo que fez comigo quando me toca.

Ela estava certa, mas quem disse que eu me importava?

Minha boca colidiu com a dela, mas não aprofundei. Não tínhamos tempo.

— Eu sou o rei aqui, Bird. Não sigo regras.

— Bom, King, nem eu.

Ela se virou, pegou sua arma e saímos do quarto. Não havia ninguém no corredor, mas dessa vez decidi ir pelas escadas. Descemos três lances, quando chegamos a uma porta, optei por deixar Harleen seguir sozinha até a garagem.

— Se alguém aparecer, use. — Coloquei a arma no cós da sua calça. — Mire na cabeça, para matar.

Ela ficou gelada ao me ouvir, mas acenou como a boa garota que era. Olhei para fora da porta e não havia ninguém. Ajustei sua mochila em suas costas e a coloquei no corredor.

— Meia hora. Vai lá.

Harleen respirou fundo e acenou, afastando-se. Só quando ela entrou no elevador que fechei a porta e voltei para as escadas.

Desci até o último andar e encontrei a cozinha. Não havia ninguém dentro do cômodo. Com certeza, mandaram evacuar o prédio. Passei pela porta de saída e quase sorri ao ver vazio. Andei para fora, mas parei quando ouvi passos.

— Você acha que vou deixar ir embora? — Akim saiu de detrás de uma pilastra.

Eu praguejei, com a arma em punho.

— Não quero seu lugar, queria saber das minhas raízes.

— Raízes? Bem, Remy Trevisan, sei bem quais as suas raízes.

Billie maldito.

— Depois de conversar com Billie por um tempinho, descobri quem de fato você é. — Akim segurava a arma, mirando em mim. — O plano fodido de Rocco não deu certo.

— Não sei de quem está falando...

— Não me faça de idiota! — Akim gritou, fúria tomando conta do seu rosto.

— Seu pai e tio querem derrubar a Bratva, mas estamos longe de sermos exterminados.

— Eles não querem vocês em nosso território. Só isso.

— Bem, então o que diabos faz no meu?

— Eu já disse.

Akim semicerrou os olhos, mas antes que pudesse abrir a boca, um tiro foi disparado. Seu corpo caiu para frente, e atrás surgiu Harleen. O rosto rosado, a respiração formando fumaça, e braços estendidos segurando a arma. Os olhos dela eram ferozes.

Minha punk corajosa.

Corri em sua direção e a empurrei até o carro. Ela começou a dirigir assim que entrei pelo outro lado. Abaixei-me e subi os vidros.

— Ele morreu? — Harleen estava vidrada na pista, mãos apertando o volante até seus dedos estarem brancos.

— Bird.

— Eu matei alguém?

— Não, não matou — menti, porque de fato não sabia se havia matado. — Vai ficar tudo bem. Dirija até o jato. Não pare.

Ela acenou repetidamente. Fechei os olhos e o tempo passou rápido. Quando chegamos, Harleen abriu a porta correndo. Saí do carro junto e vi Gideon. Um dos amigos do tio Rocco. Ele não era da Outfit, apenas fazia negociações.

— Remy. — A voz de Harleen soou.

Eu a encarei, porém, seus olhos estavam em minha barriga.

Olhei para baixo e vi meu casaco molhado. Droga!

— Suba. — Empurrei Harleen até a escada, mas suas mãos estavam em minha roupa.

— O que é isso? Remy! Me mostra...

— Suba, Harleen!

Ela me encarou e se virou, obedecendo-me.

— Um médico, agora.

Gideon acenou, tirando o celular do bolso. Subi a escada e encontrei Harleen andando de um lado para o outro. O piloto estava no jato e acenou quando me viu.

— Você foi atingido! — Harleen me agarrou e me fez sentar em uma das poltronas.

Em segundos, ela tirou minha blusa e casaco. Seus dedos tremiam quando viu o buraco da bala. Com certeza, Akim atirou antes de cair.

— O médico está a caminho. Não surta, ok?!

Mas ela surtou. De dois em dois minutos ela berrava com Gideon, dizendo que o médico estava demorando.

Só quando o homem chegou e alçamos voo, é que ela ficou quieta.

— Foi de raspão. Não pegou em nenhum órgão importante. Fique deitado, vou medicar você.

Harleen me levou até o quarto pequeno que tinha no jato e eu me deitei. Ela se sentou ao lado, olhando para minha barriga.

— Estou bem. Vai tomar um banho, tira essa roupa com meu sangue.

Nem ela havia percebido que sujou a roupa tentando ver o ferimento.

— Você está sentindo alguma coisa? — Harleen mordeu o lábio e eu neguei.

Era mentira, mas foda-se! Só queria que ela parasse de ficar neurótica.

— Ok, se precisar me chama.

Assim que ela saiu, fechei meus olhos. Quando abri, percebi que havia dormido. Harleen estava usando uma toalha branca felpuda e o cabelo molhado caía.

— Senta aqui — chamei, apontando para meu colo.

— Remy. — Harleen franziu as sobrancelhas. — Não faz isso.

— Agora.

Seu olhar ficou sério e ela suspirou. O som que sempre fazia quando ia me obedecer. Ela se apoiou na cama e eu empurrei minha calça para baixo, fazendo meu pau pular.

— Abra bem suas coxas e me foda. Isso vai me curar.

— Mentiroso.

— Sua boceta é milagrosa, Bird.

Ela revirou os olhos, mas fez mesmo assim. Sua boceta apertada molhou a ponta do meu pau e deslizou, até tudo estar dentro dela. Harleen esfregou os quadris contra mim e eu puxei a toalha, soltando seus peitos. Agarrei um deles e puxei até minha boca, Bird se inclinou para me dar o que me pertencia.

Suguei lentamente e depois mordi, movimentando a língua no bico. Ela gritou, mas continuou esfregando a boceta em mim.

— Eu disse que sua boceta era milagrosa. Nenhuma dor, nada, só o tesão que sinto por você.

Ela jogou o cabelo para trás, os fios longos tocando em minhas coxas. Os seios pesados e grandes pulando enquanto ela se remexia. O clítoris visível, inchado e rosa, implorando pela minha boca. Meus dedos tinham de servir.

Esfreguei o ponto doce e Harleen gritou, gozando em meu pau.

— Está tudo bem, Sr. Trevisan? — Gideon perguntou, do outro lado da porta.

Harleen arregalou os olhos.

— Sim, Gideon. Está tudo perfeito!

Belisquei seu clítoris e Harleen gemeu. Sua boceta me apertou e soltou, levando toda minha porra para dentro do seu canal apertado.

— Seu porco nojento. — Harleen gemeu quando saiu de cima de mim e caiu ao lado.

— Ainda vou comer seu rabo, Harleen. Um dia.

— Nos seus sonhos.

Ela se deitou ao meu lado e meus olhos pesaram. Exausto, o sono me venceu, mas antes ouvi Harleen.

— O que eu fiz?

CAPÍTULO 27

Harleen Ann Hill

Não sabia como colocar em palavras a decepção que tomava conta de mim. Preenchia o espaço onde a adrenalina e o medo ferviam. Tudo que passei em um único dia foi sufocante. Fugi de mafiosos, aprendi a usar uma arma e atirei em um ser humano. E talvez, tenha matado alguém. Então, veio o medo absurdo de perder Remy. Ver que ele havia sido baleado me nocauteou.

E nem foi porque sua mãe estava aguardando que eu chegasse com ele a tiracolo.

Era porque esse diabo perverso e cruel se impregnou em minha pele. Remy era como veneno, percorrendo minhas veias, infiltrando-se em meu coração, mexendo com meus batimentos cardíacos.

Eu o amava.

Jamais imaginei que amar alguém fosse tão doloroso.

Sentei-me contra a cadeira acolchoada e foquei no celular. Havia mensagens de Candice. Li diversas vezes, e quanto mais repetia para mim mesma o que faria ao pousar esse avião, mais doía.

Harleen, você não está sozinha. Caso decida vir para casa, estarei aqui, de braços abertos. Use esse cartão se precisar de qualquer coisa. Até para comprar sua passagem de volta.

Com amor,

Tia Candice.

Meus olhos estavam repletos de lágrimas. Conseguia ver uma vida normal, ir à faculdade e me formar. Ser uma Harleen com uma casa e família estável. Porém, nessa vida não havia espaço para máfia, armas e tiros.

Muito menos para Remy Trevisan.

Olhei para ele, dormindo. Tão tranquilo, nem parecia que havia colocado a própria vida em risco. E para quê? Para ir em busca de uma história que machucou sua mãe, raízes que nem sabia que eram dele. Tantas dúvidas, mas também uma resposta.

Ele estava com medo.

Odiava colocar Remy em uma posição de fragilidade. Ele não era assim, pelo contrário. Aquele homem era forte, inabalável. Mas só isso explicaria os motivos pelos quais viajou por quase dez horas até a Rússia.

Perdido, sem a única coisa que ele tinha certeza absoluta de possuir.

Sua família. A Outfit.

Remy dormiu por horas, só acordou quando o médico pediu para ver seu ferimento e saber como ele estava. Com um acesso na veia, ele foi medicado. Eu já tinha dormido duas vezes e almoçado.

— Você está bem? — Sua pergunta me pegou desprevenida.

Ergui meu rosto para ver seus olhos e acenei, sem falar. Remy semicerrou os olhos, desconfiado, mas ignorei seu olhar. Não estava pronta para esse embate.

A aeromoça apareceu com a comida dele e eu aproveitei para sair do quarto. Não conseguia lidar mais com essa situação.

Remy me machucou antes de tudo isso. Ele transou com outra garota, com minha irmã adotiva. Isso era imperdoável.

Mesmo que a gente não estivesse junto de fato. Ele sabia como eu me sentia. Além do fato da sua zombaria quando foi me confrontar.

Remy não merecia meu coração. O rei da Outfit jamais conseguiria amar.

Ele só conseguia amar sua família. Nada além dela importava.

— Ele comeu e dormiu de novo. — O médico saiu do quarto e se sentou na poltrona do outro lado do corredor.

— Bom.

— Vamos pousar em algumas horas. Quer uma manta? — A aeromoça sorriu, e eu acenei.

Não via a hora de chegar a Chicago. Precisava pensar mais e mais no que seria minha vida depois de Remy.

Ele me mandou embora, então achava que não teríamos drama. Pelo menos, esperava que não.

Estava tão cansada de brigas.

Queria dormir e acordar numa vida onde minha única preocupação fosse qual roupa escolher.

Quase sorri ao pensar nisso. Era algo tão distante.

Ele não acordou até pousarmos. Lunna correu na direção dele quando Gideon e o médico o ajudaram a descer do jato.

— O que houve?

Ela sabia o que tinha acontecido. Gideon ligou para Romeo e avisou o que Remy fez. Mas entendia sua preocupação.

— Ele está estável. Vamos levá-lo para casa. — O médico moveu Remy até o carro com Romeo.

Sentei-me ao lado de Lunna, e Remy com seu pai, na nossa frente. Lunna segurava as mãos do filho como se ele fosse precioso. E, na verdade, ele era. Para qualquer mãe, seu filho era uma joia rara, que só ela foi capaz de encontrar.

Minha garganta fechou com esse pensamento. Eu era a joia rara da minha mãe.

— Pai... Eu quero fazer o exame — Remy falou, sério.

Meus olhos estavam focados na pista.

— Remy... — Lunna choramingou, franzindo as sobrancelhas.

— Essa é minha vida, preciso saber. Essa não é uma decisão que cabia a vocês. Era minha.

— Seu pai...

— Se não fosse por Harleen, até hoje eu estaria sendo mantido no escuro. — Quando falou meu nome, eu o encarei. Ele estava com o foco em mim. — Até nisso, ela fez mais por mim.

Não, não fiz. Eu o ataquei e o machuquei, mesmo tendo sido um tiro trocado.

Nada disso diminuía o que fiz.

— Tudo bem, Remy. Você é um homem feito, sabe o que é melhor.

— Não, Romeo. — Lunna negou, nervosa. — Se...

— Se for, Remy vai lidar com isso da maneira que ele achar melhor. Não podemos protegê-lo para sempre, Lótus.

Achava linda a maneira como Romeo a chamava.

— Sua família somos nós. Nunca mais aja desse jeito, Remy. — Ela ficou rígida, empurrando os ombros para trás. — Virar as costas para a Outfit é um erro, mas para mim é uma traição. Lembre-se disso no dia que abrir o resultado.

Remy acenou e todos ficaram em silêncio. Só quando chegamos à mansão deles e Remy subiu para o quarto, eu me senti pronta para ir.

Precisava passar no apartamento para pegar minhas coisas e depois ia para o aeroporto. Não avisei nada a tia Candice. Precisava ir sem pressão sobre mim.

A mãe de Remy estava na sala comigo. Respirei fundo, tentando falar.

— Eu preciso ir — murmurei para Lunna, que franziu a testa.

— Você não vai falar com ele antes?

Para quê? Não tínhamos mais nada para conversar. Nunca tivemos.

— Não, preciso realmente ir.

Seu olhar ficou suave e ela se aproximou de mim. Segurando meus ombros, Lunna sorriu.

— Obrigada! Saiba que minha casa sempre receberá você com alegria. Jamais duvide disso.

Não duvidei, mas achava pouco provável que voltasse ali.

— Obrigada, Lunna. Ele tem sorte por ter você como mãe.

Isso a emocionou. Eu a abracei apertado e depois de respirar fundo, soltei-a.

— Se um dia for à Califórnia, me ligue. — Sorri, andando para trás.

— Por quê? Você nem está lá.

Aquela voz.

Virei-me, vendo Remy de pé, franzindo a testa, encarando-me profundamente. A peste havia descido a escada sem fazer barulho.

— Ei, não... Eu... — Respirei fundo e formulei o que ia falar, antes de ele voltar a abrir a boca. — Estou indo para casa.

— Você está em casa.

Sabia que ele estava falando de si mesmo, perguntei-me como diabos ele conseguia.

— Preciso ser uma garota normal, Remy. A que vai à escola sem uma gargantilha no pescoço com o nome do garoto que a odeia, que estuda para conseguir ir à faculdade... Que namora alguém normal.

Arrependi-me de falar a última parte. Não era justo julgar a vida dele. Ele nasceu nela, não fazia sentido atacar isso.

— Você sabe que não vou deixar.

Talvez.

— Pela última vez, vou implorar algo a você. — Dei um passo à frente e minhas mãos coçaram para tocar nele. — Me deixe ir, sem brigas, sem gritos ou ameaças. Só me liberte.

— Qual seria a graça, Bird? — Seu dedo deslizou pela minha pele, descendo pelo colo até meus seios. — Passei meses caçando você, e quando a possuo, liberto?

— Você quer me ter para quê? — Neguei, respirando fundo. — Remy, você sabe que isso tudo foi um jogo. Um que você se divertiu muito, mas acabou.

Seu corpo ficou rígido, previ seu surto.

— Não há nada no mundo que eu queira mais que você, Harleen.

Não previ isso.

— O quê?

— Já falei com meus pais. Você vai ficar em Chicago até terminar o ano letivo. Depois, pode escolher a faculdade que quiser, então a libertarei.

O que diabos ele estava falando?

— Só faltam alguns meses. Termine a escola, aqui, comigo.

Por que ele estava fazendo isso? Como ele conseguia entrar na minha mente assim?

— Remy, vou para a Califórnia.

— Nós aceitamos a ideia do Remy. Somos gratos a você, Harleen. Termine a escola, a faculdade que desejar entrar será paga por mim. — O pai dele surgiu.

Lunna tocou meus ombros. Havia esquecido que ela estava ali.

— Bom, estou de acordo.

Olhei para Remy e ele sorriu. Um sorriso de merda me fez aceitar.

Sim, por causa desse sorriso. O que eu amava, que me desnorteava.

— Não estamos juntos.

— Não.

— Você não vai ser um perseguidor.

— Não.

— Você não sabe mentir.

— Não.

Deus, eu o odiava. Mas queria ficar. Por ele, por mim, por meus amigos, mas, principalmente, porque sabia quem eu era ali, em Chicago. Não queria mais uma mudança drástica.

Alguns meses. Só isso.

Respirei fundo e acenei.

Que Deus me protegesse da família Trevisan!

King Trevisan

Antes que Harleen conseguisse falar algo, a porta foi aberta e meus primos entraram. Todos eles. Nina pulou contra mim, apertando-me tanto que minha ferida doeu.

— Ei, ele está ferido! — Harleen afastou minha prima, irritada.

— O que ela está fazendo aqui? — Nina semicerrou os olhos.

Amo afastou as duas e segurou meu rosto.

— Poderia beijar sua boca, porra! Graças a Deus você está bem!

Revirei os olhos, mas apertei seu braço.

— Comeu o rabo de algum russo? Espero que sim. — Rhett se jogou no sofá, com um pacote de Cheetos na mão.

Lua não estava em casa quando cheguei, havia ido ao balé. Eles a avisaram minutos atrás que cheguei, por isso, quando ela abriu a porta com um baque e pulou em mim, não me importei. A dor podia me consumir, eu a seguraria para sempre.

Harleen insinuou que ia se aproximar, mas neguei. Lua estava com as pernas rodeando minha cintura, apertando-me tanto como jamais fez.

— Não faça isso, nunca mais. Não consigo viver sem você. Não existe Lua sem Remy.

Doeu ouvi-la dizer isso. Abracei minha irmã e depois a soltei. Seu rosto estava molhado, então enxuguei para depois beijar sua testa.

— Remy tem de voltar para a cama. Subam com ele — minha mãe ordenou e todo mundo subiu, menos Harleen.

— E aí?

Bird cruzou os braços e negou.

— Vou fazer companhia para a sua mãe.

Quis rebater, mas sabia que meus primos podiam ser exaustivos. Subi, e quando cheguei ao quarto, Nina estava com a mão na cintura.

— Você está namorando Harleen?

— Ele não namora, ele tem uma noiva. Vocês se esquecem disso? — Amo resmungou, olhando para a janela.

— Ela é uma criança, é melhor não lembrar.

— Como é mesmo o nome dela? — Lua franziu as sobrancelhas e Amo me encarou.

— Sei lá. Alguma coisa Vitali.

Realmente não lembrava. Não estava feliz com esse arranjo idiota, mas não me preocuparia com isso agora. Tinha tempo, e bastante, até a pirralha crescer.

Deitei-me na cama e respirei fundo. Meus primos conversaram entre eles, ora me inserindo na conversa. Quando Lua saiu do quarto, Nina, que estava na ponta da cama, se arrastou até se deitar ao meu lado.

— Vai, me diz, o que Harleen está fazendo aqui?

— Ela foi buscar King na Rússia — Rhett murmurou, mexendo no telefone.

— Rhett e eu íamos, mas o pai não deixou — Amo avisou, com o rosto tapado pelo braço; ele estava jogado na poltrona.

— Sweet surtou quando descobriu que o pai dela é pai da Harleen.

— Donald não é pai de nenhuma das duas. Ele não é digno de ser chamado assim.

Nina respirou fundo e me encarou.

— O quê?

— Eu sei que estão se envolvendo. Isso é perigoso, King.

— Se envolvendo... Eles estão trepando. Só isso. — Amo riu, mas Rhett o socou.

— Nina está aqui, imbecil.

Ela bufou, inconformada.

— Sei o que é trepar. Não sou puritana.

— Como é? — Fiquei ereto ao mesmo tempo em que os gêmeos. — Nina...

— Não, eu não fiz. Não é isso, imbecis.

Amo levou a mão ao coração, sentando-se de novo no chão.

— Você vai me matar um dia.

Rhett semicerrou os olhos.

— Enfim, é perigoso — ela rebateu.

Voltei a me deitar e a encarei.

— Sei o que estou fazendo, Nina. — Minha voz estava cansada.

Eu queria dormir, mas não deixaria meus primos sozinhos.

— Não, não sabe. Estar com ela vai te fazer amá-la. E você não pode amar... Nenhum Trevisan que se apaixonou deixou a pessoa amada pelo compromisso que tinha.

Fiquei rígido com suas palavras. Nina era sábia, falava tudo e observava mais ainda. Era a única que sabia a história de todos os casais da família, pelo simples fato de perguntar demais.

Desde pequena, sempre esteve aos pés de alguma das nossas tias ou da minha mãe, caçando informações para saber os romances delas.

— Eu vou ficar bem. Na hora certa, vou me casar com a garota e Harleen vai seguir o caminho dela.

Falar isso me causou incômodo, mas o ignorei. Não era justo querer Bird, enquanto meu casamento arranjado estava fadado a acontecer.

Felizmente, estava longe de ser justo.

— Ok, depois não venha chorar em meu ombro.

Nunca fiz isso e jamais faria.

A porta recebeu batidas e foi aberta. Harleen enfiou a cabeça e me encarou.

— Vou sair com Dante. Caso precise de algo, estou com o celular.

— Onde ele está? — perguntei, irritando-me com o fato de aquele imbecil levá-la para longe de mim.

— Aqui. — Ela abriu mais a porta e ele surgiu.

— Sua mãe me obrigou a entrar. — Sua explicação era plausível, quase nunca permiti sua entrada.

— Aonde vai levá-la?

Harleen respirou fundo e balançou a cabeça.

— Hum, ela quer tocar. — Dante olhou para Harleen e depois para mim. — Bonnie está esperando na casa dela para isso.

— O que você toca? — Nina se sentou na cama, curiosa.

— Flauta. — Bird segurou o braço dele e o puxou. — Estamos indo.

Eu quis obrigá-la a ficar, mas optei por permanecer quieto. Precisava dormir e Harleen precisava de música.

— Você sabe que ele a fode também, certo? — Amo me encarou assim que a porta foi fechada.

— Não, não fode.

Fechei meus olhos e respirei fundo.

Não sabia se meus primos se despediram, porque caí em um sono profundo.

CAPÍTULO 28

Harleen Ann Hill

Dante me levou até o apartamento, e lá tomei banho e troquei de roupa. Quando fiquei pronta, nós partimos para a casa da Bonnie. Ele estava quieto, e por mais curiosa que eu estivesse, optei por ficar na minha.

Dante era meu único amigo, uma das poucas pessoas que confiava. Não queria seu julgamento, não queria discutir com ele.

— Então, morando na casa dele.

Inferno. Lá vamos nós.

— Não tenho opção, tenho?

Tenho. Voltar para a minha tia, mas não queria uma nova mudança. Isso estava me deixando louca.

— Não, não tem, porque não quero que vá para a Califórnia. — Ele me olhou por um segundo e voltou a focar na pista.

Sorri, apoiando minha cabeça em seu ombro.

— Só peço que tenha cuidado, Harleen. — Sua voz se tornou sombria.

Nem o encarei, porque sabia o que encontraria. Um amigo superpreocupado de a amiga se apaixonar por um cara sem um pingo de sensatez na mente.

Mas estava me sentindo tão sufocada com minha descoberta. Queria que alguém me dissesse o quanto isso era errado. Alguém que sacudisse meus ombros e me perguntasse por quê, como.

Queria um choque de realidade.

— Eu... Estou apaixonada por ele.

— Até que enfim você descobriu.

Afastei-me para encarar Dante e meus olhos estavam pinicando. Queria chorar, porque era isso que deveria fazer.

Como amava Remy Trevisan? Como meu coração fez essa escolha?

— Não devia morar lá, não é?

Dante tocou minha mão e apertou firme. Funguei, e ele respirou fundo.

— Não, Harleen, mas mesmo se não fosse, ele faria com que acontecesse.

King era assim. Ele tinha tudo que queria, na hora que queria. Não havia meio-termo.

— Ele fez *bullying* comigo por meses. Até semanas atrás, eu usava uma gargantilha com seu nome apenas porque ele queria me humilhar. — Minha voz ecoou no carro, e quanto mais palavras saíam, mais lágrimas eram derramadas. — Como eu... Como?

Dante puxou o carro para o acostamento e parou o veículo.

— Não sei, essa merda é louca, mas não sou a pessoa mais sã para te aconselhar. Meu mundo, o mundo dele... Nós não ligamos para o certo e errado.

Dante sorriu, mas não era um bonito. Esse era distorcido, cruel.

— Somos mafiosos, Harleen. Se apaixonar por um homem assim nunca vai ser considerado certo.

— Eu sei. É que... Não entendo Remy.

Essa era a realidade. Não fazia ideia do que se passava na cabeça dele, era tão confuso na maior parte do tempo.

Remy era uma incógnita.

— Como assim?

— Ele me quer, sei disso. Sinto isso. — Minhas bochechas queimaram. — Mas não é algo romântico, Dante. Estou distorcendo tudo.

— Você não sabe o que ele sente, pare de se frustrar com isso.

— É posse, Dante. Remy quer me possuir, sou dele e isso é claro desde o começo.

Meu amigo respirou fundo.

— Esse é o jeito que aprendemos a amar. Nossos pais são tão insanos por nossas mães que... É doido, na verdade, mas elas são deles. E tudo bem, porque elas aceitaram isso.

— O quê?

— É a forma de amar que eles nos ensinaram. Não é bonito ou correto, apenas é assim.

Nossa conversa acabou e Dante voltou para a pista enquanto eu pensava sobre isso. Era ridículo e um pouco grotesco colocar o amor nessa posição, porque aprendi de uma forma totalmente diferente.

Amar é ser livre.

Quando chegamos a Bonnie, nós nos abraçamos e vi que não éramos apenas nós duas. Várias pessoas da banda estavam na casa dela. Sentei-me mais afastada, observando. Logo que Dante avistou a quantidade de pessoas, avisou que me buscaria depois. E foi embora.

— Como você está? As provas começam amanhã.

Um loiro que estava segurando um violão preto e que tinha um topete bem-feito sorriu para mim.

— Bem, sim, eu... Espero me sair bem.

Nem sabia que as provas começavam amanhã. Odiava a bagunça que Donald causou em minha vida em tão pouco tempo.

— Se precisar de ajuda, meu nome é Trey.

Ok, não pediria ajuda, mas acenei mesmo assim.

Peguei o meu celular e abri o Instagram enquanto via algumas solicitações de amizade. Meu coração parou quando vi o nome Javon. Entrei no perfil que era aberto e constatei que era o enteado da tia Candice.

Suas fotos eram quase todas paisagens da praia ou do oceano. As únicas fotos dele que tinham eram duas. Uma postada hoje.

Cliquei em seguir e, em segundos, ele enviou um oi. Respondi com outro e mordi minha unha. Deveria me desculpar por Remy. Ele o chutou nas costas. Será que ele estava bem?

"Você está bem? Sinto muito pela forma como meu amigo o tratou."

"Tudo certo. Amigo? Parecia um homem ciumento."

Droga.

"É complicado."

"Imaginei. Quando volta para a Califórnia?"

Quando? Não fazia ideia.

"Não sei, infelizmente."

"Quando vier, me procure pelo mar."

Sorri, porque era óbvio que ele estaria lá.

"Certo!"

Guardei meu celular e Bonnie chegou, avisando qual música tocaríamos. Tirei minha flauta da bolsa e sorri, sentindo paz. Sentia falta de tocar.

A música entrou em minhas veias e me mexi conforme a melodia. Sempre flutuava ao tocar e agora não era diferente.

— Estava com saudade de tocar com você.

Bonnie sorriu quando as pessoas começaram a ir embora. Olhei para o relógio e mordi meu lábio. Fazia mais de vinte minutos que avisei a Dante que tinha acabado.

— Também. — Suspirei, pegando minha bolsa e me erguendo. — Dante está demorando, vou chamar um Uber.

Bonnie abriu a boca para falar algo, mas tocaram a campainha.

— Deve ser ele.

Assim que Bonnie abriu a porta, fui em sua direção, mas parei quando vi quem estava ali.

— Boa noite, Harleen.

Sweet estava diferente. Sem maquiagem, o cabelo em um coque e rosto abatido. Lembrei de Dwayne. Talvez ela nem se importasse de fato com ele, já que ficou com o amigo dele, mas ele foi morto. Isso era algo maior.

Mesmo assim, não me mexi.

— A gente pode conversar?

Não, não podia. Não podia, porque a cada palavra a cena dela sobre Remy se repetia. Nua, esfregando-se contra ele.

— Não temos o que conversar.

— Temos, sim. — Sweet respirou fundo. — Minha mãe quer te ver de novo.

Meu estômago ficou frio. Droga. Não, não, não.

Amanda parecia legal, mas já tínhamos conversado. O que ela queria agora?

— Não fiz nada. Ele... Seu pai quem fez...

Sweet engoliu em seco, desviando os olhos. A garota parecia nervosa, apressada.

— A gente sabe. Remy contou tudo. Ela só quer... Minha mãe é boa. Ela só quer saber como está.

— Não sei.

Sweet estendeu a mão e havia um papel entre seus dedos.

— Esse é o número dela. Ela já tem o seu, então é provável que receba uma ligação dela.

Peguei o papel e fiquei olhando para ele.

— Ela não tem culpa de nada.

— O que está fazendo, Sweet?

— Ela me obrigou. — Sweet deu de ombros e deu um passo para trás. — Uma coisa sobre Amanda Quinn, ela sempre consegue o que quer.

Minha irmã adotiva se virou e foi embora, deixando-me confusa. Bonnie apareceu e um carro parou à entrada. Com duas buzinas, percebi que era para mim.

Deveria ser Dante.

— Estou indo. Obrigada por tudo.

Despedi-me de Bonnie e fui até o carro. Abri a porta, e quando vi quem era o motorista, semicerrei os olhos.

— Entra logo. Dante teve de ir resolver merda da Outfit e meu primo me colocou como sua babá — Rhett Trevisan grunhiu, irritado como sempre.

Queria entender por que ele me odiava tanto, e bem, essa era uma ótima oportunidade.

— Espero que sua raiva por mim não faça você jogar esse carro numa ribanceira — rebati, entrando no carro.

Mas ele me ignorou, pisando fundo. O pneu gritou, só então ele se moveu. Rhett dirigia como um louco. Era difícil não se segurar e ter certeza de que o cinto de segurança estava bem fechado.

— Você quer se matar? — perguntei, sobre a música barulhenta dele.

— Sim!

Virei-me, chocada, mas Rhett estava com os olhos na pista. O primo loiro de Remy dirigiu por vários minutos até a casa dele.

— A casa do Remy é mais adiante — falei para lembrá-lo, mas ele me ignorou; de novo.

Rhett saiu do carro e entrou na casa, sem uma maldita palavra. Fiquei no mesmo lugar, depois de alguns minutos, ele voltou.

— Pensei que tinha ido a pé.

— Não daria esse gostinho a você.

Ele pisou no acelerador, quando parou diante da mansão, pulei para fora e corri para a porta.

— Me lembre de nunca mais entrar no seu carro.

— Por favor.

Imbecil doente.

Assim que entrei, Lunna sorriu. Fiquei sem jeito, sem saber para onde ir, mas ela me guiou até o quarto onde eu ficaria. Era bonito e ficava perto do de Remy. Minhas malas estavam desfeitas, tudo arrumado no closet.

— Fique à vontade. Vou mandar o jantar para seu quarto.

Lunna ficou à porta e me virei, andando até ela.

— Causei muita dor em você, não entendo como pode me tratar tão bem.

— Harleen...

— Mas, agradeço de todo meu coração.

— Você é uma menina, Harleen. E garotas precisam de estabilidade. Precisam de uma mãe.

Meu peito ficou apertado. Lunna sorriu e passou os dedos pela minha bochecha.

— Minha irmã amaria você. Um dia, vai conhecê-la.

Sorri, porque com Lunna era fácil ser feliz. Se sentir bem e querida.

— Vou deixar você sozinha. — A mãe de Remy parou antes de virar. — Amanhã, vou levar você a um lugar.

Semicerrei os olhos, mas Lunna se virou. Assim que ela fechou a porta, fui até a cama. Deitei-me devagar e respirei fundo. Em segundos, meus olhos se encheram de lágrimas.

Estou bem, mamãe.

Pela primeira vez desde que ela me deixou, eu me senti segura. Era contraditório, já que estava sob o mesmo teto do único garoto que fez da minha vida um inferno.

Fui tomar banho depois de limpar minhas lágrimas. Lavei o cabelo, hidratei os fios e minha pele. Todos os meus produtos estavam no banheiro, achei isso incrível. Vesti um pijama e sequei os fios, e quando saí, tomei um susto.

— É difícil encontrar você sozinha.

Lua Trevisan estava sentada, com as pernas cruzadas e almofada no colo.

— Oi, Lua. — Sorri, aproximando-me.

— Remy é noivo. Você sabe disso, certo?

Meu sorriso caiu. Lua inclinou a cabeça, esperando. Ela era a cara da mãe, era inquietante olhar para ela quando uma versão mais velha acabou de sair dali.

Mas voltei ao principal.

A noiva de Remy.

— Sim.

— Você vai se apaixonar por ele mesmo assim?

Se ela soubesse.

— A gente não controla essas coisas, Lua. — Aproximei-me, sentando ao seu lado.

— Por que você está aqui? Nesse meio... — Ela respirou fundo, tentando falar. — Daria tudo para não ter nascido na Outfit. Nosso mundo...

Segurei sua mão e apertei.

— Entendo, mas a paixão é incontrolável.

Lua respirou fundo e engoliu em seco.

— Eu sei, e odeio isso.

Não entendi direito como sabia disso já que era tão nova e vigiada, porém, quem nunca teve uma paixonite?

— Vou deixar você descansar.

— Obrigada. Se precisar conversar, estou aqui.

Lua sorriu e acenou, quando ela sumiu, levantei. Andei pelo tapete felpudo, tentando pensar se deveria ir ver como Remy estava.

Não estávamos bem, nós dois sabíamos disso, mas ele fez Rhett ir me pegar na casa da Bonnie. Era... gentil.

— Droga!

Saí do quarto e fui até o dele. Bati duas vezes à porta e ele pediu para entrar. Coloquei minha cabeça dentro e ele me olhou.

— Como você está? Tudo bem?

Olhei para seu ferimento e ele deu de ombros.

— Se divertiu na Bonnie?

— Sim, foi legal. A banda estava lá. — Respirei fundo e apertei a maçaneta. — Eu vou...

— Toque para mim.

O quê? Meu coração acelerou e eu encarei Remy, boquiaberta.

— Sua flauta, toque para mim.

— Ela está... no quarto.

Sem paciência, ele apenas ergueu a sobrancelha. Virei-me para ir pegar e, quando retornei, entrei no quarto e fechei a porta.

— Senta aqui. — Ele bateu na cama, ao seu lado.

Fui até lá e me sentei na ponta.

— Teimosa.

Remy agarrou meu pé e puxou até eu estar mais perto de onde ele me mandou ficar.

— Toque *Guns N' Roses.*

A única coisa que tínhamos em comum era nossa paixão pela banda. Respirei fundo e posicionei meus dedos na flauta. Em segundos, meu peito empurrou ar para o instrumento e a melodia ecoou.

Como em todas as vezes, eu me teletransportei para um lugar onde nada podia me magoar. Nem mesmo o garoto que eu amava.

— Com quem você aprendeu? — Quando o som chegou ao fim, Remy perguntou.

— Minha mãe.

— Qual era o nome dela?

Tracei os contornos da flauta enquanto pensava nos motivos para ele estar agindo assim.

— Aurora. Aurora Ann Hill.

— Gosto do seu nome. Por que tem ele? — Sua mão apertou meu tornozelo e meu peito começou a acelerar.

— Minha mãe gostava do Coringa e Arlequina.

— Harley Quinn.

— O nome original é Harleen Frances Quinzel.

Ele ergueu as sobrancelhas e acenou.

— Se Donald colocar o sobrenome dele em você, fica bem próximo. Harleen Quinn.

Afastei-me do seu toque, engolindo em seco.

— Não quero o nome dele. Meu nome é ótimo. Minha mãe foi ótima.

— Ei, ei! — Remy voltou a pegar meu pé e me puxou ainda mais para perto. Agora nossos quadris estavam lado a lado, um de frente para o outro. — Estou brincando, Bird.

Quando sua mão afastou meu cabelo recém-lavado, respirei fundo.

— Remy...

— O que, Bird?

— Não sei se é certo estar aqui. — Torci meus dedos, nervosa. — Você sabe como me sinto, eu disse a você.

Remy afastou as mãos de mim e mirou a parede ao longe.

— Sei que não sente nada, tudo bem. Mas aonde isso vai me levar? Quero sair inteira de algum lugar, pela primeira vez na vida. E juro que não parece possível sair da sua vida sem estar completamente despedaçada. Então, por favor, se você realmente não sente nada, se isso ainda está sendo um jogo para você, me liberta. Me avisa. Não me deixe no fundo de uma piscina, sem ouvir ou falar. — Lambi meus lábios e prendi seus olhos azuis nos meus. — Não me obrigue a nadar em um sentimento que você sabe que vai me afogar.

Nenhuma palavra. Remy permaneceu calado. Então eu soube, o ditado é correto.

O silêncio diz mais que mil palavras.

CAPÍTULO 29

King Trevisan

Harleen saiu do meu quarto sem dizer mais nada. Estava confuso demais para conversar sobre isso. O que diabos eu estava fazendo? Era incômodo pensar em deixar Bird ir, mas por que queria que ela ficasse?

Fechei meus olhos ao me deitar. Havia algo dentro de mim que desejava aquela garota, era possessivo com ela, odiava quando estava ao lado de qualquer outra pessoa. Mas, amar?

Não sabia o que era isso.

Sabia amar meus pais, minha família, mas uma garota? Não fazia a mínima ideia de como era isso.

— Droga!

Ergui-me devagar e saí do quarto. Parei diante da porta dela e apoiei minha cabeça ali. Abri sem bater, mas o quarto estava vazio. Semicerrei os olhos, mas ouvi barulho no banheiro. Quando me aproximei da cama feita, eu vi seu celular brilhar. Na tela, apareceram mensagens. Quando vi o nome, peguei o aparelho.

Javon, o imbecil da Califórnia, perguntava se ela já havia dormido.

Que merda era essa? Ela o seguiu no Instagram?

— Ah, meu Deus! — Seu grito me fez virar.

Harleen estava com a mão no peito, mas o que me pegou foram os olhos inchados e o nariz vermelho.

Ela estava chorando.

— Por que você está trocando mensagens com aquele idiota de LA?

— Você está mexendo no meu celular?

— Sim! É o que parece, não?

Ergui o telefone, irritado. Harleen tentou pegar, mas tirei do seu alcance.

— Que porra é essa, Harleen? Você ficou com esse desgraçado?

— Remy, devolve meu celular! — Seu berro me fez negar com mais veemência.

— Responde a porra da minha pergunta.

Harleen respirou fundo e riu, negando.

— Você trepou com Sweet. Dormiu com outra garota e está surtando porque beijei um garoto? — Ela empurrou o dedo em meu peito. — Se enxerga, Remy!

— Você quer que eu vá até lá? Quer que eu pergunte a ele? — Segurei seu rosto com a mão livre e me inclinei até estar bem perto. — Minhas armas vão estar na equação, Bird. E vou amar tirar sangue dele.

— Olha o que está fazendo — ela pediu, segurando meu braço, tentando se soltar. — Você não é capaz de me amar, mas é rápido em me encurralar por causa de um cara. Sou realmente sua presa, Remy? Sua Bird?

— É. Você é minha. Podem se passar anos, foda-se! Ainda vai me pertencer.

— E sua noiva? Hum? Quando você se casar, seu imbecil possessivo? — Ela conseguiu sair da minha posse, mas a encurralei na parede. — Remy!

— Vou ter tanto tempo com você até lá. Talvez, engravidar você até sua vida estar tão entrelaçada à minha, que a minha noiva vai te convidar para morar conosco!

Mal senti quando sua mão colidiu com meu rosto. Seu peito subia e descia, fúria latente em seu olhar. Jamais a vi tão puta em toda a minha vida.

— Eu me mato antes de permitir isso.

Afastei-me sorrindo e abri seu Instagram. Em segundos, abri a câmera e comecei a gravar.

— Olha, cuzão, vou te dar só essa chance. Para de procurar Harleen ou vou até a Califórnia arrancar sua cabeça.

— Remy, pelo amor de Deus! — ela gritou, mas balancei a cabeça.

— Ouviu? Você não me conhece, babaca! Deixe-a em paz!

— Apaga isso, agora. Por favor!

Harleen puxou o celular da minha mão, mas já tinha clicado em enviar. Seu rosto se contorceu e ela gritou, e... Porra! Sorri ouvindo.

— Eu odeio você! Odeio!

— Bom, é bom. Não sei lidar com seu amor, mas com seu ódio... Hummm, somos melhores amigos.

Bird balançou a cabeça, chocada. Aproximei-me e segurei sua nuca, puxando seu corpo até o meu.

— Se comporte, Bird, ou vou ter de colocar sua coleira de novo.

— Não se atreva!

— Não estou bem ainda, mas juro que quando estiver, vou punir você. Bloqueia esse cara, e se comporte.

Harleen tentou se soltar, mas sorri indo até a cama, fazendo-a se sentar. Inclinei-me, segurando seu rosto e lambi seus lábios.

— Sua boca é minha, Arlequina. Sua boceta é minha propriedade, e seu coração, também. Se acostume a me pertencer.

Beijei sua boca, e mesmo não querendo, sua língua buscou a minha. Antes que meu pau rasgasse meu moletom, eu me afastei.

— Durma.

Então, me virei e saí do seu quarto.

Na manhã seguinte, perguntei a Lua por Harleen e ela respondeu com alegria que tinha ido à escola.

— Com quem?

— Mamãe obrigou Rhett e Amo a levarem. Amei a cara do Rhett, aliás.

Minha irmã riu perversamente e eu balancei a cabeça.

— Hoje tem prova, pelo que Harleen disse quando saíram.

Não estava preocupado com isso, sim, com Donald. Esperava que ele obedecesse ao meu último aviso. Não o queria próximo a Harleen.

Se ele ousasse, eu o mataria.

Era a porra de uma promessa.

— O almoço vai ser servido. — Pai apareceu à porta e eu evitei o olhar.

— Lua, vai com o pai.

Ela se ergueu e parou quando meu pai colocou a mão sobre seu ombro.

— Você não consegue descer?

Conseguia, mas não queria. O assunto da minha paternidade ainda estava fresco em minha mente.

— Quando virão coletar meu sangue?

Seu rosto caiu, mas foi por poucos segundos. Logo, ele colocou sua máscara de sempre.

— Hoje.

Então se virou, sumindo pela porta.

— Você acha que seu sangue vai mudar alguma coisa? — Lua me encarou, seus olhos brilhavam. — Vou deixar de ser sua irmã? Ou talvez, você vai deixar sua família de novo?

Apenas a olhei, porque não havia nada a ser dito.

— O pai não merece o que está fazendo. Eles omitiram, e quem não o faria? Mamãe foi abusada, Remy. Isso muda a forma como qualquer mulher vê o mundo.

— Lua...

— Eles te protegeram, papai te amou e cuidou, mesmo tendo dúvida. Sua raiva deveria estar no diabo que machucou nossa mãe, não neles. Eles só te amaram.

Minha irmã fez um nó se formar em minha garganta, era impossível respirar.

— Eles fizeram o que qualquer pai faria, te protegeram de tudo, até da dor deles próprios.

Quando a porta bateu, fiquei sozinho. Lua estava certa, sabia disso, só queria que meu coração entendesse também.

Horas depois, sabia que as aulas já haviam acabado. Andei pelo corredor até o quarto de Harleen e abri a porta.

— Isso vai me deixar mais gorda, aposto.

Harleen estava sentada na cama, olhando para uma sacola plástica. Ela parou de falar quando se virou e me viu.

— O quê? — Aproximei-me e ela pegou o saco, escondendo de mim. — Você não quer fazer isso.

— Sua mãe me levou ao ginecologista. Lembra, aquele que você disse que ia me levar e nunca levou?

Ela estava irritada. Que novidade.

— Fiz um teste de gravidez na frente dela.

Droga!

— Uma coisa a menos a ser feita — falei, com o tom despreocupado, antes de me sentar em sua cama.

Fechei meus olhos e me deitei logo depois.

— Como foi na escola? Seu pai falou com você?

— Não, ele não estava lá. — Ela se aproximou, semicerrando os olhos. — Sweet falou comigo ontem.

Isso chamou minha atenção. Sentei-me e encarei Harleen.

— O que ela queria?

— A mãe dela quer falar comigo de novo. — Bird respirou fundo e se levantou. — Não sei se quero falar com ela. Isso tudo... é muita coisa.

Ela foi até o closet e guardou os remédios.

— Amanda é uma mulher legal, de verdade. Donald a enganou por muito tempo. Ela deve querer se redimir...

— Por algo que ela não tem culpa?

— Sim, por algo que a faz se sentir culpada. Ele escondeu você com medo de ela descobrir.

Harleen se sentou no começo da cama, perto da cabeceira. Sem falar nada, segundos se passaram até ela me encarar.

— O que você quer?

— Nada. Estou indo.

Ergui-me para sair do seu quarto, mas parei. Olhei sobre o ombro e Bird estava olhando para a janela.

— Você vai ficar bem. Pessoas quebradas tendem a se conectar.

Dois dias numa cama era o suficiente para mim. Por isso, fui para a escola. Harleen estava se remexendo no banco, agarrando a mochila de couro surrada que levava para todo lugar.

De forma pouco sutil, ontem Lua deu a ela uma nova que valia uma fortuna. Ela fez cara de paisagem quando a encarei.

— Você pode me deixar na entrada.

— Por que eu faria isso? — Arqueei a sobrancelha, já sabendo.

— Não quero que eles comentem. Rhett me deixou lá nos dois dias — Harleen rebateu, rápido.

O quê? Eu ia matar aquele pedaço de merda.

— Não.

— Por que você ama dificultar minha vida? — Seu grunhido foi ignorado.

Passei pelos portões da Heirs Prep e estacionei depois de alguns minutos na entrada enorme.

— Pronto, Arlequina.

— Pare de me chamar assim. Tenho um nome, pare de usar Bird ou isso.

Ela abriu as portas e bateu.

Ela. Bateu. A. Porta. Do. Meu. Carro.

— Vou ensinar você a fechar a porta.

— Você quer me ensinar tudo, Remy. Já pensou em ser professor?

Ela jogou o cabelo e andou rápido, perdendo-se pela multidão.

— Quebrou.

Virei-me, encarando Rhett. Amo estava longe de ser visto.

— Certamente. Essa garota me enlouquece.

Andei para a escola com meu primo.

— Você a estava deixando na porra da entrada? Você tem alguma demência?

Rhett deu de ombros.

— Preferi deixar lá do que explicar para as garotas o que diabos ela fazia no meu carro.

Puto desgraçado.

— Nunca mais faça isso.

Quando fomos para dentro, vi uma foto de Dwayne assim que passei da entrada. Em preto e branco, sendo homenageado. Traidor!

Nós nos conhecemos desde novos, nunca desconfiei dele. Esse foi o preço que paguei. Eu o considerei minha família, mas o que fez não tinha perdão.

Era por isso que seu pai e ele haviam sido mortos.

— Onde está Amo?

— Sobre isso... O desgraçado dormiu na casa de uma garota. Não sei qual. Mas mamãe enlouqueceu hoje, quando foi nos chamar para a escola.

Filho da puta.

— Nenhuma que você conhece?

— Deve ser nova.

— Vou ligar para ele.

Deixei Rhett ir embora e entrei na sala. Harleen estava sentada à mesa de costume e eu me sentei atrás dela.

— Vou para a casa da Bonnie depois da escola.

— Ok.

A aula passou sem nenhuma interação nossa. Porém ela não parava quieta.

Que porra estava acontecendo?

— Você está molhada, Bird? Uma ida ao banheiro e dou um jeito nisso.

— Você é um porco, Remy.

— Sim, sim, e você adora. Qual foi? — grunhi ainda mais baixo.

— Não é da sua conta.

Olhei por cima do seu ombro e vi o celular com a tela acesa. Não consegui distinguir o que tinha na tela, mas era uma conversa.

— Você gosta de testar minha crueldade, não é possível.

Afastei-me, sem esperar por sua resposta. Apavorada, Harleen se virou e eu a ignorei.

Quando a aula terminou, saí depressa da sala. Ouvi passos apressados e Bird me alcançou.

— Podemos conversar?

— Não.

— Não estava conversando com Javon. Era Bonnie.

— Não é da minha conta.

Rhett surgiu com Amo ao lado, Nina e uma garota que nunca vi.

— Ei! Remy, essa é a Amelie. Minha colega de turma. — Nina se esforçou para fazer isso.

Ela não gostava de ninguém, não tinha amigas. Aturava Alena e Lua porque eram suas primas.

— Prazer. Harleen. — Bird sorriu, ficando na minha frente.

Sério?

Nina me encarou, esperando minha explosão, que não houve. Amelie olhou entre mim, minha prima e Harleen.

— Estou indo — avisei, afastando-me enquanto deixava-os para trás.

— Você é mal-educado.

Abri a porta do carro para ela e fui para o meu lado.

— Sim, sim. Foda-se!

Pisei, acelerando para fora da escola. Assim que alcancei a avenida, Harleen me encarou.

— Remy?

— Sim, Bird.

— Por que mudou de ideia?

Franzi as sobrancelhas. Do que diabos essa louca estava falando agora?

— Você me mandou embora. Disse que fosse para a Califórnia, mas... agora você não quer mais. O que houve?

A maneira como essa garota pulava de um assunto para outro era assustadora.

— Estou repensando isso.

Harleen abriu a boca, mas voltou a fechá-la. Seus olhos saíram dos meus e vi seu semblante mudar.

— O que estamos fazendo?

— Quando você vai parar de perguntar isso?

— Quando você me responder.

— Já falei, Harleen. Isso não vai acabar, nós permaneceremos.

Ela se sentou ereta para frente, em silêncio. Em segundos, ouvi um estouro e o carro rodou na pista. O airbag foi acionado e ouvi o grito de Harleen.

Havia sangue em seu corpo. Tentei afastar o plástico grosso para conseguir ir até ela, mas antes que eu pudesse tocar nela, a porta foi aberta.

Vi um homem de terno se inclinar e tirá-la do carro. Peguei minha arma e gritei. Estava preso pela porra do airbag, e quando consegui sair, o homem já estava no carro com Harleen.

— Porra!

Atirei nos pneus, mas o homem não parou. Corri como jamais fiz, algo latejava, mas não dava a mínima. Precisava chegar até ela.

— Filho da puta! Solta ela! — gritei ao chegar próximo ao carro. Os vidros estavam fechados, então atirei nos outros pneus e bati no vidro. — Abra!

Não ouvi passos ou voz, só senti a pancada. Minha visão ficou turva e eu desabei no asfalto.

Em segundos, apaguei.

CAPÍTULO 30

Harleen Ann Hill

Minha cabeça estava doendo, minha respiração parecia tão superficial. Demorei a abrir os olhos, mas quando enfim o fiz, não consegui perceber onde estava. Não parecia o apartamento que Donald me enfiou ou o dormitório. Nem mesmo a casa de Remy, era diferente. Desconhecido.

Onde eu estava?

Esse pensamento me fez despertar.

O quarto era claro, uma janela grande estava diante de mim, e ela banhava o local. Meus pulsos estavam... amarrados. Meu batimento cardíaco acelerou e eu ofeguei.

Flashs do carro de Remy derrapando, depois minha cabeça batendo em algo me fez respirar fundo.

— Oh, meu Deus — gemi, tocando minha cabeça com as mãos presas.

Meus pés estavam livres, mas a corda que prendia minhas mãos estava presa na cabeceira da cama.

Onde estava Remy? Lembrava-me de gritar por ele enquanto alguém me tirava do seu carro. Em segundos, a visão dele correndo atrás do carro com a arma em punho me deu calafrios.

Onde ele estava? Será que aconteceu algo?

Minhas entranhas se retorceram, o medo me fazendo soluçar. Não, não.

Não sabia por quanto tempo permaneci chorando, mas quando ouvi a porta abrir me encolhi contra a cama.

— Comida. — O homem estava com uma bandeja e havia uma espécie de sopa nela.

Estava anoitecendo, o sol estava laranja. Fazia algumas horas desde o acidente.

— Onde está Remy? O que você quer comigo? — Minha voz ecoou rouca.

Ele mal me olhou, apenas deixou a comida mais perto.

— Coma.

O homem moreno cheio de tatuagens saiu do quarto e meu peito apertou mais e mais.

Onde eu estava?

Tentei puxar a corda, mas o nó estava muito apertado. Levantei-me, só não o suficiente para ir até a janela.

Pense, Harleen, pense.

Não tinha inimigos, não fiz nada de mal a ninguém.

Estremeci ao me lembrar que fiz, sim. Tentando proteger Remy, atirei contra Akim. E se ele veio atrás de mim? Oh, meu Deus!

Fechei meus olhos e implorei a Deus para conseguir fugir dali. Isso não podia estar acontecendo comigo.

Onde estava Remy?

Por favor, que ele estivesse bem.

Meu coração estava aflito, se algo tivesse acontecido a ele, eu não sabia se ia conseguir lidar com isso.

Estava cansada de perder pessoas que eu amava. E mesmo que odiava admitir, era apaixonada por Remy Trevisan.

Queria seu coração perverso para mim.

King Trevisan

Nunca imaginei ficar com tanto ódio e medo ao mesmo tempo. Minha cabeça estava uma névoa de dúvida e culpa.

O que eu fiz?

— Remy, vão entrar em contato. — Rhett estava andando diante de mim, enquanto Amo falava ao celular.

— Ela vai ficar bem. — Nina tocou minhas costas, mas recuei.

— Você não sabe disso, eu não sei dessa porra! E por que inferno? Porque fui um imbecil que a colocou em perigo e a enfiou no meio da Outfit!

Minha irmã se ergueu do sofá que estava sentada. Alena e ela foram pegas depois do sequestro de Harleen. Trouxemos Lua e deixamos Alena em casa. Se alguém fosse atrás delas?

— Pare com isso! Harleen é forte, ela é fodona, e você sabe disso. Ela não precisa de um salvador da pátria, ela precisa de você.

Fechei meus olhos, pressionando minhas têmporas.

— E se foi o pai dela? — Lua mordeu a unha, mas grunhiu batendo na própria boca depois.

— Lua está certa. E se foi ele?

Não foi, sua casa foi meu primeiro destino. Depois de descobrir o seu lugar novo, soube que o infeliz estava em uma viagem a trabalho desde anteontem.

— Se foi a Bratva, deveríamos contar ao pai, Remy. — Amo respirou fundo, nervoso.

Não queria falar a nenhum dos nossos pais, porque foi culpa minha. Harleen estar em perigo era culpa minha.

Ela nem mesmo sabia que era importante para mim. Nunca falei nada disso para ela.

Na verdade, até horas atrás, nem eu sabia.

Harleen Ann Hill era como a cobra tatuada em meu peito, aninhando-se em meu coração e alma.

— Uma hora. Depois disso, ligo para o meu pai. — Andei até a borda do camarote da Blood.

A porta foi aberta e eu puxei minha arma do cós. Quando Dante surgiu com sua irmã ao lado, respirei fundo.

— Que porra fodida você fez? — O grito dele golpeou meu peito. — Como você deixou que a levassem? Aquela garota ama você! Harleen confiava em você!

Ele estava certo.

E eu odiava quando Conti estava certo.

— Ele não deixou! Como você ousa? — Nina gritou de volta, enquanto Dante subia a escada com a irmã.

— Como eu ouso? Você nem a conhece, não faz ideia da garota que ela é, porque estava ocupada demais a julgando para entender!

Quando Dante terminou de subir, respirei fundo.

— Não, eu estava ocupada vendo você e Remy rastejarem por ela!

— Calem a boca! — Davina semicerrou os olhos, a menina era durona. — Harleen não vai voltar com vocês discutindo como neandertais!

O silêncio foi longo, mas logo tratei de quebrar.

— Ela estava comigo. Havia algo na pista e os pneus foram furados. Abriram a porta dela e a carregaram até um carro...

— Qual carro? — Davina se sentou, abrindo o notebook.

Forcei minha mente a lembrar, e quando pensei, veio a placa do carro. Contei a Davina e ela levou um tempo mexendo no computador.

— Rocco já sabe? — Dante se moveu até as janelas na parte de trás do prédio.

— Não, quero esperar por algum contato.

— Ok, isso vai ser feito em grupo. Vamos esperar e pensar na estratégia de pegar Harleen...

— Temos de deixar as meninas em casa... — Amo começou a falar.

— Nem pense. Ela é nossa amiga! Nós vamos participar! — Lua gritou, rígida.

Davina e Nina acenaram.

— Por que você sempre dificulta a minha vida? — meu primo grunhiu, mas Amo apertou seu ombro.

— Vamos lá. Calma.

Quando meu celular começou a tocar, respirei fundo e peguei o aparelho do bolso. A tela foi quebrada no impacto do acidente.

— Remy.

— Oi. Acho que estou com algo que pertence a você.

Apertei meu pulso e coloquei o celular no viva-voz. Davina correu, pegando um cabo de celular e enfiando no aparelho.

— Quem é você?

— Não quero guerra, quero conhecer você.

— Era mais fácil se aproximar do que sequestrar minha namorada, você não acha, imbecil?

— Talvez, mas tenho exigências. Harleen vai ser seu incentivo para cumprir.

Davina sorriu e Dante pegou as chaves. As meninas se moveram e eu respirei fundo.

— Fale.

— Em meia hora, no Navy Píer. Vá sozinho.

— Quem é você?

— Vamos por partes. — O homem estalou a língua. — Vejo você em meia hora, King.

Droga!

Desliguei a chamada e Davina empurrou um papel em meu peito.

— Ele está aqui. Não sabemos se é onde ela está.

— Vou buscá-la...

— E se ela não estiver lá? Você vai faltar ao encontro à toa. Vamos perder Harleen. — Lua passou a mão pelo cabelo escuro.

— Eu vou até lá, você vai encontrar esse imbecil.

Odiava saber que Dante estava certo.

— Leve Rhett com você. Amo vem comigo. — Peguei minha jaqueta na mesa e me vesti.

— Ele disse para ir sozinho! — Lua me encarou, nervosa.

— Navy Pier é nossa casa. Ele vai achar que estou sozinho, não se preocupe.

Minha irmã acenou, engolindo com força.

— O que a gente faz? — Nina cruzou os braços, olhando entre nós.

— Vá com Dante. Davina e Lua ficam para comunicação entre nós.

As três me olharam torto, mas optaram por me obedecer.

Saí da Blood com Amo ao meu lado. Entrei no carro que Amo pegou em minha casa, e suspirei ao me lembrar da minha Lamborghini Aventador. Ela não estava destruída, mas foi abandonada na pista.

Pisei no acelerador e Amo entrou em outra rua, indo pelo caminho mais curto. Ele chegaria antes, ficaria escondido e, depois, minha chegada ofuscaria o filho da puta que pegou Harleen.

Meu pneu cantou quando girei o carro e estacionei. Saí do veículo e fechei minha jaqueta. Minha arma estava em meu cós.

Aproximei-me da borda do cais e esperei. Quando ouvi um carro se aproximar, virei-me semicerrando os olhos.

— É bom, finalmente, conhecer você. — O homem diante de mim parecia comigo, mas não sabia de fato o que isso queria dizer.

Ele era jovem.

— Quem é você e onde está Harleen?

Ele sorriu, colocando o cabelo para trás.

— Meu pai disse que você viria. Um dia. — Semicerrei os olhos ao ouvir sua frase. — Mikhail. Ele era seu tio.

Meus pulsos apertaram.

— Tenho vários tios, nenhum com esse nome.

— Quando sua mãe deixou a Rússia, eles deixaram para trás meu tio Nikolai morto. Até meses depois disso, não sabíamos de fato o que tinha acontecido, mas então, meu pai veio até os Estados Unidos e descobriu que ela engravidou.

— Não sou filho de Nikolai. Conheço essa história, e ela não é a história do meu nascimento.

Meu batimento cardíaco era feroz, a dúvida no fundo da minha mente me aterrorizava.

E se eu fosse?

— E se você for? — O cara semicerrou os olhos. — Não herdei o lugar de Don na Bratva, que era meu por direito.

— O que tenho a ver com isso? Não quero a Bratva. Ela não é minha herança, a Outfit é.

Fora que Akim disse que não havia herdeiros de Mikhail. Ele mentiu, pelo visto.

O homem deu um passo em minha direção, mas tirei minha arma e apontei bem para seu rosto. Ele nem se mexeu.

— Sim, eu sei. — Sua mão limpou o ombro coberto por um casaco. — Akim não morreu, infelizmente. Mas quero que morra.

— O que você quer de mim? Qual o seu nome?

— Quero a Bratva, mas preciso de sua ajuda para tê-la. — Ele me encarou e maneira firme. — Meu nome é Nikolai. Meu pai amava o irmão, mesmo ele sendo um imbecil. Me chame de Nik.

Meu estômago ficou revolto. O mesmo nome do homem que machucou minha mãe. *Nik não é Nikolai.*

— Por que eu faria isso?

— É onde Harleen entra.

Baixei minha arma devagar e Nik sorriu.

— Ela não está mais no país. Então, é bom você contribuir. Somos primos, ou não, isso não me importa. O que eu quero é sua ajuda e habilidades. Sei que quase matou Akim sozinho, dessa vez, faça direito.

— Você quer que eu o mate?

— Sim.

— Você quer que a culpa seja minha e você herde a porcaria toda como benfeitor?

Nik sorriu largamente.

— Isso mesmo. A parte boa é que você não tem opção. Harleen já está a caminho da Rússia. Se você não cooperar, vou entregá-la a Akim.

Apertei a arma e Nik limpou o canto da boca.

— Jamais a machucaria, mas ele vai matá-la assim que colocar os olhos nela. Ou não, o doente de merda. Quem sabe ele não faça como seu possível pai fez com sua mãe.

— Cala a boca — gritei, nervoso.

Nik ergueu as mãos.

— Tenho um jato à nossa espera. Você pode levar seus primos. Mandarei o endereço por mensagem.

Nik se virou, andou para seu carro e sumiu pela rua do Navy Pier.

Fechei meus olhos com força e ouvi Amo se aproximar. Meu primo balançou a cabeça.

— Ela não estava no lugar que Davina rastreou.

— Faça as malas. Nós vamos para a Rússia.

— King. — Seus olhos ficaram arregalados.

— Ele a levou para lá e vai entregá-la a Akim se eu não for e matar Akim por ele.

— Ele?

— Nikolai, o filho de Mikhail.

— Porra fodida dos infernos.

Nós voltamos para a Blood, e quando estávamos todos juntos, comuniquei o que faríamos.

— Nós vamos também. — Lua se ergueu, encarando-me.

— Não vão para lugar nenhum. Sabe o que eles fariam se colocasse as mãos nas meninas Trevisan? Nem fodendo — Rhett gritou, bem na cara dela.

— Se acalma, porra. E não grita com minha irmã, imbecil! — Empurrei seu ombro e ele se afastou.

— Davina vai para casa. — Dante pegou suas chaves.

— Vamos precisar dela — falei contra minha vontade.

— Remy? — Dante me encarou, nervoso. — Davina é nova demais para isso.

— Sou mais velha que você, bebê. — Nina sorriu, venenosa.

— Por que você não para de falar comigo, Nina? Me poupe de ouvir sua voz.

Ela se ergueu indo na direção dele, mas a segurei.

— Dante, nós vamos precisar dela. Não queria também, mas é o jeito.

— Lua entraria naquele avião? Se precisassem dela como da Davina, você daria um jeito ou a enfiaria lá?

Sua raiva era palpável, o desgraçado realmente queria discutir comigo.

— Ela vai e isso não está em discussão.

— Não acho justo ir só a Davina. Sou sua irmã, quero estar com você! — Lua me encarou, nervosa.

— Lua. — Peguei a mão dela e a puxei até se afastar bastante dos outros.

— Não faça isso.

— Nossa mãe vai enlouquecer se algo acontecer a mim, mas a nós dois? Isso destruiria Lunna, você sabe disso. Não posso colocar você em perigo.

— Não, eu vou ajudar você. Vamos acabar com isso rápido.

— Não vou mudar de ideia.

Isso a fez balançar a cabeça.

— Se você morrer, prometo que vou até o inferno socar sua cara. — Ela saiu andando e pegou seu casaco.

Respirei fundo, aliviado.

— Não falem nada a ninguém. Nem aos nossos pais.

— King? — Nina grunhiu, mas neguei.

— Fique de olho em Lua.

— Como você vai levar Davina, e eu, não? Ela é uma criança, inferno!

— Você tem um jantar de noivado em breve, foque nisso. — Peguei minha jaqueta e fui até meus primos. — Peguem nossas armas, coloquem no carro.

Chegou uma mensagem no meu celular, que compartilhei em nosso grupo.

— Estejam lá em uma hora. Se não chegarem, vou sozinho.

Saí da Blood e fui para a casa. Peguei roupas para mim e, antes de sair, fui até o quarto onde Harleen estava dormindo.

Peguei duas blusas do *Guns N' Roses* para ela, um vestido e sua coleira. Estava na hora.

Capturei Bird e, depois de quase perdê-la, eu a faria ser minha para sempre.

CAPÍTULO 31

Harleen Ann Hill

Tracei a ferida e estremeci. Olhei para o quarto novo. O homem tatuado me tirou do antigo e, encapuzada, me levou para outro local. Ainda no carro, ele me deu água e eu apaguei. Quando acordei, já estava ali.

Ele não falou nada comigo, nenhuma maldita palavra, e isso estava me deixando mais nervosa.

A porta foi aberta e vi alguém subir. Não era o cara antigo, esse era mais sofisticado. De terno e com um semblante calmo, seus olhos me mediram.

— Harleen, sou Nikolai.

Meu rosto caiu. Nikolai? O que Romeo matou? Não era possível.

— Não, não sou ele. Sou sobrinho dele.

— O que você fez a Remy? — gritei, assim que entendi quem ele era.

Tentei me levantar, mas a corrente me prendeu. Ela estava em meu pulso, presa à parede.

— Calma, leoa! Não machuquei seu namorado.

Ignorei o namorado.

Ele não era meu. Nunca foi e nunca seria. Mesmo que eu quisesse.

— Onde estamos e onde ele está? — perguntei quando ele pegou o celular.

— Ele acabou de chegar. — Nikolai balançou o aparelho para mim.

— O que você quer? Você quer algo e isso envolve Remy. O que é?

Puxei a corrente, mas ele só me olhou.

— Você me lembra dela. — Nikolai sorriu. — Nem acredito que essa merda está tão perto.

— Ela? O que está perto?

Ele me ignorou, caminhando para a porta. Quando sumiu, senti o medo rastejar sob minha pele.

O que estava acontecendo? Onde estava? Por que ele não explicou?

Fechei meus olhos e respirei fundo. Por favor, que ele estivesse bem. Lágrimas encheram meus olhos. Ele veio por mim? Odiava sentir que o amava quando ele não fazia o mesmo. Odiava sentir dúvidas sobre migalhas.

Quando Remy fez isso comigo? Quando ele causou esse amor em mim?

Funguei, tremendo.

Deus, mãe, por favor, tirem isso de mim. Tirem essa paixão estúpida e confusa do meu peito.

A porta foi aberta de repente e Remy surgiu. As lágrimas correram mais depressa e embaçaram a visão que eu tinha dele. Quando vi, seus braços estavam ao meu redor.

— Você veio! — Chorei em seu peito.

Remy segurou meu rosto, empurrando meu cabelo para trás.

— O caçador sempre vai atrás da sua presa. — Remy colocou sua boca ao meu ouvido. — Você é minha Bird.

Droga, eu era. Achava pouco provável que um dia deixasse de ser.

Minhas mãos seguraram seu casaco grosso e eu o puxei para mim mais e mais. Minha boca foi de encontro à sua e gemi quando sua língua entrou. Sedenta, faminta e desesperada pelo herdeiro da Outfit.

— Deus, senti sua falta, Bird.

Suas mãos apertaram meus quadris e ele me puxou para seu colo. Minhas mãos ainda estavam presas, mas ficamos de lado.

— Fiquei com tanto medo...

— Esse desgraçado...

— Não, ele não me fez nada. Estava com medo por você. — Segurei seu rosto e funguei. — Eu te amo, Remy. Odeio isso e você também deve odiar, mas é real.

— Estou bem, e não odeio o fato de me amar, só não compreendo.

Apoiei-me em seu ombro e ele me abraçou apertado, do mesmo jeito que eu desejei fazer.

— O que Nikolai quer? — Afastei-me, respirando fundo.

Remy segurou meus pulsos e apertou a mandíbula.

— Que eu mate Akim.

— O quê? Mas Akim...

— Não, ele sobreviveu. — Remy me colocou sobre a cama e andou até a janela. — Nikolai quer a Bratva, mas, para tê-la, Akim precisa morrer.

— Mas o que você tem a ver com isso?

— Eu quero você.

Droga. Era uma troca.

— Remy... Nós mal saímos da Rússia aquele dia, é loucura retornar.

— Nós já estamos na Rússia, Harleen. Ele dopou você? — Ele voltou para perto de mim e eu franzi as sobrancelhas.

— Eu dormi, mas não pensei que...

— Filho da puta! — Remy grunhiu, nervoso.

— Estou bem, isso que importa. — Segurei suas mãos. — Como vai fazer isso?

Ele respirou fundo.

— Trouxe reforços. Vou matar Akim hoje. E vamos embora.

Reforços? Droga. Seus primos.

— Seu pai sabe que está aqui?

— Não, é melhor assim.

Não era. Mais uma vez, Remy estava desobedecendo ao tio. Isso era perigoso!

Rocco era o chefe da Outfit, mesmo sendo seu tio.

— Você sabe que não, se isso der errado...

— Nada vai dar errado. Vou sair da Rússia hoje, você vai comigo. De novo.

Fechei meus olhos, respirando fundo. Temendo que descobrissem onde ele estava, que seus primos vieram com ele e, pior, o que ele veio fazer.

— Pare de pensar no pior, Bird. Vai dar tudo certo.

Ele segurou meu rosto e beijou minha têmpora.

— Se descobrirem? O que seu tio pode fazer?

— Harleen...

— Me diz! Por favor.

Nervoso, Remy bagunçou o cabelo e me encarou.

— O que ele quiser. Estou em território inimigo sem ele e trouxe seus filhos comigo.

Agonia se infiltrou em meu estômago.

— Ele pode ordenar minha morte, mas ele não o fará. Sou como um filho para ele...

Talvez sim, mas se ele fosse pressionado a fazer?

— Preciso fazer isso de uma vez.

— Não posso ir com você? — Funguei, tentando me manter firme.

— Nik tem medo de fugirmos. — Remy se sentou na cama comigo. — Isso vai ser rápido, não vou deixar você aqui por muito tempo.

— Se Nikolai tentar me machucar?

— Então, a Bratva vai ficar sem chefe. Porque vou arrancar a cabeça dele e deixar à vista de todos.

Estremeci com a violência em suas palavras.

— Ninguém machuca você e vive para contar.

Remy me beijou, e quando nos afastamos, lambi meus lábios. Senti seu gosto em minha língua e desejei mais.

— Não se preocupe comigo. Vai dar tudo certo.

Acreditei nele, porque Remy nunca mentiu. Ele fazia coisas imperdoáveis, mas suas intenções sempre estiveram claras.

— Tudo bem.

Remy saiu do quarto, mas segundos depois, a porta foi aberta de novo. Ele andou até mim e vi uma chave em suas mãos.

— Aquele filho da puta não vai te prender de novo.

Estiquei meus braços e ele abriu as correntes. Assim que fiquei livre, abracei Remy.

— Obrigada por ter vindo me buscar. Sei que não foi uma decisão fácil...

— Foi fácil.

Afastei-me, franzindo as sobrancelhas.

— Ele poderia ter pedido minha cabeça, ainda assim, eu a entregaria por você.

Droga. Como ele conseguia fazer isso comigo?

— Volte para mim.
— Pelo meu sangue sujo, eu prometo.

King Trevigan

A raiva estava mais borbulhante desde o segundo que vi as lágrimas de Harleen. Como consegui mudar tanto a vida dela em tão pouco tempo? Cada vez que pensava sobre isso me tornava mais irritado, não com ela, mas comigo. Com a situação.

Nik estava tomando uísque quando desci a escada. Ele virou e seu sorriso de merda me deixou à beira de surtar.

— Então, vieram só vocês? — Nik apontou para a poltrona.

Troquei três palavras com ele quando cheguei. *Onde ela está?* Nada mais. E quando respondeu, corri para vê-la, deixando meus primos sozinhos com ele. Dante e Davina estavam escondidos em um apartamento que Nik deixou vago.

— Sim. — Aproximei-me dele e puxei minha arma, enfiando na sua cara. — Se você tocar nela de novo, vou cortar uma orelha sua e vou dar para seus cães. Juro pela porra do meu sangue, Nikolai.

Nik ergueu as mãos, mas ele não parecia com medo.

— Não a toquei, só a prendi. Óbvio. Ela poderia se machucar tentando fugir.

Tinha embasamento, mas não ia admitir que machucasse Harleen.

— Tira essa arma da minha cara. Somos amigos, talvez primos.

— Não fala essa merda. Onde está Akim?

Nikolai pegou o celular e me mostrou. Era um endereço.

— Hoje, é seu jantar de noivado. Sou convidado, vou avisar a hora de agir.

— Esse lugar... — Semicerrei os olhos, lembrando do nome da rua onde Davina e Dante estavam.

— Sim, o apartamento é na frente dele. — Nik guardou o celular. — Sem feridos, mate Akim rápido. Vou conseguir que entre na festa, mas apenas você.

— Por quê? — Rhett grunhiu, falando pela primeira vez; ele estava ao lado, braços cruzados.

— Um desconhecido, ok. Três, é demais. Vão perceber.

Acenei, focado no que ele dizia.

— Não me importo como, quero que seja feito. Se planeje com seus primos.

— Ela vai comigo. — Soei firme.

Sabia que era arriscado exigir isso, mas Nik precisava mais de mim do que eu dele. Isso era óbvio.

— Como vou saber que você não vai pegar sua garota e dar o fora?

— Não vou sair da Rússia sozinho. Não dessa vez. Preciso do seu jato, e para isso preciso de você.

Nikolai respirou fundo, mas acenou.

— Vá pegá-la.

Um dos seus homens subiu a escada. Em alguns segundos, Harleen desceu. Seu olhar estava preso a Nik, o medo refletido em suas íris.

— Não vou machucar você, Harleen. Se seu namorado fizer o que quero, ainda hoje estarão voando como passarinhos.

Harleen ficou ao meu lado, mas não respondeu.

— Não faça merda. Fique longe dele, o resto é comigo.

Nik acenou, erguendo as mãos de novo. Virei-me, agarrando o pulso de Bird e comecei a andar para fora.

Quando entramos no carro, Amo se inclinou entre mim e Harleen.

— Que porra de namoro é esse?

— Não é hora para isso, Amo — seu gêmeo grunhiu, antes que eu tivesse a chance.

Harleen estava calada, olhando para o próprio colo, retorcendo as mãos.

— Desculpa, Rhett e Amo, não queria ser o motivo de estarem nesse país, desobedecendo ao seu pai. — Ela olhou para eles sobre o ombro. — Eu sinto muito mesmo.

— Não estamos aqui por você, Harleen.

— Estamos porque seguimos King.

Amo respirou fundo e se inclinou.

— Se é você que ele quer que eu proteja, pode ter certeza de que você vai ser a mulher mais bem protegida do mundo.

Não duvidei nem por um segundo que isso fosse verdade.

— Agora, vamos matar Akim — Rhett murmurou, sorrindo para mim pelo espelho retrovisor.

Filho da puta sádico.

Fechei a porta do quarto, vendo Harleen andar pelo cômodo. Aproximei-me, ficando às suas costas. Empurrei seu cabelo para o lado e beijei sua pele sensível.

— Se você se machucar...

— Não me obrigue a calar sua boca com meu pau.

Bird suspirou, virando-se para mim. Toquei sua gargantilha e a puxei. Lambi seu lábio inferior e capturei sua língua.

— Tenho de fazer algumas coisas perversas com sua boceta, Bird. E preciso fazer agora.

Ela engoliu em seco, olhando para a porta.

— Seus primos...

— Eles não importam.

Segurei a blusa da farda da escola e puxei, arrebentando os botões. O sutiã dela agarrava seus seios fartos, deixando-me com água na boca. Deslizei meu dedo sobre seu mamilo duro e me curvei, mordendo a ponta.

Subi sua saia quadriculada e agarrei sua bunda. Meu aperto era faminto, desesperado. Harleen me permitiu liberar a fera, caçando sua presa, querendo comê-la.

— Remy...

— Silêncio, Bird, também não quero que aqueles imbecis ouçam seus gemidos. Eles são meus, hum? — Deslizei a mão para sua calcinha e apertei. — Como essa bocetinha gostosa e faminta.

— Ah, meu Deus!

— Sente-se, abra suas coxas e me deixe ver o que somente meu pau comeu. — Harleen arregalou os olhos, sem se mexer, então estapeei sua bunda. O tapa forte ecoou no quarto. — Obedeça.

Harleen andou até uma poltrona e se sentou. Abrindo as coxas, vi sua calcinha branca completamente transparente. Encharcada. Pressionei o tecido e Harleen gemeu.

Tão sensível, tão bom.

— Trouxe uma coisa para você.

Estiquei-me, pegando minha bolsa. Tirei o objeto de dentro e Bird arregalou os olhos. A flauta era pequena, então eu a ergui diante dos olhos dela.

— Vou surrar sua boceta com ela. Depois, vou lamber e, então, você vai me fazer gozar dentro dela, mesmo ela doendo, pedindo misericórdia.

O rosto de Harleen estava vermelho, mas não pediu que eu não fizesse isso. Prendi seus pulsos para trás com uma de suas gargantilhas, e seus pés, com pedaços do lençol nos pés da poltrona.

— Remy...

Eu a ignorei. Sua bunda estava na borda do estofado enquanto ela respirava fundo. Peguei minha faca e rasguei seu sutiã. Assim que os seios ficaram livres, deslizei a lâmina pelo mamilo, tendo cuidado para não cortar.

— Você foi desobediente demais nos últimos dias, Bird. Levou essa bunda para lugares que não podia. E você sabe disso.

Deslizei a flauta por suas dobras molhadas e Harleen ficou rígida.

— Deu atenção a outro cara...

Isso me deu raiva, foi impossível não reagir. A ponta do instrumento colidiu com seu clítoris em um baque. Deslizei pelo suco da sua boceta, molhando bem antes de lamber.

— Tão bom.

— Por favor, preciso de você.

— Do meu pau, Harleen. Você precisa dele, então fala.

Agarrei seu queixo e a obriguei a me olhar.

— Fala, Bird. Eu sei que quer.

Ela respirou fundo e lambeu os lábios.

— Por favor, preciso do seu pau dentro de mim.

— Antes disso... — Bati novamente em sua entrada e peguei mais suco. Dessa vez, em vez de lamber, coloquei na boca de Harleen. — Toque para mim. Lamba tudo e, depois, toque.

Os olhos escuros ficaram enormes, mas Bird me obedeceu. Aproximei o instrumento e sua língua rosa lambeu devagar. Tomando gosto, gemendo, e quando deixou tudo limpo, choramingou.

— Vou sufocar sua garganta depois, prometo.

Harleen tocou devagar, só assoprando. Agarrei seu seio e abocanhei, mamando nos montes enormes. Era minha parte favorita. Talvez, sua boceta ficasse na mesma colocação.

Droga, não conseguia me decidir.

— Eu amo seus peitos, Bird. — Chupei com mais força.

Harleen assoprou de repente. Sua boceta convulsionou, e enquanto gozava, suspirava no instrumento.

Essa era a melodia do seu orgasmo.

Soltei seus braços e pernas, sentei-me no chão e puxei meu pau duro. Harleen passou a coxa pelo meu corpo e eu segurei meu pau, alinhando com sua vagina molhada.

— Oh, meu Deus, tão bom! — Seu grito quando meu pau estava quase todo dentro dela me fez sorrir.

— Me cavalgue, Harleen. Me faça gozar dentro de você, sem nada para impedir minha porra de inundar sua boceta.

Ela jogou a cabeça, dando-me um espetáculo de seios e boceta para olhar. Agarrei suas coxas grossas, apertando-as. Peguei sua flauta e deixei perto do meu pau. Cada vez que ela descia, seu clítoris esfregava no instrumento.

— Goze, Bird. Eu posso usar sua boceta exausta.

Com minha permissão, ela gritou, caindo sobre meu peito. Segurei seus quadris, empurrando dentro dela com força. Quando terminei, minha porra vazava pelos lados, fazendo uma lambança.

— Eu amo você, Remy. — A voz sonolenta soou.

Por um segundo, desejei que pudesse amar.

Porque, se pudesse, Harleen Ann Hill tinha meu coração.

CAPÍTULO 32

King Trevisan

Harleen acordou comigo pegando minhas armas. Subi a calça preta do terno e enfiei uma pistola no meu coldre na panturrilha. Havia duas facas nele também. Fui para o outro e guardei um canivete.

— Eu vou com você.

Eu a olhei pelo espelho e a vi sentada, segurando o lençol contra os seios.

— Não. Não vou colocar você em perigo de novo.

Ela jogou as pernas para o lado e se ergueu. Segurando o lençol branco, Harleen ficou às minhas costas.

— Nik me usou para atrair você até aqui, ainda está me usando para que você cumpra o que ele quer. Eu vou com você.

Odiei a firmeza em sua voz, mas Harleen estava certa. Acenei devagar e ela sumiu no banheiro. Quando saiu, eu já havia tirado um vestido que enfiei na mochila dela. Era de seda e preto, na parte de cima tinha um corselete que apertava sua barriga e empurrava seus peitos. Meu pau ganhou vida quando ela o vestiu.

Aproximei-me enquanto a via colocar dois brincos de caveira cravejados com pedrinhas brilhosas. Beijei seu pescoço e minhas mãos tocaram suas coxas. Uma delas estava mal coberta pelo corte no tecido.

— Era da minha mãe.

— Tinha bom gosto.

Harleen se virou e sorriu, era como se meu coração precisasse disso para aliviar a pressão constante.

— Obrigada.

Assim que Harleen calçou um salto preto, ficamos prontos. Parei diante do espelho com ela na frente e suspirei. Porra, amava como a gente parecia bem no reflexo.

Nós saímos do apartamento, e na garagem, entramos no carro. Amo estava no teto, com um rifle de precisão, enquanto Rhett ficava à entrada, manobrando carros.

Dante e Davina no quarto, invadindo o sistema de segurança do prédio.

— Por que trouxeram Davina? Ela é muito nova para isso. — Harleen se sentou ao meu lado e eu pisei no acelerador.

— A pirralha manja invadir coisas. Não se preocupe, ela está segura.

Bird suspirou e acenou.

Demos algumas voltas pela rua e, depois, voltamos para a do apartamento e onde seria a festa.

— Fique calma e sorria.

Harleen lambeu os lábios pintados de vermelho e respirou fundo.

— Estou pronta.

Nós descemos do carro e eu entreguei a chave a Rhett. Ele acenou e entrou no carro. Guiei Bird para a entrada e fomos parados.

— Niklaus e Camille.

Os nomes que o idiota do Nik mandou para mim. Mesmo sem saber se eu levaria Harleen, ele pensou rápido.

Eles acharam os nomes na lista e seguimos. Harleen me encarou sorrindo.

— Nik deve assistir à série de vampiro.

Dei de ombros, não fazia ideia do que ela estava falando.

— Ok, nós vamos subir.

Encontramos uma escada e, devagar, nós subimos. Assim que entramos no salão, vi algumas famílias espalhadas por mesas. Escolhi uma e me sentei com Harleen.

— É a festa de noivado dele.

— Sério? — Harleen me olhou, vi o pesar em seus olhos.

— Sim, podia ser o nascimento do filho dele ou a morte da sua mãe. Ele morreria da mesma maneira.

— Remy...

— Por você, posso incendiar esse salão e fechar as portas, prendendo todos dentro. Eu os assistiria morrer, em paz.

Harleen desviou os olhos dos meus e mirou a escada. Lá, surgiu uma morena que sorria forçado. Eu sabia sobre seu sorriso, porque já a vi sorrir de verdade um milhão de vezes.

Sarah Kireyev.

A irmã da Dasha, esposa de Yerík, chegou ao salão ao lado do irmão e da esposa dele. Nenhum deles me viu, já que eu estava em uma das últimas mesas. Acompanhei Sarah até ela se sentar à mesa. E na mesa, havia uma placa: noiva.

— Você a conhece? — A voz de Bird chamou minha atenção; seus olhos estavam cautelosos.

— Sim, ela é irmã da esposa de um amigo.

— Ok. Ela é a noiva, você mudou de ideia agora?

— Por que mudaria?

Eu peguei duas taças de champanhe, entreguei uma a ela e bebi a outra. Os minutos foram passando, depois de um tempo, Akim chegou com uma cavalaria. Nik estava entre eles.

O chefe da Bratva pegou um microfone e subiu num palco improvisado. Sorrindo, ele ergueu sua taça.

— Brindemos à minha noiva Sarah! — Seu grito fez Sarah se erguer. Não havia um traço de alegria nela, só o sorriso intacto e malfeito. —

Estamos todos juntos para festejar esse noivado, que foi ansiado por minha família e a de Sarah.

— Obrigada por terem vindo. — A voz dela soou baixa.

Vi quando Akim tocou a cintura dela, segurando com firmeza.

— Se divirtam. — Ele segurou a mão dela e, juntos, deixaram o salão.

— Você está vendo os dois? — Tentei mal mexer a boca enquanto perguntava a Amo.

— Sim, um tiro e os dois explodem.

— Ela é a Sarah.

— O quê? — meu primo gritou. Respirei fundo, explicando. — Merda! Não vou conseguir atirar sem atingi-la.

— Só me avise para onde eles estão indo.

— Ok, entraram no elevador, eu os perdi. — Amo praguejou. — Davina, a câmera do elevador principal.

Esperamos alguns segundos e, então, Amo respirou fundo.

— Ok, conseguimos. Vá para o elevador, ele apertou para a cobertura.

Ergui-me e peguei a mão de Harleen Eu a guiei para fora sem deixar transparecer nada.

— Ele estava ouvindo nossa conversa? — Bird semicerrou os olhos.

— Sim, Harleen, ouvi seu ciúme.

— Cala a boca, Amo.

Entramos no elevador e eu apertei para o penúltimo andar. Não sairia na cobertura. Com certeza, tinham vários seguranças guardando o lugar. Estalei meu pescoço e Harleen respirou fundo.

— Seja cuidadosa.

— Onde está Rhett?

— Subindo.

Nós saímos e chamei Amo.

— Qual lado?

— Sul.

Andei depressa até a janela e olhei para cima.

Havia uma varanda grande acima, mas era alto. Muito alto.

— Você vai subir? Isso é loucura!

Harleen ficou branca enquanto olhava para cima e depois para baixo.

— Não vou cair.

Subi na parede pequena da varanda e andei pela lateral até a do lado. Ela era mais alta e tinha uma caixa para ar-condicionado fora. Subi nela também e pulei para alcançar a varanda da cobertura. O primeiro pulo não foi alto o suficiente, mas o segundo, foi. Infelizmente, ouvi vozes próximas e tive de ficar me segurando.

Porra! Porra! Porra!

— Não, Akim, devemos esperar o casamento. — Sarah alertou, sua voz era frágil. — Akim, por favor...

O que diabos esse merda estava fazendo?

Subi no parapeito quando sua voz sumiu e os passos foram se distanciando. Escondi-me atrás da cortina e olhei para trás. Sarah estava sentada, o vestido rasgado na parte de cima. Os olhos dela estavam cheios de lágrimas e Akim estava virando uma garrafa de uísque.

— Não vou esperar, Sarah. Sua boceta me pertence. Vou foder você hoje até seu sangue banhar esses lençóis.

— Não, por favor, sou virgem. Não pode ser assim...

— Pode. Estou quase gozando só de imaginar meu pau rasgando você. Suas lágrimas, depois, seus gritos.

Akim sorria ao baixar a garrafa. Ele puxou a gravata e tirou a camisa. Não havia armas em seu coldre, por isso, dei um passo.

— Abra suas coxas, Sarah. Sua putinha imunda.

— Não! Por favor... — Sua voz foi calada com um tapa.

Não esperei mais nem um segundo. Saí da varanda, segurando minha pistola, mirando bem nas costas dele. Poderia matá-lo assim, mas meu pai me ensinou o que era honra.

— Se afaste dela, vire devagar.

Akim parou de se mexer. Observei seu corpo girar e seus olhos pousarem em mim.

— Seu merdinha.

Apertei o gatilho sem esperar por uma conversa. Não estava ali para isso. O buraco em sua cabeça me deu satisfação. Akim caiu para trás e tudo isso sem nenhum som.

— Remy? — Sarah se ergueu, mas suas pernas mal se aguentaram.

Ela caiu para o lado, sujando-se com o sangue dele.

— Sinto muito.

— O quê? Por quê? — Ela se ergueu de novo, chorando, então dei um passo para trás.

— Eles não podem saber que fui eu, seria uma guerra contra a Outfit.

Os olhos dela triplicaram quando deixei a arma no chão.

— Não, não, não. Eles vão me matar! — O desespero em sua voz quase me fez sentir culpa, mas não tinha tempo para isso.

Entre qualquer um e Harleen, ela sempre seria minha escolha.

— Nik vai cuidar de você. — Faria isso acontecer.

Virei-me e saí pela varanda, seguindo o mesmo caminho que entrei.

Quando entrei no quarto onde estava, Harleen e Rhett estavam me aguardando. Mas havia mais gente. Homens do Akim. Porra!

— Ora, ora. — Um deles sorriu. — Herdeiros da Outfit na Rússia.

A porta do quarto foi aberta em um baque.

— Me desculpe o atraso, surgiu um imprevisto. — Meu pai arrumou o paletó, olhando entre nós.

— Já falei que odeio a porra da língua de vocês? — Tio Rocco surgiu, com sua calça moletom e um casaco de pele aberto. Sem camisa.

Eu estava morto. Sem dúvida alguma.

— Vocês falam demais. — Tio Prince atirou em todos enquanto tio Matteo comia um pacote de salgados.

Meu coração batia com força enquanto meu pai e tios ficavam parados, com homens mortos no chão, olhando para mim e Rhett. Harleen andou até mim, e eu a segurei contra meu peito.

— Que festa, hein? Por que não chamaram a gente? — Matteo sorria largamente. — Eu realmente aprecio que você não trouxe minha filha para essa festa, Remy, porque eu não estaria rindo se a tivesse posto em perigo.

Tio Rocco se virou para a porta.

— Vamos sair por trás, é bom meu outro filho estar no carro.

— Merda fodida dos infernos — Amo gritou, percebi pelo vento que estava se movendo.

— Giulio vai ter certeza de que estejam.

Porra, até Giulio Conti veio.

Nós saímos pelos fundos, sem ninguém nos ver. Meu plano de colocar a culpa em Sarah foi por água abaixo com a quantidade de homens que tio Prince matou.

— Pai... — Rhett começou, mas tio Rocco ergueu a mão.

— Em casa. A fera está lá, Rhett. Não aqui.

Meu primo fechou os olhos, acenando.

Havia três carros para todos. Entrei com meu pai e Harleen em um.

— Ela vai com seus tios. — Romeo parou Bird quando ela ia entrar.

— Ela vai comigo — eu o interrompi, puxando-a para dentro.

— É por causa dela? Essa palhaçada toda que pode ser nossa morte, é por causa dela?! — Meu pai estava gritando, juro que vi isso poucas vezes.

— Você me pediu para queimar a Bratva. Eu coloquei gasolina, vocês riscaram o fósforo.

Romeo balançou a cabeça. Seu rosto era como um reflexo puro de desapontamento.

— Há um acordo, Remy, você vai se casar.

— Pai...

— Há um acordo e você vai cumpri-lo. — Ele se virou para a garota. — Hum? Harleen, está pronta para ser a amante dele? Porque esse vai ser o único papel que terá.

Foi como se tivesse me socado bem na cara. Não por mim, mas por ela.

— Eu sinto muito...

— Não peça desculpas. A ninguém, nem mesmo a ele — gritei, virando-me para Bird.

Os olhos dela estavam cheios de lágrimas, odiei que elas tivessem sido causadas por meu pai.

— É a verdade, King. Você já tem sua rainha.

O carro parou e eu respirei fundo ao ver Amo, Davina e Dante saindo de outro carro, com Giulio.

Subimos no jato depressa e Harleen sumiu, entrando em um banheiro. Não havia nada que pudesse dizer, porque meu pai estava certo. Havia uma rainha, ela só precisava crescer.

— Esqueçam a faculdade. Nenhum de vocês vai para essa porcaria.

— Como descobriram que estávamos aqui? — Amo perguntou, cauteloso.

— A gente sempre sabe de tudo.

Tio Rocco se sentou, colocou fones de ouvido e apagou. Meus primos foram na frente dele, ambos ficaram em silêncio absoluto. Tio Prince e Matteo estavam juntos na frente. Giulio e seus filhos foram para as primeiras poltronas, e meu pai se sentou na última.

Quis ir até Harleen, mas não fui. Não queria vê-la chorando, e sabia que era isso que ela estava fazendo.

Covarde.

Sim, eu era.

Harleen ficou no quarto do jato todo o percurso até em casa. Nenhuma vez tive coragem de ir até lá. Quando descemos ela entrou no carro do meu pai sem falar comigo. Meu carro ainda estava estacionado, por isso fui nele.

Assim que cheguei à minha casa, minha mãe falou que eu não dava a mínima para os sentimentos dela. E questionou como pude ser tão egoísta e ainda ser capaz de colocar os filhos dos outros em perigo.

— Eu faria tudo de novo.

— Por ela?

— Sim, mãe. Por ela, eu andaria sobre as chamas do inferno.

— Poético, mas, por ela, pela felicidade dela, você a deixaria ir?

Fiquei rígido com sua pergunta.

— Esse discurso de que mato por ela é intenso, Remy, faz a mulher se sentir importante, mas é fácil. Para um homem como você e seu pai, é fácil andar sobre fogo, matar quem quer que se coloque em seu caminho. Mas me diz, Remy Trevisan, você tem forças para deixá-la ir embora?

Os gritos da minha mãe estavam enlouquecendo minha cabeça.

— Me responde, Remy!

— Não, mãe, não tenho. Porque eu acordo e durmo pensando nela, porque as lágrimas dela, que antes eram ansiadas por mim, hoje me matam. E porque desde o dia em que a vi, fui capaz de sentir algo por alguém que não tinha nosso sangue.

Minha mãe cruzou os braços, o queixo tremendo.

— Eu acho que amo Harleen, mãe. E deixar que ela vá embora vai me matar.

— Eu sinto muito, Remy.

Não entendi. Realmente, não entendi. Até ver Lua chorando e balançando a cabeça. Até perceber que Harleen não estava ali.

— O que você fez, mãe?

— Parti seu coração para não fazer o dela sangrar com a Outfit.

Eu caí de joelhos e gritei. Braços rodearam meus ombros, a voz doce da minha Lunna sussurrava palavras choradas, pedidos de desculpas que jamais aceitaria.

CAPÍTULO 33

Harleen Ann Hill

Segurar essa mala na porta da tia Candice foi uma das coisas mais difíceis que fiz na vida, mas quando ela abriu, foi fácil. Porque ela sabia que eu voltaria e estava me esperando. Aninhei-me em seus braços e me deixei chorar.

— Amar dói, Harleen, mas passa. — Sua mão passava pelo meu cabelo, enquanto me abraçava da mesma maneira que minha mãe fazia; com força e ânsia para me segurar.

Para curar minha dor. Colar meus pedaços.

— Mas dói muito. Demais.

— É desse jeito. Mas poucas vezes esse amor vale realmente a pena. O seu vale, Harleen?

— Não sei, mas eu queria que valesse.

Ela me deixou chorar por horas na cama, apenas deitada ao meu lado, dizendo palavras suaves. Até que dormi. Quando acordei, a dor ainda não tinha passado. Ainda amava Remy Trevisan, ainda o queria mais que minha próxima respiração.

Recordei a ligação de Lunna e como tinha sido franca comigo. Ainda dentro do carro, Romeo passou o celular para mim, avisando que era sua esposa.

— Oi, Harleen. Você está bem?

— Por favor, não briga com ele... — pedi, quando lágrimas encheram meus olhos.

— Não se preocupe com Remy, Harleen. — Lunna respirou fundo. — Eu quero contar a história de uma princesa. Você pode me ouvir?

Estranhei a sua pergunta, mas respondi que sim.

— Ela sonhava em fugir do seu castelo. Essa princesa tentou muito, o reino não era para ela, ela não gostava das regras, das pessoas ali. Ela queria ser livre, estudar, ter um namorado legal que a levasse para o cinema. Eles brigariam por ciúme, mas, no final do dia, ele a levaria para casa e tudo ficaria bem. No dia seguinte, ele estaria ali, os dois sairiam para outro lugar, e isso tudo, vivendo as próprias vidas, ansiando seus próprios sonhos.

Funguei, ouvindo cada palavra que saía da sua boca.

— Ela nunca conseguiu isso. Em troca, se casou com um homem horrível que nunca amou, que a maltratava e ignorava a filha que tiveram juntos. Ela foi infeliz a vida toda. E a perdeu pelas mãos dele, pelas mãos do reinado que não poupava ninguém.

— Lunna... Quem era ela?

— Poliana Bianchi. Eu era a garotinha, e ela, minha mãe.

Solucei quando ela o fez também. Conseguia ouvir toda a dor que ela sentia.

— Minha mãe não teve chance, Harleen. Nós, que nascemos aqui, não temos. Mas quem está fora tem. Você tem a chance de ser feliz, sem a pressão da máfia na sua vida.

— Mas... Eu, eu o amo, Lunna.

— Eu sei, mas o futuro dele é incerto. Eu odiaria que modificasse sua vida agora, para na frente, você sofrer mais ainda.

— Romeo não está me levando para aí, não é? — perguntei, olhando para o seu marido.

— Não, Harleen, ele está levando você para o único lugar que deve estar. Sua casa, em segurança, com um futuro lindo esperando por você.

Desliguei a chamada e entreguei o celular a ele. Fechei meus olhos e me apoiei no banco, soluçando.

Acabou. Esse era o final da nossa história suja e sangrenta?

Dias eram como segundos, passavam em um piscar de olhos. Então, quando eles se tornaram meses, você nem percebia. Segurando o diploma do meu ensino médio, vi que isso era totalmente verdade.

Fui para a escola na California, fiz novos amigos e revi Javon, Ellie, Joel e Maxxie. Os quatro eram minha turma agora. Passei despercebida nessa escola, o que agradeci. Não aguentaria ser o foco mais uma vez.

— Estou tão orgulhosa de você! Sorria! — Tia Candice tinha uma câmera na mão e ela estava posicionada na minha cara em uma frequência alarmante.

— Ok, eu preciso tirar essa beca. Estou morrendo de calor.

Segurei o tecido grosso e tirei. Candice dobrou e ficou com ele nos braços. Javon surgiu e eu sorri, vendo o marido de Candice com ele ao lado. Depois de duas semanas em casa, convenci Javon a morar com o pai. Conrad tentou muito, mas acho que minha permanência na casa fez seu filho aceitar mais rápido.

Não que tivéssemos algo, jamais. A voz dentro de mim nunca permitiu que eu pensasse em ficar com qualquer garoto.

Você me pertence.

Remy Trevisan repetia isso mais e mais dentro da minha mente.

Ele se formou semana passada, segundo Dante. Nós conversávamos todos os dias, mas evitava falar sobre King. Dante nem tocava no assunto, sempre era eu. Ontem, não foi diferente.

— A formatura dele é quando? — Minha unha estava na boca, e eu tirei com raiva.

Tia Candice havia me levado para a manicure hoje.

— Foi semana passada. Enfim, livre do ensino médio.

Dante sempre era tão vago. Eu o odiava.

— Ele está saindo com alguma garota? Não minta, ok?

Ergui-me da cama e andei até a varanda. O mar estava engolido pela escuridão, a lua havia sumido hoje.

— Harleen.

— Fala, eu aguento.

Não, eu não aguentaria.

— Não, ele está focado na Outfit. Ele não vai para a faculdade, então, é na máfia que ele vai focar.

— Eu sei que ele não vai perguntar, mas... caso o faça, eu também não fiquei com ninguém. — Respirei fundo e ri, nervosa. — Como se ele se importasse.

— Me mande as fotos de amanhã, não esqueça.

— Não vou. Amo você, Dante.

— Também.

E desligou.

— Terra chamando Harleen. — Voltei para o presente e sorri para Javon. — Vamos, nossa festa vai começar.

Acenei, ele estava certo. Dei tchau para Candice e Conrad, antes de entrarmos na limusine que o pai de Javon alugou para a gente.

— Hoje, sem dúvida. — Ellie sorriu maliciosa para Joel.

— Esperem até ir para um quarto — Maxxie grunhiu, virando uma cerveja.

— Trepem em um local privado, pelo amor de Deus — gritei, rindo, e os quatro riram também.

Quando chegamos à festa, dancei quase todas as músicas. Ellie rebolou demais, logo, Joel veio ao nosso encontro. Os dois se agarraram, e quando soou uma música lenta, vi o casal sorrir um para o outro. Não gostei de sentir inveja, mas era o que sentia.

Queria estar assim com ele. Sempre com ele.

— Você está bem? — Maxxie estava franzindo as sobrancelhas.

Percebi que estava chorando. Lágrimas silenciosas escorrendo por meu rosto.

Limpei devagar e sorri.

— Sim, só minha cabeça que foi para longe.

Ele me abraçou e eu apoiei minha cabeça em seu ombro largo.

— Você sabe que ele não vale suas lágrimas, certo?

Sorri, afastando-me do seu ombro. Maxxie amava falar coisas assim. Do nada.

— Obrigada.

Pelo resto da noite me diverti com eles, mas a tristeza ainda estava presente.

— Se cuida! — Maxxie, que foi o único que sobrou da noite, gritou de dentro da limusine.

Javon encontrou uma garota e sumiu, Ellie e Joel, bem, antes da meia-noite eles já haviam evaporado.

— Você também!

Subi os degraus da casa e parei à porta, sentindo um perfume doce que poucas vezes senti.

— Lunna? — Minha voz ecoou descrente.

— Ei, como está? — Ela estava sentada na cadeira de balanço favorita da Candice.

— Bem, hum... O que você...? — Aproximei-me, confusa, e me sentei diante dela. — O que você está fazendo aqui?

A mãe de Remy olhou para a noite e sorriu, porém, não havia um traço de felicidade nela.

— Ele fez o teste escondido de nós. Já haviam colhido amostras, mas Romeo não deu a autorização para realizar o exame.

Meu peito apertou e respirei fundo.

— Remy sumiu faz cinco dias. Eu pensei... — Ela piscou rápido e fungou, quando o choro enfim foi libertado. — Pensei que ele estaria aqui, com você. Porque... de alguma forma, como mãe, eu sabia que ele correria para seu colo. É o que os homens fazem quando o colo da mãe não é mais o lugar que quer estar, ele vai até a mulher que ama.

Doeu ouvir suas palavras, porque sabíamos que ele não estava ali.

Doeu saber que ela estava errada.

Eu queria que não estivesse.

— Me arrisquei vindo aqui, passei por cima da decisão de Romeo, mas pensei...

— Ele não está aqui.

— Eu sei, desculpe, Harleen.

Lunna se ergueu e me abraçou. Aceitei seu carinho, porque mesmo depois de tudo, eu a admirava. E tinha um carinho imenso pela mulher que gerou o homem que eu amava.

Eu a vi entrar em um carro que estacionou, e quando ela sumiu pela entrada da casa da tia Candice, desci a escada e andei até a praia. O mar revolto sacudiu meu peito enquanto fincava meus dedos na areia.

Odiava pensar que ele estava lidando com o resultado do exame sozinho. Dentro daquela mente rápida e tão instável.

Sentei-me na areia e tracei nossas iniciais lá.

R e H.

Num mundo onde a máfia não pesasse tanto sobre seus ombros e onde eu pudesse o amar sem culpa.

Como seria?

King Trevisan

Nunca fui o homem que se escondesse da própria dor. Pelo contrário, encarei meus problemas de peito aberto, mas como encarar isso?

O papel pesava entre meus dedos. Nele estava todo meu passado e futuro. Estava com ele há dias, mesmo assim, ainda estava selado.

— O que você está fazendo?

Eu a vi pular, virando-se. Ela estava linda, não que eu não soubesse, a vi todos os dias desde que pousei ali. Nunca me aproximei porque entendi que ela merecia mais.

Mas hoje optei por me dar ao luxo de ter seu colo.

— Remy! Eu... — Ela começou a andar em minha direção, mas parou. Ver sua hesitação partiu meu coração. — Onde esteve? Eu...

— Você pode me abraçar, Bird.

Harleen não se moveu, mas seu queixo tremeu e os olhos escuros se encheram de lágrimas.

— Se eu tocar você, não sei se posso me afastar depois.

Odiava o que a vida fez a nós dois.

— Também não sei.

Sentei-me a um metro de onde ela estava e tirei o envelope do bolso do meu paletó.

— Onde estava, vestido tão formal?

— Na sua formatura.

Sua boca se abriu, choque espalhado por todo seu rosto.

— Você é bonita de beca.

Harleen fechou os olhos e fungou.

— Por que você não pôde lutar por mim? — Suas palavras golpearam meu peito. — Como você me deixou vir?

— Deixei porque você merece isso. — Rodeei meu dedo, mostrando a praia, a casa. — Você merece tranquilidade.

— Alguma vez você me viu pedindo por tranquilidade? Nunca foi sobre minha casa, foi sobre eu te amar! E você não consegue lidar com isso!

Harleen olhou para o mar, balançando a cabeça.

— Eu nem consigo olhar para qualquer cara. Você está aqui... — Ela tocou a cabeça. — Dizendo que sou sua. E droga, Remy, continuo sendo mesmo depois de todos esses meses.

— Harleen.

— Por que você não consegue nem dizer? Me amar é assim tão impossível?

Eu me movi tão depressa que ela gritou, ficando sobre seu corpo, segurando seu rosto perfeito.

— Eu amo você e essa é a coisa mais fácil de dizer na minha vida. Mas te deixar depois disso, não é!

Ela soluçou e isso rasgou meu peito.

— Você é fácil de amar, Ann Hill. Você é doce, inteligente e sorri como ninguém. Amo sua força e coragem, e não entendo como alguém tão sagaz pode ter se apaixonado por mim. Você é preciosa e eu não mereço nada de bom que venha de você.

— Remy...

— Não quero manchar seu coração com meu sangue sujo.

— Eu o quero e vou lutar por ele se fizer o mesmo por mim. Só não consigo sozinha, Remy.

Apoiei minha cabeça na sua e respirei seu ar.

— Você sabe que está selando seu futuro? Você pelo menos tem ideia disso?

— Tenho, eu sei que tudo muda.

— Não, Harleen, não somente muda. — Eu me afastei, erguendo-me e andando pela praia. — Você vai ser a esposa do homem que comandará uma máfia perigosa, mãe dos meus filhos, e não vai poder seguir a profissão dos seus sonhos. Você quer ser musicista? Esquece, porque ser minha tem um preço. Ser minha vai te privar de ser normal, e foi isso que minha mãe quis dizer a nós dois!

Harleen se colocou de pé em silêncio, pegou seus sapatos e se virou, indo para casa.

— Isso é o melhor, Harleen. Nós separados...

— Cala a boca! — Ela virou, feroz. — Estou indo fazer minhas malas, porque nada do que falou importa! Quero ser sua esposa e mãe dos seus filhos. Eu quero, Remy, e se tivessem me perguntado há meses, eu teria respondido a mesma coisa.

— Você é jovem, não sabe o que está falando...

— Então, você quer esperar meus trinta anos? Você quer esperar e me fazer assistir ao seu casamento com uma menina mais jovem que eu?

— Porra, não é isso!

— Sim, porque ela vai saber, certo? Ela é a merda de uma princesa da máfia e vai te aceitar como você é, mas adivinha, Remy? Por dever, diferente de mim, que o aceito porque te amo!

Suas lágrimas agora estavam incontroláveis. Harleen balançou a cabeça e eu me aproximei, segurando seu rosto perfeito.

— Eu amo você, Bird. Só existe você pulsando em minhas veias com meu sangue sujo. Só você em meu coração.

— Não vou implorar por você, Remy.

CAPÍTULO 34

King Trevisan

Nem um segundo se passou quando juntei minha boca na dela e senti seus braços me apertarem. Nossas línguas duelavam, ansiosas para matarem a saudade. Minhas mãos estavam famintas, tocando, apertando cada pedaço de pele. Nossos gemidos ecoaram e eu senti suas mãos deslizarem por meu terno, dentro da blusa, tocando minha pele.

— Ah, meu Deus. — Harleen gemeu quando me inclinei, puxando o tecido do decote profundo para o lado, soltando o seio.

Mordi o mamilo, chupando devagar depois. Nossas roupas foram sendo afastadas, amassadas e imprensadas. Ao cairmos na areia juntos, subi o vestido dela, abrindo suas coxas. Harleen arqueou as costas, os seios livres. Ajoelhei-me na areia e tirei meu pau da calça, levando-o até sua boceta nua. Empurrei dentro dela e Bird gritou.

— Silêncio, Bird. Não quero a polícia vendo seu corpo.

— Remy, oh, meu...

Empurrei com mais força, tremendo a cada estocada firme. Harleen gozou e seus gritos ecoaram, ela estava incontrolável. Inclinei-me, lambendo seu mamilo, mas ouvi vozes. Porra. Guardei meu pau duro e ajeitei a roupa dela.

Ao erguer a cabeça, vi sua tia se aproximando.

— Harleen? — Candice olhou entre nós, deu um suspiro e se virou. — Vamos para dentro. Amanhã conversamos, Harleen.

Harleen colocou o dedo sobre os lábios, e eu obedeci, ficando em silêncio.

Nós fomos atrás da tia dela, e quando chegamos a casa, Candice respirou fundo ao nos levar até o quarto.

— Não vou ser careta, porque você está fazendo dezoito anos hoje, mas usem camisinha. Tchau.

Harleen me empurrou para o quarto e fechou a porta.

— É seu aniversário? — Minha voz soou lenta.

— Sim, hoje.

Já era depois de meia-noite. E era oito do oito. Um imenso oito, um infinito de dobras.

— Feliz aniversário, Bird. Oficialmente, você é dona do seu nariz.

— Sim, eu sou. — Ela sorriu e eu segurei suas bochechas, beijando seu nariz e depois seus lábios.

— E você pode se casar comigo. Certo?

Ela arregalou os olhos. Peguei sua mão e beijei seu dedo. Tirei o anel de caveira que usava.

— Certo... — Sua cautela me fez deslizar o anel em seu dedo.

— Eu vou mostrar para eles porque vou herdar a Outfit. E não vai ser somente pelo meu sangue.

— Certo.

— Vou herdar, porque os Trevisans só amam uma vez, e sempre terminamos com a escolhida.

Bird sorriu e eu beijei sua boca de novo, puxando seu cabelo sedoso. Fui para seu pescoço e chupei, marcando sua pele alva.

— Então, como a minha primeira tarefa como noiva do futuro rei da Outfit — ela lambeu os lábios e caiu de joelhos diante de mim —, vou chupar seu pau, King.

Porra, acho que gozei um pouco só de ouvir Bird dizer isso.

Harleen baixou minha calça e segurou meu pau duro com as duas mãos. Sua boca se abriu na ponta, mas ela apenas lambeu devagar, de baixo até em cima, demorando-se na cabeça. Meu saco estava cheio, fazia meses desde que gozei com ela. Na minha mão era como se fosse água.

— Porra, Harleen.

— Humrum, Harleen rima com outro nome. Hum? — Sua boca chupou a cabeça e fechei meus olhos, infelizmente, minha garota parou a tortura. — Rima com o que, King?

Abri minhas pálpebras e lambi meus lábios.

— Queen.

— Isso mesmo. Sua rainha, de joelhos, chupando você. Porque você me pertence. É meu para tomar e vai ser meu marido. Hoje.

— Sim, minha rainha gostosa e safada. Agora chupe meu pau e me deixe ver esses peitos.

Harleen afastou o vestido e os seios cremosos se derramaram para fora. Sua boca me sugou, e com a visão, meu pau jogou jatos de porra em sua garganta. Bird tentou se afastar, mas enfiei mais fundo.

— Beba tudo, Ann Hill.

Harleen gemeu e eu sorri. Sim, porra, isso era o paraíso.

Puxei Bird e tirei seu vestido. Coloquei Harleen na cama e me deitei, puxando suas coxas até ela se sentar sobre mim. Sozinha, Bird posicionou meu pau e deslizou devagar, enquanto minhas mãos agarravam seus seios.

— Minha tia disse para usarmos camisinha.

Seus quadris batiam rápido contra minha pelve. Sua boceta estava mais molhada, sugando-me da melhor forma possível.

— Não há chance de eu entrar em sua boceta encapado, Bird.

Ela sorriu e se inclinou, dando-me o que eu queria. Seus mamilos.

Agarrei sua bunda doce e apertei, encontrando seus quadris, batendo meu pau no fundo. Harleen mordeu meu peito, abafando seu grito e eu gemi, gozando de novo.

— Hoje — falei sob minha respiração rápida.

— Hoje, com certeza.

Sorri e relaxei em sua cama. Harleen sorriu e seus olhos brilhavam enquanto ela olhava para a caveira. Imagine quando fosse seu anel.

Na manhã seguinte, Bird estava de pé quando acordei. Havia café da manhã em uma bandeja e minha roupa estava dobrada numa cadeira. Ela usava uma das suas saias curtas de couro e meia-calça, com cinta-liga que tinha um coração.

— Bom dia! — Ela se virou e veio em minha direção. Puxei sua mão e ela caiu sobre mim. — Ei, você está gostosa *pra cacete* nessa roupa.

— Estou, hum? Adoraria mostrar a você como seu elogio me deixou, mas preciso conversar com minha tia.

Seu rosto caiu e eu toquei sua bochecha. Sua boca estava com o batom vermelho e o delineado preto estava lá também. Tão perfeita, porra.

— Seja forte e corajosa, mostre a ela que você me ama.

— Estou aqui há meses, baby, ela sabe que o amo.

Bird se afastou e eu me sentei, confuso.

— Como assim?

— Ela me recebeu aqui em pedaços, Remy, me consolou quase todas as noites quando me pegava chorando. Ela sabe, até mais que você, o quanto eu te amo.

Ergui-me e fui para a sua frente.

— Vou compensar você, Bird. Farei você feliz *pra cacete*. Prometo.

Ela sorriu e eu relaxei.

— Mas, antes, você não vai abrir o resultado do exame?

Olhei para meu paletó e peguei o papel. Elefoi meu foco por segundos, e depois de respirar fundo, abri o envelope. Desdobrei a folha, mas antes de ler, Harleen me parou.

— Seu sangue não muda quem é. Não muda o fato de que Romeo e Lunna te amam. Não se esqueça disso, Remy. Nenhuma palavra escrita nesse papel tem o poder de te modificar.

Acenei, respirando fundo, então ela tirou a mão. Li o papel duas vezes, e quando fui começar uma terceira, Harleen arrancou das minhas mãos. Meu coração batia com força. Quando ouvi sua voz, eu me encontrei.

— Eu sabia que era, porque, insanamente, todos os Trevisans têm essa beleza assustadora. Não tinha como não ser.

Pai. Quase gritei de alívio e felicidade, mas não queria assustar os tios de Bird, porém, quando ela tocou meu rosto, sorri de verdade e peguei minha garota nos braços. Ela riu junto comigo e segurou meus braços.

— Ok, legítimo herdeiro Trevisan, me coloque no chão. Nós vamos nos casar.

— Ok, futura, Harleen Trevisan.

— Futura Harleen Ann Hill Trevisan.

Como Bird quisesse. Não importava, eu só a queria ao meu lado.

Para sempre.

Harleen Ann Hill

Tia Candice estava com velas sobre um bolo quando desci pela segunda vez. Javon e Conrad estavam à mesa, e os três começaram a cantar parabéns. Era meu primeiro aniversário sem minha mãe e, já emotiva por King, me tornei mais com o carinho deles.

— Obrigada, gente, por tudo. Javon, por me deixar fazer parte da sua turma. Conrad, por me aceitar em sua casa. E tia Candice, por ser uma tia incrível, muitas noites sendo a minha melhor amiga, por me aceitar como sou e ter me amado mesmo assim.

Ela piscou quando seus olhos se encheram de lágrimas.

— Ele veio te buscar, não é? — Sua voz quebrou.

— Sim, e estou feliz por ter vindo. — Eu me aproximei.

— Eu sei, sei que está, porque Deus sabe quantas noites pedi para que ele viesse, ou que esse sentimento saísse do seu coração. — Ela tocou meu rosto e beijou minha testa. — Venha me visitar.

— Virei, prometo.

Despedi-me de Javon e do seu pai, então, Remy desceu a escada. Eu o chamei e ele deu a mão para Conrad, ignorando Javon. Da tia Candice, ele se aproximou e beijou sua mão.

— Obrigada por cuidar de Harleen quando não pude.

Ela o abraçou e bateu em seu peito.

Quando entrei no carro de Remy, olhei para trás e vi minha tia me olhando. Sentiria sua falta, isso era certo.

— Então, Las Vegas?

— É, Las Vegas.

Sorri para Remy e me aconcheguei em seu peito. Era bom estar em casa.

— Vai doer?

Remy inclinou a cabeça, já sem paciência.

Havíamos acabado de chegar a Las Vegas e estávamos esperando seus primos para irmos até a capela. Remy disse que eles precisavam estar ali. Falei que seria arriscado e demorado já que eles vinham de carro, mas os gêmeos fizeram questão. Ainda tinhamos mais vinte horas até eles chegarem. Na verdade, quinze, Remy queria se casar hoje, oito do oito.

Rhett estava pisando no acelerador.

— Você não vai sentir, só eu.

Era isso que me preocupava. Ele se sentou na maca e deslizou a folha onde desenhou algo que não quis me mostrar.

Inclinei-me e respirei fundo quando vi. Era um infinito, parecia um oito, em pé, mas era uma cobra. Uma cobra parecida com que tinha tatuada em seu peito.

— O que...

— Oito do oito.

Deus, eu amava esse garoto.

Assisti ao tatuador fazer a tatuagem em seu dedo anelar, onde descansaria sua aliança. Quando ele terminou, Remy se ergueu e eu me sentei.

— Eu quero a mesma, no mesmo lugar.

O tatuador olhou para Remy, que riu, inclinando-se.

— Você tem certeza, Bird?

Ergui minha cabeça um pouco e sorri contra sua boca.

— Absoluta.

Doeu demais e eu chorei, mas Remy não saiu do meu lado, ora passando a mão por meu cabelo, ora segurando minha outra mão. Quando acabou, fui o caminho todo até o hotel olhando para a tatuagem. Ela era perfeita.

— O que vamos fazer até seus primos chegarem? — Sorri, andando pelo quarto.

— Comprar seu vestido de noiva?

Sim! Virei-me sorrindo e nós saímos de novo. Fui de loja em loja, mas nenhuma delas me encantou. Fosse pelos tamanhos minúsculos ou pelos modelos feios.

— Uma pessoa gorda não pode se casar? — resmunguei, entrando na próxima loja.

Remy agarrou minha mão e me colocou contra a parede, atrás de vários vestidos.

— Você é tão gostosa, que meu pau mal pode olhar suas curvas. Por mim, você se casa nua, e comigo fodendo você diante do Elvis.

— Deus, você é um pervertido.

— Sou obcecado por você, Harleen. Só isso. Não me culpe, você quem fez isso.

Eu ri e senti sua boca na minha. Afastei-me quando suas mãos foram para minha bunda.

— Vestido. Casamento. Depois fodemos.

Ele acenou, ajeitando o pau duro na calça jeans.

Andei entre as araras e parei quando vi um manequim midsize com um vestido preto, apertado. A renda parecia penas, com um decote coração. Era perfeito.

— O que você quiser, Harleen — Remy murmurou, antes que eu perguntasse se podia ser ele.

Experimentei, e quando saí nele, King sorriu, sentado numa poltrona. Sua mão foi para frente da sua calça e ele apertou.

— Não vejo a hora de aqueles imbecis chegarem.

Sorri, animada. Virei-me para a vendedora e avisei que levaria aquele.

Os primos de Remy chegaram na hora exata do casamento. Nina estava com um vestido vermelho, como Lua. Dante e os gêmeos de jaqueta. Nós fomos os últimos inscritos para nos casarmos no dia.

— Jesus Cristo, que vestido é esse? — Lua gritou, assim que me viu à entrada da capela.

— A liberdade deles está morrendo hoje, o vestido faz jus ao momento.

— Meu Deus, Amo, por que você não pensa antes de falar? — Nina grunhiu, irritada.

— Boa sorte, Harleen. — Dante me abraçou ao entrar.

Nós nos posicionamos e eu segurei com firmeza o braço de Remy, enquanto o buquê de flores azuis, como os olhos dele, estava na outra mão. O Elvis cantarolou uma música e depois mandou que os primos dele se sentassem. Sorri, nervosa.

— Estamos aqui em Las Vegas, Nevada, para celebrar a promessa de amor de Remy e Harleen.

A cerimônia foi rápida, e quando enfim nos casamos, sorri chorando.

— A parte fácil é me casar com você. — Remy segurou meu rosto e sua boca tomou a minha.

Foi lento e me deixou nas nuvens. Quando nos separamos, respirei fundo.

— Sim, agora, vem a difícil. — Respirei fundo.

— Vamos enfrentar a máfia.

— Buf, estou pronta!

Ele sorriu e, Deus, era bom ver Remy sorrindo. Era perfeito.

Quando terminamos, fomos para o hotel com todos. Nós abrimos champanhe, e ao final da noite, todo mundo foi para seus lugares.

— Ok, Sra. Trevisan Ann Hill, essa é a hora que seu marido, vulgo eu, faz amor com a esposa dele pela primeira vez.

— Sim, hummm... — gemi quando seus dedos desceram o zíper do vestido.

Fiquei apenas de meia-calça e coleira com seu nome.

— Nem precisei obrigar você a usar dessa vez.

— Não, sou uma boa rainha.

— Você é a melhor, Bird.

CAPÍTULO 35

King Trevisan

Voltamos para Chicago na manhã seguinte. Comprei passagens aéreas para as meninas e para Dante, que cuidaria das duas, e fui de carro com os caras. Harleen, como sempre, optou por me desobedecer e veio conosco.

— Quando ela vai fazer nossas tatuagens?

Harleen semicerrou os olhos.

— Ela é uma garota. Garotas não fazem. — Rhett desceu do carro em frente à sua casa e Harleen o acompanhou com os olhos.

— Vou fazer. E aposto que Alena, Nina e Lua também querem.

Minha esposa — porra, era inacreditável isso! — sorriu triunfante enquanto Rhett revirava os olhos.

Amo seguiu o irmão e nós fomos para a minha casa. Harleen segurou minha mão com força e eu abri a porta. Não havia ninguém na entrada, e quando fomos para os quartos, também não tinha. Fui para fora e encontrei minha mãe e meu pai sentados juntos, olhando para o jardim.

— Ei, pai — chamei, parado à porta, com o braço sobre os ombros de Harleen.

— Eu disse, não deixamos vocês irem. — Romeo beijou o cabelo de Lunna e eu sorri, entendendo.

Os Trevisans nunca deixavam as mulheres que amam irem.

— A gente se casou em Las Vegas.

— Mentira. — Meu pai olhou para minha mãe, que estava com a boca aberta. — Remy...

— Ok, é óbvio que isso é uma brincadeira! — Lunna gritou.

Harleen estremeceu contra mim.

— Foi no papel, juramos! Você pode fazer uma cerimônia na igreja, uma festa bem grande. Só não nos mate e nos apoie, por favor?

Minha mãe andou até a gente e abraçou Harleen.

— Você é corajosa, garota.

— Poliana também foi.

Franzi a testa, confuso. Poliana era minha avó.

— Parabéns, filho. Não sabia se voltaria para casa mais, então não me importo com seu casamento clandestino, seu tio e eu vamos dar um jeito.

Soltei Harleen e puxei meu pai, abraçando-o apertado.

— Tio Rocco nunca mente, pai.

Minha mãe se virou e o rosto dos dois era de puro choque. Depois, mamãe começou a chorar, e meu pai nos abraçou com mais força.

— Rocco nunca mente.

Respirei fundo e me afastei, sorrindo. A campainha tocou e meu pai foi até lá. Voltei para dentro com mamãe e vi tio Rocco. Ele estava abraçando meu pai. Fiquei em silêncio, e quando se separaram, ele me viu.

— Então, que porra você fez se casando em Las Vegas?

Ele não parecia feliz com isso.

— Sempre tive certeza de que seguiria com o acordo, não havia dúvida, mesmo achando muito estranho ser noivo de uma criança. — Respirei fundo e Harleen tocou minha coluna. — Sou fiel a Outfit, sou leal ao senhor e ao meu pai. Sei que não estou com crédito, mas, tio, eu faria tudo de novo. Se apaixonar é uma droga, mas não controlo isso.

— Rocco... — meu pai começou, mas meu tio ergueu a mão.

— Então, você se casou em Vegas, trouxe a garota para a casa dos seus pais. E aí, Remy? O que vou dizer aos meus homens?

— Diga que me apaixonei, não ligo. Me coloque como frágil. Depois, vou mostrar a todos eles que mereço estar ao seu lado. Porque não é só pelo meu sangue de herdeiro, é pelo monstro que nasceu comigo. E ele é um soldado. Um leal.

Meu tio olhou para meu pai e respirou fundo.

— É bom mesmo, Remy. Porque não vou tolerar mais nenhuma das suas mentiras e omissões.

Acenei firme e ele se aproximou.

— Deixe o monstro sair, King, não precisamos de você. Dele, sim.

Então, virou-se, indo embora da mesma forma que chegou, abrupto.

Subi para o quarto com Harleen e a vi andar de um lado ao outro. Tirei minha camisa enquanto a observava.

— Bird.

— A maneira que ele disse aquilo... Tenho medo disso.

Aproximei-me e segurei seu rosto. Ela lambeu os lábios e suspirou.

— Você o domina, Bird. Ele nunca vai machucar você.

— Seu tio...

— Não ele, o monstro.

Seus olhos pretos ficaram maiores. Beijei sua boca e a levei para a cama. Depois de me perder em seu corpo, nós dormimos pelo resto do dia. Não lembrava a última vez que dormi tão bem, mas foi o sono mais pacífico que tive em meses.

Harleen Ann Hill

No dia seguinte, depois de Remy sair e ficarmos só Lua, Lunna e eu em casa, desci e encontrei Lunna na sala.

— Ei, tudo bem? — ela perguntou.

Vi que tinha uma escova, ela estava penteando o cabelo longo.

— Sim. — Sentei-me um pouco longe e Lunna respirou fundo.

— Não sei muito como falar isso, mas vi que não está tomando seus comprimidos. Acho melhor optarmos por um implante ou injeções trimestrais.

A cada palavra que saía da sua boca, mais envergonhada eu ficava.

— Não se envergonhe, eu só não quero ser avó antes dos meus cinquenta anos.

Nós rimos e eu relaxei.

— Podemos voltar à ginecologista quando quiser.

Isso a fez sorrir.

Fui caçar Lua e a encontrei no quarto.

— Ei, tudo bem? — Sorri, enfiando minha cabeça pela porta entreaberta.

— Sim! Venha aqui, esse filme é surreal.

Tinha certeza de que os filmes surreais de Lua não eram os meus, mas obedeci. Passei a tarde com ela, e quando anoiteceu, fui para o quarto de Remy. Peguei minha flauta e dedilhei as notas de *Sweet Child O' Mine*.

— Você fica em paz quando toca. — Ouvi a voz de Remy e sorri, ainda tocando.

Quando a última nota soou, afastei a flauta e o olhei.

— Meu tio avisou a Mariano Vitali que me casei.

— E o que aconteceu? — Preocupação encheu meu peito.

— Nada, por enquanto. Esse acordo era mais uma punição para a Cosa Nostra que a nós, da Outfit. — Sua mão afastou meu cabelo e ele beijou meu ombro.

— Como assim?

— Mariano Vitali ia causar guerra anos atrás, para paziguar e irritá-lo, meu pai o avisou desse acordo. Ele aceitou, sem saída. Mas seria como a morte entregar um dos seus filhos a uma máfia rival.

— Isso acontece? — Preocupei-me por Lua, Alena, Nina e Davina.

— Muito mais do que pensa. Minha mãe e tia Sienna vieram da Cosa Nostra.

Arrepiei-me com isso. Não conseguia imaginar uma de suas primas, ou até sua irmã, indo embora e eles ficando contentes com isso.

— O que importa é que estou livre.

— Nem tão livre, garotão. A aliança em seu dedo não pesa? — brinquei, rindo.

— Nadinha, porque estou onde quero com quem eu quero.

Remy enfiou a mão no terno e tirou uma caixinha de veludo preta. Meus batimentos cardíacos aumentaram e senti meu estômago esfriar.

— Esse é o seu anel de noivado. Não fiz o pedido da maneira correta, mas quero que use. — Ele abriu a caixa e eu suspirei quando vi o anel.

Havia uma pedra solitária, preta. Era incrível. Fiquem sem ar a admirando.

— Seus olhos.

Sua explicação me fez sorrir. Remy colocou o anel em meu dedo e o admirei com lágrimas em meus olhos.

Quando suas mãos agarraram meus quadris, ainda continuei olhando a pedra. Ele já havia comprado nossas alianças no dia do casamento, e aqui mandou gravarem nossas iniciais com o mesmo desenho da tatuagem. Por dentro.

Remy me tirou da janela e agarrei seus quadris com minhas coxas. Ele lambeu meu pescoço e sorriu contra mim.

Sorri aliviada e caímos juntos na cama.

— Eu amo você, King Trevisan.

— Mesmo com meu sangue sujo e família mafiosa?

— Mesmo com seu sangue sujo e família mafiosa.

Ele sorriu e isso tirou meu fôlego. Quando sua boca tomou a minha, foi mágico. Como sempre era, intenso e faminto.

Sujo e malvado.

AGRADECIMENTOS

FORAM MESES DIFÍCEIS, meses em que busquei Deus para entender como cheguei tão rápido naquele abismo de dor, e entendi que perder pessoas faz parte da vida. Mas não é fácil passar por isso.

E não foi. Nada na minha vida é.

Seja escrever este livro, ou acordar e ser uma boa mãe quando tudo que quero é ficar na cama e chorar. Entendi também que sou forte e me encontrei dentro do abismo, eu me reergui e tentei ser a Evi antiga.

Óbvio que falhei, porque, infelizmente, ela se foi. Aqui ficou a nova, mais preocupada, mais frágil, mais emotiva. Porém, também a fortaleza que fez de tudo para este livro ser escrito.

Evi, obrigada por não desistir do nosso sonho.

Nós nascemos para escrever e nós duas sabemos disso.

No próximo, eu prometo, agradeço a você que está lendo.

Por favor, falem mais vezes que amam uns aos outros. Vocês não sabem o dia de amanhã.

Amo vocês,

Evilane Oliveira

www.lereditorial.com

@lereditorial